Le mystérieux Dr Becker

*

Amoureuse d'un urgentiste

BECKY WICKS

Le mystérieux Dr Becker

Traduction française de
CHARLINE McGREGOR

BLANCHE

HARLEQUIN

Collection : Blanche

Ce roman a déjà été publié en 2021

Titre original :
ENTICED BY HER ISLAND BILLIONAIRE

HARPERCOLLINS FRANCE
83-85, boulevard Vincent-Auriol, 75646 PARIS CEDEX 13
Service Clients — https://www.harlequin.fr/contenu/contactez-nous
ISBN 978-2-2805-1788-1 — ISSN 0223-5056

Édité par HarperCollins France.
Composition et mise en pages Nord Compo.
Imprimé en avril 2025 par CPI Black Print (Barcelone)
en utilisant 100% d'électricité renouvelable.
Dépôt légal : mai 2025.

FSC
www.fsc.org
MIXTE
Papier issu de sources responsables
FSC® C159065

Pour limiter l'empreinte environnementale de ses livres, HarperCollins France s'engage à n'utiliser que du papier fabriqué à partir de bois provenant de forêts gérées durablement et de manière responsable.

1

Mila Ricci écarta les cheveux qui lui fouettaient le visage alors que les vagues claquaient autour du bateau qui prenait de la vitesse. Le transfert dans le yacht privé du Dr Becker de Bali à l'île de Gili Indah n'aurait pas été aussi folklorique, songea-t-elle alors qu'une touriste poussait un hurlement strident derrière elle. Seulement voilà, elle l'avait raté.

Les trois collines au loin constituaient trois touches de diverses nuances de vert, enveloppées par un fin voile de brume dans la lumière matinale. L'île ressemblait à une peinture, exactement comme Annabel l'avait jadis décrite.

Remontant un peu sa robe, Mila imita les voyageurs sac au dos à côté d'elle sur le toit du bateau et balança les jambes par-dessus le rebord. Une posture qui n'aurait sans doute pas été jugée des plus prudentes selon les standards de son pays, la Grande-Bretagne, mais elle n'était pas inquiète.

Les dangers potentiels, c'était la norme pendant les déplacements quand elle était à l'armée. Surtout en Afghanistan. Quelques vagues, même agitées, ce n'était rien pour elle qui avait dû prendre un convoi au milieu de la nuit pour aller au-delà de la zone où les insurgés avaient brûlé les corps des soldats qu'ils avaient abattus sur un pont. La route la plus directe vers l'héliport le plus proche n'était qu'à une dizaine de kilomètres, mais ils avaient effectué un détour de plus de cent kilomètres pour s'échapper. Deux des camions avaient rendu l'âme au cours de la première heure, et ils s'étaient cachés dans les dunes de sable, à l'affût des tirs de mortier tombant sur le véhicule qu'ils venaient de quitter.

Mila se frotta le visage. Elle était fatiguée à force de repenser au passé. D'autant que, maintenant, elle n'aurait pas pu être plus éloignée d'une zone de guerre. Il n'y avait rien à craindre sur une île paradisiaque… Sauf peut-être un tsunami.

Pourquoi fallait-il toujours qu'elle envisage le pire ?

Sur le pont, un Indonésien jouait avec un bébé singe. Mark aurait adoré, se surprit-elle à songer avec une pointe de culpabilité au souvenir de la façon dont elle avait rompu avec lui.

Elle avait été tellement occupée à tout boucler avant de quitter l'hôpital londonien où elle s'était impliquée avec ferveur depuis son départ de l'armée, qu'elle avait eu à peine le temps de penser à lui depuis. C'était un homme bien, mais peut-être un peu trop mou pour elle. Il ne savait pas la gérer.

« Tu n'as pas besoin d'un homme, de toute façon, Mila. Tu as besoin de découvrir qui tu es », lui avait-il dit. Sans doute avait-il raison. En rentrant d'Afghanistan, elle n'était plus la même femme. Là-bas, elle était sans cesse sur le qui-vive, en attente du pire.

Elle entendait encore les rotors des hélicoptères dans l'air chaud et poisseux de la nuit. Elle se rappelait aussi l'odeur de poussière et celle, âcre et horrible, du sang des blessures invraisemblables. Les gémissements de douleur des soldats s'insinuaient encore dans ses cauchemars la nuit.

Cela avait été plus qu'elle ne pouvait en supporter pour elle, alors âgée de vingt-quatre ans à l'époque de cette mission. Même si elle ne l'avait jamais avoué à personne. Ce fut seulement à la mort d'Annabel, huit ans plus tard, qu'elle s'était véritablement effondrée.

Mila regardait deux gamins australiens faire des grimaces au singe sans vraiment leur prêter attention, songeant à sa sœur, dont elle redoutait la date anniversaire de la mort. Pourtant, l'accident remontait presque à trois ans maintenant.

Elle était rentrée en permission pour quelques semaines quand cela s'était produit. Annabel s'était efforcée de lui remonter le moral, de lui éviter de sombrer dans la dépression après sa dernière mission en Afghanistan, mais en dépit de son entraînement militaire, de tout ce qu'elle avait enduré sur le terrain, Mila n'en était pas moins restée pétrifiée en découvrant la voiture de sa mère, méconnaissable tas de ferraille, à l'instar de la moto qu'Annabel avait heurtée avant d'aller s'encastrer dans un arbre.

Ces précieuses secondes qu'ils avaient perdues à tenter de tordre l'acier auraient pu faire la différence. Au bout du compte, le pire était arrivé et Mila n'y était pas préparée. Elle avait échoué à sortir Annabel de la carcasse en vie.

Aujourd'hui encore, elle avait beau essayer de ne plus repenser à tout cela, elle savait que, même sur ces îles, Annabel serait là. D'ailleurs, elle était venue à Gili Indah sans Mila des années plus tôt. Elle et sa jumelle avaient préparé le voyage ensemble, seulement Mila avait eu une laryngite juste avant le vol. Était-ce une coïncidence si cette opportunité de passer à peu près deux mois dans le prestigieux Medical Arts Center, le MAC comme on l'appelait, était apparue sur ses moteurs de recherche justement le mois dernier ?

Le MAC n'existait pas encore six ans plus tôt lors de la venue d'Annabel. Son fondateur, le milliardaire Sebastian Becker avait depuis renoncé à sa vie de chirurgien star à Chicago pour créer ce complexe hyper sélect.

À quoi pouvait-il bien ressembler, ce Dr Becker ? Son amie Anna, à l'hôpital de Londres, lui avait un peu parlé de lui, mais Mila n'en savait que ce qu'on en disait à la télé.

Le Becker Institute – le Dr Becker pratiquait la chirurgie plastique à Chicago – servait de toile de fond à une téléréalité très populaire qui tournait autour de la vie de ses patients et de leurs diverses chirurgies cosmétiques.

Le Dr Becker n'était apparu que dans une saison, avec son frère Jared Becker, avant de quitter l'émission pour se concentrer sur la construction du MAC. Selon Anna, il était parti pour fuir le cirque médiatique fait autour d'un scandale, d'une ex-petite amie, de menaces... Mila s'était arrêtée d'écouter à ce moment-là, peu intéressée par les ragots. Et elle ne voulait pas s'empoisonner l'esprit à propos d'un homme qu'elle ne connaissait pas. Surtout quand cet homme effectuait un travail aussi remarquable.

Le Dr Sebastian Becker avait été un pionnier de ce qui était désormais la méthode qui faisait mondialement autorité dans la chirurgie cicatricielle, en mélangeant les derniers traitements au laser, les plus novateurs, et une opération simplifiée mais hautement efficace. C'était la première fois qu'il offrait une opportunité à un autre chirurgien expérimenté de venir à la clinique pour un poste de quelques semaines qui lui permettrait d'observer ses techniques.

Elle ne se rappelait même pas à quoi ce Dr Becker ressemblait, ni le nom de l'émission de télévision dans laquelle il était brièvement apparu. Quant aux réseaux sociaux, très peu pour elle. Avec un peu de chance, il serait agréable – car ils allaient travailler en assez grande proximité.

Tout à coup, elle regrettait de n'avoir pas questionné Annabel sur l'endroit – outre l'homme superbe que sa sœur avait rencontré durant son séjour. Comment s'appelait-il, déjà ? Bas... quelque chose ?

Sebastian Becker sortit les dernières bouteilles de l'eau et observa le *speed boat* qui arrivait. Il aida les derniers membres de son groupe de plongée à remonter sur le bateau : il était impératif que tous soient à bord avant les premiers afflux de touristes.

— Donnez-moi votre main.

— Tout ce que vous voulez..., répondit Gabby, la jeune Anglaise qui avait tenté de flirter avec lui toute la matinée. Oh ! pardon !

Elle s'affala contre lui, son visage si proche du sien qu'il sentit son souffle. Évidemment, c'était fait exprès.

Il aida ses autres apprenants, attendit que tous soient bien assis et cria au pilote :

— Ketut, démarre le moteur !

Puis il monta les trois marches de métal jusqu'au toit. Une fois seul, il baissa la fermeture Éclair de sa combinaison de plongée et laissa retomber l'épais tissu mouillé jusqu'à sa taille. Le soleil lui chauffa aussitôt la peau.

Ce soir, peut-être qu'il emmènerait Gabby boire un verre, dans un endroit éclairé par des chandelles. D'ici un jour ou deux, elle serait repartie, alors pourquoi ne pas lui offrir un souvenir à raconter à ses copines en rentrant, puisqu'elle-même lui avait avoué que sa vie était ennuyeuse ?

Il ne l'avait pourtant pas encouragée. Il ne lui avait même pas dit – et pourquoi l'aurait-il fait ? – qu'il n'était pas ici comme moniteur de plongée, mais parce qu'il avait mis en place une technique opératoire pionnière dans le domaine de la reconstruction faciale.

Il repensa à la semaine écoulée avec satisfaction : les lasers étaient vraiment des outils incroyables. Trevor Nolan, quarante-deux ans, du Dakota, avait essayé de protéger son fils de l'explosion d'une fusée de feu d'artifice, et le pauvre homme avait été touché. Au bout de six mois d'opérations et grâce à un financement participatif lancé par ses amis, il était venu le consulter au MAC pour ce que les médias qualifiaient déjà de « traitement révolutionnaire ». Trevor était reparti avec le menton presque de la même teinte que le reste du visage au lieu des marques rouges et boursouflées qui le striaient auparavant.

Sur Gili Indah, en revanche, il n'était pas le fameux précurseur qu'il était devenu à Chicago. Ici, la plupart des gens ignoraient sa véritable identité. L'avantage, c'était qu'il n'était plus suivi partout, contrairement à l'Institut avec toutes ses caméras.

Cela dit, il devait quand même se montrer discret sur l'île principale de Bali. Il avait laissé l'émission à succès *Visages de Chicago* à la maison. De même que Klara. À présent, tout ce qui comptait, c'était son équipe et que ses patients repartent satisfaits et plus heureux de leur apparence physique qu'en arrivant.

Le *speed boat* n'était plus très loin. Quelques visages connus : des locaux, des amis. Et de nombreux nouveaux venus. Mais personne pour le MAC, car son personnel venait sur son bateau. Tous à l'exception du Dr Ricci, se rappela-t-il tout à coup. Elle avait raté son transfert, ce qui n'était pas inhabituel tant la circulation sur l'île principale était cauchemardesque.

Il se leva, passant en revue les autres bateaux dans la baie. Il avait été trop immergé dans le travail pour effectuer une recherche en ligne et mettre un visage sur le nom de sa nouvelle employée, mais il savait qu'elle avait travaillé en traumatologie durant une mission de l'armée en Afghanistan. Sans doute cherchait-elle à ajouter un nouveau traitement cicatriciel aux autres cordes de son arc. En tout cas, cette femme devait avoir une sacrée trempe. De quoi se demander ce qu'elle venait faire sur une île aussi isolée. Fuyait-elle les horreurs de la guerre, cherchait-elle la paix comme lui ? Sauf que lui, il fuyait le cirque médiatique et la culpabilité qui le taraudait depuis ce qui était arrivé avec Klara. Rien à voir.

Et, une fois de plus, il se retrouva à repenser à Klara. Il n'aurait pas pu deviner ce qui allait se produire après le début du tournage. Personne n'aurait pu prévoir autant de photographes, de caméras, d'attention sur le moindre de ses gestes, dans et hors de l'Institut. Toutes ces unes, ces titres... Les histoires folles que les gens avaient vendues ou inventées sur eux à la seule fin de récolter une audience.

Laisser entrer les caméras dans sa clinique avait lancé ce fichu cirque médiatique... et effacé les dernières lueurs de joie dans sa relation avec Klara. Elle, ce à quoi elle aspirait, c'était vivre une vie simple en s'occupant des enfants de son école maternelle. Elle avait été si choquée par cette invasion de son intimité et par tout ce que les gens avaient raconté sur eux en tant que couple qu'à la fin elle était partie sans même un au revoir.

Baissant la main pour recueillir les embruns, il laissa ses pensées filer loin d'elle, comme il le faisait chaque fois qu'il allait plonger. L'océan l'aidait à se vider le cerveau de toute autre pensée. Hélas, elles revenaient toujours.

Il savait que Klara ne vivait plus à Chicago. Elle s'était mariée avec quelqu'un qu'elle avait rencontré au Népal. Alors, même s'il ignorait où elle était maintenant, il était heureux pour elle. Parfois.

Pour sa part, il préférait de loin vivre ici, dans un cadre

magnifique, à réparer le visage de gens tels que Trevor Nolan ou des gamins défigurés par des brûlures de la taille de ballons de basket sur les joues, plutôt que de retourner aux flashs des appareils photo et au crissement des pneus des paparazzis dans son sillage, à pratiquer des augmentations mammaires à tour de bras à Chicago. Même s'il regrettait de ne pas voir sa famille plus souvent, notamment son frère Jared et Charlie. La pensée de son neveu lui arracha un sourire.

Le bateau de tourisme ralentit. Une rangée de passagers surexcités tendait le cou vers les eaux turquoise. Tout le monde était en admiration devant la couleur extraordinaire de l'eau ici.

Une femme mince en robe rouge vif tentait de retenir ses cheveux… et un souvenir passa dans la tête de Sebastian. Soulevant ses lunettes de soleil, il plissa les paupières pour mieux voir.

Elle était penchée par-dessus la rampe, maintenant. Bon sang, comme elle lui ressemblait… Cela remontait à environ six ou sept ans, une Anglaise qui dansait, éméchée, sur le sable, à l'époque où il était venu ici la première fois. Bien avant que lui vienne l'idée du MAC.

Qu'est-ce qu'elle faisait ici ?

Mila suivit des yeux le plongeur jusqu'à ce que son bateau soit hors de vue. Il avait des abdominaux dignes d'une publicité retouchée pour une école de plongée. Elle avait vu des hommes comme lui, dans les hôpitaux militaires, surentraînés au combat. Mais aucun n'avait la peau de cette chaude teinte caramel, à croire qu'il avait passé beaucoup de temps dehors.

Son propre bateau approchant des eaux peu profondes, les gens commençaient à sauter sur les côtés. Mila se hissa sur l'échelle, remontant sa robe pour ne pas trébucher, quand un petit Indonésien qui ne devait pas avoir plus de huit ou neuf ans lui saisit la main pour l'aider à atteindre le sable.

— *Terima kasih !* lui dit-elle, fière de maîtriser quelques bases.

La chaleur du sable enveloppa ses orteils chaussés de tongs, et elle inhala l'odeur de l'air. Des fleurs… Du jasmin, peut-être… Ou était-ce de l'encens ? Le marché local, sur un sentier poussiéreux, lui indiquait qu'elle n'était pas sur l'île de Robinson Crusoé.

— Vous cherchez chambre, miss ?

Cette fois, le gamin devait avoir dans les dix-sept ans et il agitait une liasse de photos colorées de choix d'hôtels.

— Oh non, merci. J'ai un hôtel pour ce soir.

— J'ai meilleur hôtel ! répliqua-t-il en feuilletant son catalogue.

— Demain, j'emménage au MAC, dit-elle, espérant doucher son insistance.

Elle ne traîna pas pour récupérer sa valise sur le sable où de minuscules morceaux de corail lui chatouillaient les pieds. Elle regrettait un peu d'avoir divulgué cette information car il n'était jamais conseillé de faire confiance aux inconnus, surtout dans un pays étranger où l'on pouvait passer pour un portefeuille sur pattes. Sans compter que le Dr Sebastian Becker préférait rester discret et encourageait son personnel à en faire autant.

Par prudence, en lien avec l'anonymat de nos clients.

Voilà ce qu'il avait précisé dans un mail d'accueil.

— Taxi ? lança-t-elle, mais en vain à une carriole tirée par un cheval dans la rue sablonneuse.

— Attention !

L'adolescent était là à nouveau, qui l'attrapait par le coude et la tirait vivement sur le côté.

Un autre véhicule passa à toute vitesse et faillit la renverser.

— Merci. Ça va.

Elle ramassa ses lunettes de soleil tombées dans la poussière. Épuisée par la chaleur et le long voyage, elle tira sa valise à roulettes sur le sol caillouteux et le béton percé de nids-de-poule qui servait de rue. Des vendeurs touillaient des nouilles et enfonçaient des pailles dans des noix de coco. Les filles en bikini buvaient de la bière et pédalaient sur leur vélo. L'air salé collait déjà au front de Mila. Plus personne ne lui proposa son aide, mais c'était mieux ainsi. Elle avait vécu pire, seulement elle ne s'était pas attendue à ce que l'île soit aussi envahie de monde. Malgré le décalage horaire, elle se rappela qu'elle était arrivée sur un bateau de tourisme, sur la rive touristique de Gili Indah.

Le MAC se trouvait côté ouest, une partie de l'île beaucoup plus sélecte, réservée aux patients et au personnel. Elle avait déjà hâte de plonger dans une piscine. Seulement pour cela il lui faudrait attendre demain…

Elle s'apprêtait à héler la charrette qui approchait, quand un bruit l'immobilisa. Un cri en provenance du rivage. Plissant les paupières à travers la foule, elle aperçut une jeune femme à quelques mètres derrière le *speed boat*, battant des bras dans les vagues. Et elle revit le bateau de plongée jaune. Quelque chose avait dû se produire.

— Serpent ! cria Gabby. Il m'a mordue ! Aïe, ça fait mal ! Sebastian, à l'aide !

— C'est bon, ça va. Venez, on retourne sur le rivage.

Sebastian lui passa un bras autour de la taille et regarda un peu partout dans l'eau peu profonde. Où était-il, ce serpent ?

Il prit le masque et les palmes de Gabby et les lança à un autre gars de leur groupe.

— Il est là ! cria Gabby, horrifiée.Ses yeux suivirent le doigt tendu vers le corps mince, jaune strié de noir, du serpent marin, qui ondula près d'eux et s'éloigna dans les profondeurs au-delà du corail. Sebastian s'efforça d'accélérer le pas car Gabby était soudain très pâle : de toute évidence, elle ne faisait pas semblant.

— Où vous a-t-il mordue ? demanda-t-il d'une voix calme pour ne pas l'inquiéter plus encore.

— Au pied… Au pied !

Elle sanglotait à présent, la tête contre son épaule, et semblait avoir du mal à respirer.

— Ketut ! hurla-t-il.

Arrivés sur le sable, les jambes de la jeune femme se dérobèrent et il dut l'allonger délicatement. Blême, elle gémissait en s'accrochant à son bras. Affolés, les gens s'agglutinèrent, certains filmant même la scène.

— Reculez ! ordonna-t-il sans ménagement, exaspéré par cette intrusion. Ketut !

Mais c'était quelqu'un d'autre qui arrivait en courant.

— Je suis médecin. Comment puis-je vous aider ?

La femme en rouge du bateau. La touriste anglaise. Oui, c'était elle, il en était sûr, à présent, celle qu'il avait rencontrée quelques années auparavant. Incapable de parler, il la regarda tomber à genoux.

— Morsure de serpent…, dit-elle avant qu'il puisse lui expliquer quoi que ce soit.

Elle posa une main sur la cheville de Gabby.

— Aïe !

Desserrant l'étau de la main de Gabby autour de son poignet à lui en réaction à la douleur, il aida sa partenaire providentielle à poser la jambe blessée sur une grosse pierre.

— Il faut faire un point de pression, dit-elle, comme s'il ne le savait pas.

Puis elle entreprit de sortir des objets de son sac. Ses lunettes de soleil remontées sur le haut du crâne retenaient ses épais cheveux châtain doré. Dont il se prit à imaginer qu'ils sentaient bon juste après la douche… Il se secoua, cherchant plutôt à se rappeler son nom.

Il n'y avait eu qu'une seule danse, à l'époque. Si sa mémoire ne le trompait pas, il n'y avait eu aucun atome crochu entre eux. Elle buvait, lui pas, elle cherchait juste à faire la fête toute la nuit jusqu'à tomber.

Cependant, il n'oubliait jamais un visage. Mais elle, avait-elle vraiment oublié le sien ?

— Vous savez quoi faire ? lui demanda-t-elle.

Ses grands yeux étaient d'un bleu myosotis, ses pommettes hautes et constellées de taches de rousseur.

— Il y a de l'anti-venin à la clinique, dit-il.

— Au MAC ?

Il perdit sa voix l'espace d'une seconde, respirant, de près, l'arôme de noix de coco de sa crème solaire.

— Non, l'autre. La Blue Ray Medical Clinic.

— Qu'est-ce que vous allez me faire ? geignit Gabby.

— Restez aussi immobile que possible, lui dit-il. De façon à arrêter la circulation de venin.

Zut... Quel était le nom de cette Anglaise ? Son regard bleu passa rapidement sur le corps de Sebastian encore ceint de la combinaison de plongée. Un regard apparemment approbateur.

— Vous êtes médecin ?

— On peut dire ça, répliqua-t-il alors qu'elle sortait un bandage élastique de son sac. À la clinique près de l'hôtel Villa Sunset, un établissement récent.

Elle travaillait vite, enveloppant le bandage autour de la jambe de Gabby avec efficacité, en partant des orteils pour remonter vers la cuisse.

Sebastian courut jusqu'au restaurant du port. Leur clôture était faite de morceaux de bois flotté de la bonne taille pour confectionner une attelle.

— Prenez ça, dit-il en revenant s'agenouiller près d'elle.

— Parfait. Merci.

Si elle ressemblait trait pour trait à la fille qu'il avait rencontrée jadis, elle ne se comportait absolument pas comme elle. Sa robe rouge traînait dans la poussière, mais elle semblait s'en moquer. Grâce à sa rapidité d'action, ils ne tardèrent pas à charger Gabby à l'arrière d'une carriole.

Le regard de Sebastian tomba malgré lui sur la bretelle de la robe rouge qui avait glissé de son épaule. Surprenant son coup d'œil, elle la remonta vivement.

— S'il vous plaît..., gémit Gabby. Venez avec moi.

Ce fut l'Anglaise qui lui répondit.

— Je viens. Il faut soulager autant que possible la pression sanguine dans votre jambe, cela dit. Vous pouvez m'aider ?

— Je vais essayer, dit Gabby.

Elle s'y prenait bien avec la patiente, songea Sebastian qui l'aida à bien poser la jambe, attendant un signe qui montrerait qu'elle se souvenait de lui.

— Le chauffeur sait où aller, dit-il. Je vous suis sur ma moto. Dites-leur que c'est moi qui vous envoie.

— Et votre nom, c'est... ?

— Sebastian Becker, répliqua-t-il en refermant la porte arrière de la carriole.

Les yeux bleus s'écarquillèrent.

— Docteur... Becker ?

Ah, enfin. Il allait commenter la coïncidence de se rencontrer à nouveau ici après toutes ces années, mais se ravisa, honteux de lui avouer qu'il avait oublié son nom.

Ce fut seulement après qu'elle eut disparu dans un nuage de poussière qu'il finit par lui revenir.

2

— Il lui faut de l'anti-venin ! cria Mila en franchissant au pas de charge les portes de la Blue Ray Clinic.

Elle montra sa carte d'accès à un homme dans le petit hall encombré. L'Indonésien barbu, Agung d'après ce qu'indiquait son badge, la cinquantaine bien sonnée, se mit aussitôt en mouvement et la guida vers une salle toute blanche, ses tongs crissant sur le sol carrelé.

— Serpent marin, dit-elle à Agung qui examinait déjà le bandage. Le Dr Becker, que j'ai rencontré au port, sera là d'une minute à l'autre. Je suis le Dr Mila Ricci, nouvelle au MAC.

Eh oui, le mannequin en tenue de plongeur était donc le chirurgien avec qui elle travaillerait bientôt. Elle était encore sous le choc.

Elle referma la porte derrière elle, notant l'odeur de peinture fraîche sur les murs crème et les œuvres indonésiennes accrochées près de la fenêtre. Les feuilles d'un palmier tapaient à la vitre depuis l'extérieur.

Ils aidèrent la patiente à s'allonger sur un lit. Sa respiration était difficile, sans doute à cause de son agitation, non au venin qui se répandait de trop. Car, malgré l'assistance de Mila, il avait été compliqué de la maintenir immobile dans la carriole. Un afflux d'air frais de la climatisation lui balaya le visage alors que la porte s'ouvrait sur le Dr Sebastian Becker.

— Agung, comment va-t-elle ? demanda-t-il.

Il était en train d'enfiler une blouse blanche sur ses bras

musclés, tout en s'approchant du lit dans ses sandales de sport noires. Et il était tout aussi impressionnant dans cette blouse blanche qu'il l'avait été dans la combinaison de plongée.

— Merci pour ce que vous avez fait, dit-il en posant une main sur l'épaule de Mila.

— De rien.

Le regard dont il la toisait était suspicieux.

— Enfilez ceci, ordonna-t-il en lui jetant une blouse blanche accrochée à une patère. Comme l'infirmière Viv est occupée avec un autre patient, j'espère que ça ne vous dérange pas de rester un peu plus longtemps. J'ai besoin que vous coupiez sa combinaison, ajouta-t-il en désignant une paire de ciseaux sur le plateau, cette fois.

Mila obtempéra avec soin, suivant les ordres alors qu'elle aurait dû les donner. Mais pas de souci. Elle n'était pas à deux cents kilomètres de sa base à Ghazni. Personne n'avait été touché par un éclat de grenade. Il n'y avait pas de soldats blessés hurlant partout autour d'elle. Non, il n'y avait que cette jeune femme. Ici et maintenant.

Posant une main sur la jambe de Gabby, elle essaya de l'apaiser pendant que le Dr Becker lui administrait l'anti-venin. Le biper d'Agung tinta.

— Veuillez m'excuser, docteur Becker, docteur Mila, dit-il avant de quitter la pièce.

Aussitôt, l'air devint plus lourd. Sebastian la contemplait à nouveau.

— Mila ? répéta-t-il, surpris.

— Elle a l'air beaucoup mieux. Je pense qu'on a pris la morsure juste à temps. Maintenant, elle a surtout besoin de repos.

Les yeux plissés, il croisa les bras, planté devant elle. Au-dessus d'elle, la toisant, du haut de son mètre quatre-vingt-dix, comparé avec son mètre soixante.

— Pourquoi Mila ? Je croyais que votre nom était Annabel.

Les poumons de Mila se vidèrent de tout leur oxygène.

— Je ne m'en suis pas souvenu, au départ. C'était il y a au

moins six ou sept ans, non ? Vous étiez en retard à votre fête et, si ma mémoire est bonne, vous aviez un peu trop bu.

Il souriait, se rappelant quelqu'un qui n'était pas elle. Les larmes piquèrent les yeux de Mila. Elle aurait pu le plaquer au sol quand il lui prit les poignets, mais ses longs doigts hâlés coururent délicatement sur ses cicatrices et elle ressentit comme un courant électrique.

Il tourna brusquement ses bras vers le néon cru pour scruter les légères lignes nacrées.

— Vous n'aviez pas ça, à l'époque, commenta-t-il avec un froncement de sourcils. Que vous est-il arrivé ?

Elle se mordit l'intérieur des joues alors que les larmes menaçaient de couler. Il avait rencontré Annabel. C'était donc lui, l'homme dont sa sœur lui avait parlé. Bas... Pour Sebastian. Tout prenait son sens. Le Dr Becker était Bas. Et elle devait travailler avec lui.

Il fallait absolument corriger l'erreur. C'était insupportable.

— Je ne suis pas... pas qui vous croyez, bredouilla-t-elle. Docteur Becker, je suis Mila Ricci, reprit-elle en reculant d'un pas dans cette pièce soudain trop petite. Je suis là pour travailler quelque temps au MAC et apprendre vos techniques. J'ai raté mon transfert, je vous prie de m'excuser.

Elle le regarda se passer une main dans les cheveux, l'air perplexe. Puis il se mit à arpenter la pièce avant de s'arrêter.

— Je deviens fou ou quoi ? Je vous ai bien rencontrée avant, n'est-ce pas ? Vous avez changé de nom ?

— Je ne suis pas Annabel, dit Mila malgré sa gorge serrée. Annabel était ma sœur jumelle. Elle est morte, il y a trois ans. C'est elle que vous avez rencontrée, pas moi.

Le chat longea tranquillement le bar dans leur direction, sa fourrure noire brillant sous les lumières rougeoyantes. Sebastian lui passa une main sur le dos.

— Je suis navré pour le malentendu de ce matin, dit-il à la femme assise face à lui, sa nouvelle employée – temporaire.

Il avait pensé à elle toute la journée. Après l'avoir envoyée à son hôtel se reposer, il s'était débrouillé pour tenir son planning au MAC, même si son esprit était ailleurs. Il était même passé prendre des nouvelles de Gabby, rapidement, qui allait bien, mais pendant tout ce temps il avait hâte d'éclaircir la situation avec Mila.

— Ce n'est pas votre faute. C'est à la fois une coïncidence et une surprise, voilà. Annabel m'avait raconté qu'elle avait rencontré un certain Bas… Je n'avais pas du tout fait le rapprochement.

Elle avait les jambes croisées, installée sur le siège à bascule à côté de lui.

— Elle s'appelle comment ? demanda-t-elle en désignant le chat qu'il caressait.

— Kucing. Je l'ai trouvée petite, quelqu'un l'avait jetée dans une poubelle. Sympa, non ? Elle était dans un sale état, autant vous dire. Pas vrai, ma belle ? Elle se plaît ici ; les gars lui donnent du thon, le mercredi, ajouta-t-il tandis que la chatte frottait son nez contre sa paume.

Mila tendit le bras pour caresser Kucing, et il revit les cicatrices qu'elle avait aux poignets.

— Pourquoi Kucing ? s'enquit-elle.

— Ça veut dire « chat » en indonésien. On aime faire simple, ici.

Une musique reggae émanait des haut-parleurs installés dehors dans les palmiers. La femme de Ketut, Wayan, fit glisser deux verres dans sa direction sur le bar, puis un pichet d'eau glacée. Le bar n'avait rien de chic, ressemblant plutôt à une cabane rustique, mais c'était généralement calme.

Il espérait que Mila se sentait bien, mais il avait du mal à jauger son état d'esprit.

— Ce fut bref. Ma rencontre avec votre sœur, je veux dire, reprit-il, histoire de tâter le terrain. Je peux vous demander comment elle est morte ?

C'était surréaliste à quel point elle ressemblait à Annabel. Il n'en revenait toujours pas.

— Elle partait à une fête, un soir, commença lentement Mila, les yeux toujours braqués sur le chat. Elle conduisait la voiture de notre mère…

— Mon Dieu, c'est terrible, elle est morte dans un accident ? Est-ce qu'elle était seule dans la voiture ?

Il la vit se raidir tout en prenant son verre.

— Je n'ai pas très envie d'en parler, si cela ne vous dérange pas. Je suis ici pour le travail, docteur Becker. Pour me focaliser sur le présent, pas sur le passé. Vous pouvez me parler de la Blue Ray Clinic ? Vous travaillez là-bas aussi ?

— J'y passe si besoin. C'était plus ou moins un taudis quand je suis arrivé ici, répondit-il en se morigénant d'avoir été trop curieux.

Elle avait troqué sa robe rouge pour une longue jupe plissée bleu pâle et un haut blanc décolleté. De toute façon, étant donné sa silhouette menue, tout devait lui aller. Y compris un uniforme de l'armée dont elle avait ce franc-parler. Typiquement britannique, à l'instar de son accent.

Sa jumelle, qu'il avait peu fréquentée, était très différente. Il se la rappelait dansant dans une robe moulante et avalant shot sur shot de tequila, avant de monopoliser le micro du karaoké toute la soirée. Bizarrement, il n'imaginait pas Mila agissant ainsi.

— Vous n'êtes pas obligée de m'appeler « Dr Becker », dit-il pour essayer de détendre l'atmosphère. Sebastian, c'est très bien.

— D'accord... Sebastian, dit-elle avec un sourire crispé, passant une mèche de cheveux derrière son oreille. Alors vous enseignez aussi la plongée ? Vous êtes très occupé, on dirait.

— C'est ce qui arrive sur une île, je crois. On se retrouve à faire un peu de tout.

Il n'envisageait pas ses efforts à la Blue Ray comme différents de son travail au MAC. Il vivait juste sa vie, faisait le nécessaire pour que les choses avancent. Il ne désespérait pas qu'un jour Jared quitte Chicago pour venir le rejoindre ici, mais cela impliquerait que sa famille abandonne l'émission et toute la célébrité qui allait avec. Or son frère était assez différent de lui dans ce domaine.

Jared et sa femme Laura n'avaient pas subi la moitié de l'attention qu'ils avaient dû supporter, Klara et lui. Sans doute parce qu'ils étaient déjà mariés depuis un moment, ils étaient moins intéressants. Jamais leurs photos ne s'étaient retrouvées étalées en couverture des magazines ou ils étaient arrêtés dans la rue pour des selfies. Ou pris à partie par un homme se faisant passer pour un sans-abri afin qu'un second larron puisse les prendre en photo devant une bijouterie – une bague de fiançailles ! avaient titré les tabloïdes. Jusqu'alors, il n'avait pas envisagé de demander Klara en mariage, mais la pression était devenue énorme.

— D'après ce que je sais de votre expérience, c'est probablement moi qui aurais à apprendre de vous, docteur Ricci, dit-il en chassant les pensées du passé.

— S'il vous plaît, appelez-moi Mila, répliqua-t-elle, ses yeux bleus plongés dans les siens. Que savez-vous de mon expérience, exactement ?

— J'ai lu dans votre CV que vous avez risqué votre vie en Afghanistan, par exemple.

Elle eut l'air vaguement amusé.

— La plupart du temps, c'était sans danger.

— Et j'ai constaté que vous savez vous débrouiller dans une situation inattendue. Mais, dites-moi, qu'est-ce qui vous a poussée à vous engager dans l'armée ? ajouta-t-il en versant de l'eau glacée dans son verre. Vous avez toujours voulu aller sur le front ? En zone de guerre ?

Elle fit tournoyer les glaçons dans son verre, et il remarqua ses ongles : nets, sans vernis. Et ses boucles d'oreilles, de minuscules clous d'argent.

— J'ai intégré la réserve de l'armée pour l'argent, ce n'est pas plus compliqué que ça. Je pensais que cela m'aiderait à payer l'école de médecine. Je n'avais que vingt-quatre ans et mes projets étaient parfaitement établis... Vous savez comme on est quand on est jeune.

— Et une fois que vous avez compris où vous aviez fourré le nez, vous avez eu le choix de changer d'avis ? demanda-t-il, curieux.

Il n'avait pas rencontré beaucoup de femmes qui aient passé aussi longtemps en service pour l'armée.

— Je ne me suis pas posé la question. Je savais pourquoi je signais. Nous avons effectué quatre mois d'entraînement avant de partir en Afghanistan et j'ai été envoyée sur deux bases d'opérations en tant que membre d'une équipe médicale mobile.

— Seulement quatre mois d'entraînement...

— Oui. Quatre mois à lancer des grenades.

Sebastian sentit ses yeux s'écarquiller. Il trouvait l'idée vaguement excitante pour une raison qui lui échappait. Il s'éclaircit la gorge et but une gorgée du smoothie que Wayan lui avait préparé.

— Annabel était folle quand je lui ai appris qu'ils m'envoyaient près des lignes de front, poursuivit Mila. On pensait tous que je resterais à Bagram. Et dans l'avion, ça m'a frappée comme une bombe - sans mauvais jeu de mots... C'est la seule fois où j'ai pensé que je pourrais mourir là-bas.

— Comment peut-on se préparer à ça ? demanda-t-il en regardant ses lèvres se refermer autour de sa paille en bambou tandis qu'elle l'observait par-dessus le bord de son verre.

— On nous faisait défoncer des portes, on s'entraînait à l'évasion, aux manœuvres de combat urbain... Plein de choses sans doute nécessaires, avec le recul.

— Comme les grenades ?

Elle haussa les épaules.

— Je voulais juste devenir le soldat le plus fort et le meilleur chirurgien urgentiste possible. Et je n'avais pas l'impression que mener les deux de front soit trop pour moi. Je voulais être un exemple de résilience et de force, vous voyez ? Celle qui saurait garder son calme face à tout ça... Toute cette horreur, tous ces soldats avec des blessures terribles... Tout ça pour rien, Sebastian.

— Je n'imagine même pas.

Elle pinçait les lèvres, comme dans un effort pour ne pas laisser échapper plus d'émotions qu'à travers ses mots.

— Tous les patients qui nous arrivaient étaient dans un état critique, reprit-elle. Ça me manque parfois, ce genre d'interventions. Et le travail d'équipe, là-bas... Je n'ai jamais rien connu de tel ailleurs.

Sebastian se surprit à l'écouter attentivement, à croire qu'elle l'emmenait en voyage. Il avait presque oublié où il était.

— Ces montées d'adrénaline... Mais à la fin de la journée,

on reste humain. Moi, j'exorcisais ça par le sport. Je courais des kilomètres sur le tapis chaque jour pour éliminer tout ça. Et pourtant, je pleurais quand même le soir sous la douche. Je ne vais pas vous mentir, il m'a fallu longtemps pour m'en remettre. Mais moins que pour survivre à la mort de ma sœur… J'étais à la maison, en permission, quand c'est arrivé. Ensuite, j'ai quitté l'armée dès que j'ai pu.

Sebastian se tut. Que répondre à cela ?

Mila se passa une main dans les cheveux, révélant à nouveau ses cicatrices. Il n'osait pas lui demander comment elle se les était faites, étant donné la façon dont elle avait reculé, horrifiée, quand il les avait examinées plus tôt.

— Comme je l'ai dit, tout ça appartient au passé. Or je ne vois pas en quoi il affecterait ce que je fais ici, dans le présent, conclut-elle en se redressant. Mais vous, parlez-moi de votre vie, docteur Becker. Pourquoi avoir délocalisé vos talents aussi loin de Chicago et des États-Unis en général ?

Sebastian se cala contre le dossier de son siège. Il ne s'était pas attendu à une question aussi directe.

— Vous ne lisez pas les nouvelles ?

— Les nouvelles finissent par me parvenir si c'est important.

— C'est une perspective intéressante sur la communication, commenta-t-il sèchement. Non, mais sérieusement, vous n'avez même pas effectué de recherche sur moi sur Internet après votre embauche ? Vous ne connaissez rien de l'infâme, du célèbre, du tant prisé – surévalué, je dirais pour ma part – médecin de *Visages de Chicago* ? Ou comment le « frère Becker méprisé » a quitté la ville au bout d'une seule saison, tout seul ?

Lentement, elle faisait tourner son verre sur le bar, un doigt sur le bord.

— Je ne regarde pas les magazines people ou les réseaux sociaux.

— Je n'ai plus aucun compte sur les réseaux, maintenant, dit-il.

Qu'est-ce qui le poussait à essayer de se justifier auprès d'elle ? À vouloir gagner son respect avant la fin de la soirée ?

— Je connais votre travail. Que vous avez passé trois ans

à révolutionner votre procédure de réduction cicatricielle ici, pratiquement seul. Je sais que vos talents avaient fait gagner une fortune sans précédent au Becker Institute de Chicago, avant même que cette émission de téléréalité vous apporte la gloire. Votre père pratique quelle spécialité ?

— Pratiquait, corrigea-t-il. Il est mort.

— Désolée.

Elle ne demanda pas comment ou quand, même si, l'espace d'un instant, elle sembla sur le point de le faire.

— Pour être honnête, reprit-elle avec un soupir, une amie m'a appris quelques détails de votre vie personnelle qui peuvent être véridiques ou pas, d'ailleurs... Je préfère demander ces choses-là aux gens eux-mêmes, si besoin. Je ne regardais pas la télévision quand votre émission passait.

— Oui, je suis sûr que vous aviez mieux à faire que de nous regarder, mon frère et moi, pratiquer des liposuccions sur des pop stars trop gâtées.

Kucing sauta sur le bar à cet instant et faillit renverser le verre de Mila qui le rattrapa habilement, évitant le pire.

— Oh ! ça aurait été plaisant de déconnecter par moments, de voir ce qui se passait ailleurs dans le monde, dit-elle. Certaines nuits, le silence était pire que le bruit des tirs.

Encore une fois, Sebastian se retrouva sans voix.

— Pardon, ajouta-t-elle en secouant la tête. Reparler de cette époque, c'est comme ouvrir la boîte de Pandore. Je ne veux pas que vous pensiez que je suis toujours comme ça. Je suis juste fatiguée. Revenons-en à vous.

Il était déconcerté. Il y avait tant de choses qu'il aurait voulu dire sans savoir par où commencer.

— Je suis très impatient de travailler avec vous, Mila, dit-il seulement. J'espère que l'île et le MAC seront à la hauteur de vos attentes.

— Je m'efforce de ne pas avoir d'a priori, répondit-elle. Je déduis de vos propos que vous n'avez pas aimé participer à cette émission ?

Sebastian fit rouler les glaçons dans son verre, songeant qu'elle posait beaucoup de questions.

— Ce n'était pas tant l'émission que la manière dont les médias nous ont assassinés. Ils sont terribles, capables de se cacher, tels des chacals prêts à bondir.

— Oui, je connais des gens comme ça. Et vous continuez de prendre en charge les clients fortunés, les célébrités, s'ils viennent vous chercher ici ?

— Oui. Ils apprécient le luxe de l'île. Mais j'ai aussi le projet de créer à Bali un centre de bien-être pour les patients en rétablissement d'un trauma. Quelque chose d'un peu moins… cher. On doit commencer à s'ouvrir à plus de gens.

— Vous semblez avoir tout prévu, commenta-t-elle. Votre frère Jared… Il est impliqué ici aussi ?

— Il est encore trop occupé à jouer les stars de la télé, répliqua-t-il avec ironie en espérant ne pas laisser entendre sa colère envers son frère pour la vie sous les feux de la rampe qu'il avait choisie. On devrait grignoter quelque chose. J'ai faim.

Ayant commandé des chips, il changea de sujet pour aborder celui d'un patient inscrit pour une opération de routine… Un agrandissement du pénis.

N'importe quoi pour lui éviter d'aborder des thèmes plus personnels comme la famille. Mais, au fond, ce qu'il pouvait raconter, c'était du menu fretin comparé à ce que cette femme avait vécu.

Alors elle parla et il écouta, ne se rappelant même pas avoir jamais rencontré une femme telle que Mila.

Oui, décidément, elle était fascinante.

3

— Je suis ouverte aux suggestions, docteur Becker. Que pensez-vous pouvoir améliorer... Ça ?

Les doigts de la femme dans le fauteuil en cuir face à eux tiraient sur la peau de ses joues. Mila vit Sebastian remonter ses lunettes sur l'arête de son nez.

— Pivotez sur la gauche, s'il vous plaît. Parfait... Maintenant à droite.

Un bâton d'encens brûlait sur le rebord de la fenêtre de la salle de consultation confortable et élégante aux murs plaqués de bambou. Son odeur flottait dans l'air tandis que Sebastian étudiait le visage de la patiente, et Mila s'efforçait de ne pas contempler trop longuement le beau profil du médecin dans le rayon du soleil.

Cela faisait déjà une semaine qu'elle avait pour la première fois poussé les hautes portes en forme d'arches sculptées à la main du Medical Arts Center, et depuis, tout ce qu'elle y avait découvert la captivait.

Ce complexe était à des années-lumière de la Blue Ray Clinic, même si certains endroits étaient encore un peu dans leur jus – Rachel, la technicienne en radiologie, lui avait expliqué que tout n'avait pas encore été refait car c'était Sebastian qui finançait. Ici, des sols de marbre aux plantes en pots et aux vases dorés, tout respirait le calme et la paix. C'était l'endroit le moins traumatisant qu'elle ait vu pour accueillir des victimes de commotions.

Au sujet de la Blue Ray Clinic, la bavarde Rachel avait même ajouté :

— La rumeur court qu'il y a des problèmes au sein de la famille Becker, et que tout a commencé par l'émission. Son frère Jared n'est jamais venu ici, sur l'île. Il paraît que le Dr Becker était tellement dévasté, après que son ex-petite amie l'a quitté, qu'il prenait l'avion jusqu'ici tous les week-ends pour essayer de la retrouver.

Voilà qui était bien intrigant, même pour Mila qui n'aimait guère les ragots. Jusqu'à présent, elle avait apprécié leurs discussions, elle le trouvait intéressé et intéressant... Rien à voir en tout cas avec l'ancienne star de la télé qu'elle s'était imaginée.

— Avez-vous envisagé un lifting général, plutôt que d'affronter encore le bistouri ? interrogea-t-il.

Leur patiente était une Californienne de cinquante-sept ans, avocate criminelle. Tilda Holt avait perdu plus de cinquante kilos, et sa peau avait souffert en conséquence.

— Vous pensez qu'il va pouvoir me donner un visage qui reflète ma jeune âme, docteur Ricci ? Ou est-ce que ça fait trop de travail ? s'enquit la patiente, s'adressant à Mila cette fois.

— Le Dr Becker est l'un des meilleurs dans son domaine, affirma-t-elle avec tact. Je pense que vous pouvez vous estimer chanceuse d'avoir obtenu un rendez-vous ici. Puis-je vous demander comment vous avez entendu parler du travail du Dr Becker ?

— Je l'ai découvert à la télévision, répondit Tilda qui le dévisageait avec admiration. Et j'ai dit à mon mari : « C'est le type qu'il me faut, il pourra m'aider. » Vous avez toujours eu une façon de voir vraiment les gens, docteur, c'est pour ça que les gens vous adoraient dans cette émission.

Mila perçut une lueur embarrassée dans le regard de Sebastian, par-dessus ses lunettes. Elle lui sourit, incapable de réprimer une bouffée d'affection.

Elle trouvait admirable qu'il donne ses consultations lui-même, en personne ou par vidéo. Il allait souvent sur l'île principale aussi, pour voir les gens qui ne pouvaient pas voyager aussi loin. Bref, il tenait à connaître chaque patient qui franchissait sa porte. Et si sa célébrité attirait nombre de riches patients, il les accueillait aussi parce que leur argent profitait à l'île justement.

Il feuilletait une brochure avec Tilda.

— Plus besoin de filtres sur vos photos après cette procédure. Voici comment ça fonctionne : on envoie des ultrasons dans les muscles que l'on tendrait lors d'un lifting… ici, ici, ici… Donc ni bistouri ni aiguilles.

Il avait le don de raconter l'histoire comme un scénario, de capter l'attention des patients. Peut-être avait-il appris cela à la télévision ? En tout cas, il était loin de l'homme un peu capricieux, voire arrogant, qu'elle avait imaginé.

Elle songea à Annabel : avait-elle ressenti cette même attirance vers lui lors de leur brève rencontre ? Au bar, Mila n'avait pas osé le questionner sur ce qui s'était passé entre sa sœur et lui parce que cela lui aurait trop rappelé Annabel et l'accident. Et depuis ils n'avaient pas eu une minute pour parler en privé, entre les réunions, les présentations, les introductions aux procédures chirurgicales, et les quelques pauses apaisantes à siroter du thé vert au soleil avec le reste du personnel.

— Alors, ces muscles, là, remontent ici et le front comme ça. Et le traitement complet, visage et cou, prend à peu près trente minutes. Ça vous coûtera moins qu'une chirurgie plastique… Beaucoup moins.

Sebastian était de retour dans son fauteuil à roulettes, jean sous sa blouse blanche et baskets bleues, typiques d'un habitant de Chicago.

— Qu'est-ce que vous feriez, à ma place ? demanda Mme Holt tout à trac.

— Vous êtes seule à décider, mais je peux vous assurer que vous serez entre de bonnes mains ici, répondit Mila.

— Qu'est-il arrivé à vos bras, docteur Ricci ?

La question de Tilda prit tout le monde de court, y compris Sebastian qui toussota. Mila se sentit obligée de poser ses poignets de manière à ce que ses cicatrices soient bien visibles.

— Un accident, répondit-elle. Je n'y fais plus attention, maintenant.

— Et vous ne pourriez pas les effacer ? Docteur Becker, vous ne pourriez pas le faire, vous ?

Il répondit avant même que Mila puisse s'en charger.

— Je crains que notre rendez-vous ne touche à sa fin, Tilda. Je souhaitais juste ajouter qu'avec le traitement aux ultrasons, contrairement à une opération, il n'y a pas d'hospitalisation. Vous aurez juste l'air un peu hâlée pendant une heure ou deux, mais ici, ça ne choquera personne. Nous vous laissons réfléchir.

Puis il se leva et la guida poliment vers la porte tout en lui donnant rendez-vous sur la plage privée du MAC dans quelques jours, pour la soirée de levée de fonds destinés au sanctuaire des tortues de mer.

Mila se surprit à être un peu agacée qu'il se soit senti obligé d'intervenir. Avec ce qu'elle avait subi, les hommes avaient trop tendance à la protéger. Mais elle était forte, bon sang ! En le voyant revenir, elle sentit néanmoins son irritation détournée par une pensée : elles lui allaient vraiment bien, ces lunettes.

L'espace d'une seconde, elle crut qu'il allait en profiter pour l'interroger à propos de ses cicatrices. Sans doute songeait-il, comme la plupart des gens, qu'elle se les était faites en mission à l'armée. Qui pourrait imaginer qu'elle s'était blessée en essayant de tirer sa sœur à travers un pare-brise cassé ? Elle avait la nausée à cette seule pensée. Pas question qu'il aille croire cela, elle refusait de gâcher l'image qu'il s'était faite d'Annabel.

— Et vous, Mila, aura-t-on le plaisir de vous voir à cette soirée caritative ? On a prévu de la bonne musique et puis… les tortues seraient ravies de bénéficier de votre aide.

— Vendredi ?

— Oui. Vous n'aviez pas oublié, j'imagine ?

Elle n'allait pas l'avouer, mais si, elle avait complètement oublié. Heureusement, le téléphone de Sebastian sonna sur le bureau, et le nom de son frère apparut sur l'écran avant qu'il s'en saisisse.

— Vous voulez bien m'excuser ?

— Jared ? Votre frère ? demanda-t-elle malgré elle.

— Plus probablement Charlie, mon neveu, qui appelle depuis le portable de son père. Il faut vraiment que je le prenne, ajouta-t-il en lui effleurant l'épaule. C'est son anniversaire et il doit absolument me faire la liste des cadeaux qu'il souhaite. Vous savez ce que c'est.

Puis il quitta la pièce en discutant avec son neveu sur un ton enthousiaste qu'elle ne lui avait jamais entendu, et elle sentit son petit faible pour son employeur se renforcer encore un peu.

— Quand il vous fait ce regard, vous voyez exactement ce qu'ont aimé des millions de téléspectateurs en suivant le Dr Sebastian Becker, commenta Rachel avec un soupir. Vous comprenez de quoi je parle ? Vous l'avez repéré aussi, n'est-ce pas ?

Sebastian s'immobilisa en entendant son nom. Il ne se rendait pas compte que les deux femmes ne le voyaient pas. Mais, si Rachel se pâmait, Mila restait silencieuse.

— Méfiez-vous, docteur Ricci ! Les frères Becker peuvent transformer votre visage et vous voler votre cœur, continua Rachel, enthousiaste.

C'était la soirée caritative pour les tortues, et les deux femmes buvaient un verre sur la plage du MAC, à la lueur d'une torche enflammée plantée dans le sable.

— Qu'est-ce que j'ai volé ? intervint-il, sachant que sa voix allait les faire se retourner aussitôt.

— Oh ! là, là ! lança Rachel en se couvrant le visage. Je suis désolée.

Mila réprima un sourire.

— Pas de souci, je vous promets de ne pas vous voler votre cœur, Rachel, répliqua-t-il, malicieux, ses yeux s'attardant sur Mila alors qu'il s'adressait à la radiologue.

Elle portait une robe bleue avec un décolleté en V profond dans le dos qui mettait parfaitement ses courbes en valeur.

— Je file me chercher une part de gâteau, marmonna Rachel en s'éloignant.

Soudain, il ne resta plus que Mila dans cette robe, et lui, avec le bourdonnement de la fête en fond sonore.

— On se met à jour sur les ragots de l'île ? Je croyais que ça ne vous intéressait pas.

— Je pense que Rachel aime bien parler, répondit Mila avec un regard de côté. Je me suis donc retrouvée dans la position de l'auditrice involontaire.

Un coup d'œil par-dessus son épaule lui confirma ce qu'il soupçonnait : Rachel les observait depuis le buffet.

— Elle m'a raconté qu'elle avait visionné tous les épisodes de *Visages de Chicago* avant de postuler au MAC, dit-il. Au nom de la recherche, bien sûr.

— Bien sûr..., répéta-t-elle.

Un sourire dansant sur ses lèvres, elle s'éloigna vers le bord de l'eau, relevant le bas de sa robe. Il contempla la brise jouer avec ses cheveux et le tissu bleu soyeux alors qu'elle inspirait profondément, le visage tourné vers le ciel. Comme si elle aspirait la vie de l'eau.

— J'ai entendu votre discours, reprit-elle au bout d'un moment. Vous élevez des petites tortues jusqu'à ce qu'elles soient assez grandes pour s'aventurer toutes seules autour du corail que vous régénérez grâce à une technologie électromagnétique, c'est exact ?

Il adorait son accent britannique. Annabel avait le même, et, pourtant, il fut à nouveau frappé par leur différence alors qu'elles étaient jumelles.

— C'est exact, oui. Nous visons soixante-dix pour cent de régénération dans les zones où nous avons investi. C'est encore le début, mais on va surveiller l'évolution.

— Y a-t-il quelque chose sur cette île dont vous n'êtes pas partie prenante ? demanda-t-elle pour le taquiner, marchant avec lui vers une balançoire en bois.

— Peut-être une ou deux... Il y a toujours quelque chose à faire.

Il lui tint la balançoire afin qu'elle puisse s'asseoir sur le bois flotté poli... et ainsi admirer la courbe de ses épaules et le dos nu de sa robe tandis qu'il la poussait. C'était lui qui avait fait installer cette balançoire, il l'avait même fabriquée avec l'aide de Ketut. Il n'avouerait pas à Mila le nombre de nuits qu'il avait passées là, avant la construction du MAC, à essayer de lister les raisons de ne pas sauter dans un avion pour aller chercher Klara.

— Dans un endroit tel que celui-ci, tout est question de travail d'équipe, dit-il en la poussant. Et ça doit commencer par la conservation de l'océan.

Il laissa l'eau lui lécher les mollets alors qu'elle effleurait parfois le sable, parfois l'eau du bout des orteils. Le vent soulevait des mèches de ses cheveux qui lui chatouillaient le visage. Sebastian se surprit à resserrer les mains autour de la corde de la balançoire.

— Vous pratiquez la plongée, docteur Ricci ?

Ses cheveux sentaient bon, une odeur semblable à celle de l'encens qui brûlait dans le bureau d'accueil du MAC.

— Non. Pas dans l'océan. Décrivez-moi... la sensation, pas la technique.

Il réfléchit.

— En bas, on peut tout oublier, dit-il, décrispant un peu les doigts sur les cordes. Pas de discussions internes, du moins rien qui fasse pression. Il n'y a que vous et le son de votre souffle dans vos oreilles.

— Ça a l'air magique. Comme une forme de méditation.

— C'est ça. Fermez les yeux...

Une bretelle de sa robe lui tomba sur le bras, mais elle ne la remonta pas alors qu'elle lui obéissait.

— Vous dérivez avec le courant, commença-t-il. Vous respirez avec la terre elle-même. Inspirez, expirez... Encore... Vous n'avez pas vraiment besoin de vos mains, que de vos yeux, il s'agit juste de contrôler votre respiration.

— Vous me donnez grande envie, dit-elle au bout d'un moment.

Elle avait encore les yeux fermés et la tête légèrement renversée en arrière, presque contre lui, sans toutefois le toucher vraiment.

— J'essayerai peut-être...

— Je vous emmènerai, dit-il.

Et il fut surpris par l'envie qu'il avait déjà de montrer à Mila toutes les choses qu'il adorait dans l'océan.

— Je n'en reviens pas qu'au cours de tous vos entraînements à l'armée, vous n'ayez jamais pratiqué la plongée.

— Je l'ai fait une fois ou deux dans un lac, mais j'étais trop occupée à jeter des grenades à la surface pour m'y essayer dans l'océan.

Elle souriait quand elle pivota sur la balançoire pour être face à lui, entortillant les cordes au-dessus de sa tête. Ses jambes nues se trouvèrent prises entre les siennes une seconde. Ou bien ce fut lui qui l'attira vers lui. Il ne savait pas trop.

— Docteur Becker ? Docteur Becker ?

Un homme aux cheveux bleus agitait une noix de coco dans leur direction depuis le rivage.

Sebastian lâcha les cordes de la balançoire, et Mila en fut presque soulagée. Il lui avait jeté un sort, et l'espace d'un instant elle avait été comme hypnotisée par ses paroles et sa présence plus généralement. Elle n'était pas censée craquer pour lui, ils devaient travailler ensemble. Sans parler de cette… Quoi qu'il se soit passé… Cette histoire avec Annabel. Pourtant, c'était difficile de lutter contre ce… cette… chose dont avait parlé Rachel. Une attirance magnétique.

L'homme aux cheveux bleus fit la révérence - oui, oui, une révérence - à Sebastian, sans paraître ne serait-ce que remarquer Mila. Elle le reconnut pour l'avoir vu dans le dossier « patients ». Hugo O'Shea. Il venait sans doute d'arriver pour son traitement - un agrandissement du pénis, si sa mémoire était bonne. Selon Rachel, l'homme était un blogueur renommé pour ses ragots « people ».

— Quelle belle soirée ! s'exclama Hugo. Je suis sûr que les tortues vous sont aussi reconnaissantes que moi, docteur Becker.

— Pardon, Hugo, je vous présente le Dr Ricci, répondit Sebastian. C'est elle qui sera à vos côtés pendant votre opération.

Hugo pivota vers elle et lui tendit une main dans un geste théâtral.

— Je n'ai rien contre les mains d'une femme, dit-il en serrant la sienne. Mais je pense que nous préférons tous les deux celles du Dr Becker, n'est-ce pas ?

Il lui adressa un clin d'œil et fit mine de s'éventer. À quoi Mila répondit par un sourire poli.

— Je peux faire une photo de vous deux ? La lune derrière vous, c'est trop beau.

— Non, pas ce soir, répliqua Sebastian un peu sèchement, avant de tourner les talons. Bonne fin de soirée, Hugo.

Mila envisagea de le laisser partir seul, mais elle s'aperçut qu'elle n'en avait pas terminé avec leur conversation. Alors elle le suivit loin de la foule, sur les rochers jusqu'au point de vue.

Ce côté de l'île était plus calme. Les vagues clapotaient contre les rochers, et la mer, telle une couverture, se déroulait sous le ciel nocturne jusqu'au pied des montagnes au loin.

— Vous n'aimez vraiment pas qu'on vous prenne en photo, dit-elle en s'asseyant sur le rocher à côté de lui.

— O'Shea a signé un accord de non-divulgation. Il sait qu'on n'accepte pas les caméras et les appareils photo au MAC.

Mila replia les genoux contre sa poitrine.

— Ça a un rapport avec ce qui s'est passé à Chicago ? demanda-t-elle doucement. Je sais que vous étiez harcelé par les paparazzis. Mais je ne connais pas les détails...

Sa mâchoire était serrée, ses épaules raides, signe que le souvenir était pénible.

— Ils nous suivaient partout, Klara et moi. Sans relâche... Une fois, ils l'ont surprise sortant de voiture. Il faisait du vent et sa robe a malheureusement été soulevée très haut. Les paparazzis s'en sont donné à cœur joie, zoomant et pointant le doigt sur tous les détails que personne ne souhaite montrer. Vous n'en avez jamais entendu parler, vraiment ?

Mila porta une main à sa bouche et secoua la tête. L'humiliation. Elle ne supportait pas cela. Pauvre Klara...

— C'était ce qu'il pouvait y avoir de pire pour une enseignante en maternelle, continua-t-il. On était différents. Très différents... Sans doute que j'aimais le fait qu'elle n'appartienne pas à mon univers. Je l'avais rencontrée via mon neveu Charlie, que j'étais allé récupérer à l'école un jour. Klara était là, qui empilait des petites chaises en plastique...

Il s'interrompit, comme s'il venait de comprendre qu'il lui en dévoilait trop.

— Bref, certains parents d'élèves ont fait un scandale, arguant qu'elle n'était pas apte à s'occuper de leurs enfants. Mais elle les adorait, ces gosses, alors autant dire qu'elle était dévastée. Et puis une publication a « révélé » qu'on l'avait vue avec un autre gars, reprit-il en mimant les guillemets avec ses doigts. Ça a encore empiré. En fait, c'était le directeur de l'école, et le journaliste les avait pris en train de discuter devant l'école. Sa femme a commencé à avoir des soupçons…

— Mais c'est affreux !

Il opina lentement de la tête, les yeux fixés sur un bateau de plongée nocturne qui ballottait dans la pénombre.

— Le principal lui a proposé un congé sabbatique, histoire de s'éloigner de tout ça. Quant à moi, j'ai quitté l'émission. J'envisageais de partir avec elle, mais elle préférait être seule. Elle a décroché un poste de bénévole dans une école en Thaïlande, supprimé tous ses réseaux sociaux, changé de numéro… Elle n'a même pas voulu me voir avant son départ.

Mila détacha les yeux de ses biceps alors qu'il s'appuyait sur les coudes, le visage tourné vers le ciel.

— Donc vous n'avez pas pu vous dire « au revoir ».

La conversation entrait dans une zone sans doute trop intime, pourtant, elle voulait savoir, c'était plus fort qu'elle. Autant apprendre la vérité par lui plutôt que par le téléphone arabe délivrant une version remâchée de l'histoire. En tout cas, au vu de son expression, il avait dû l'aimer très fort, cette femme.

— Je pense que j'ai trouvé la paix, ici, dit-il. J'ai emmené une petite équipe avec moi et, peu à peu, nous avons travaillé aux rénovations de la Blue Ray en même temps que le MAC sortait de terre. Je me suis aussi mis à enseigner la plongée, j'ai créé la fondation pour la protection des tortues avec Neesha et son mari – vous les rencontrerez plus tard – et passé beaucoup de temps à apprendre à connaître les gens d'ici. C'est important. Il fallait qu'on s'adapte lentement à l'île et pas le contraire. Ensuite, on a ouvert les portes du MAC et, depuis, c'est du non-stop.

— Et l'émission de téléréalité ? Qu'est-il arrivé quand vous l'avez quittée ?

Il se crispa, reportant son regard sur les bateaux au loin.

— Je m'attendais à ce que Jared claque la porte aussi et me suive ici. Ayant vu ce qui s'était passé avec Klara et moi, il aurait pu redouter que ça se reproduise pour Laura, sa femme, et lui.

— Mais non ?

Il haussa les épaules.

— Ils étaient mariés, heureux, l'image même de la famille parfaite. Laura tient maintenant un blog de cuisine et elle enregistre des *podcasts* pour les jeunes mamans. Peut-être est-ce moins vendeur pour les lecteurs de tabloïdes ? Je l'ignore. On ne sait jamais quelle sera leur prochaine cible ou ce qui sous-tend leurs choix de publications, mais j'imagine qu'ils ont jeté leur dévolu sur Klara et moi parce qu'on leur offrait plus de possibilités d'histoires aguicheuses.

Mila se demandait quel effet cela avait dû leur faire, de vivre dans l'œil du cyclone, avec les médias sans cesse à leurs trousses. D'une certaine façon, cela devait se rapprocher de sa vie en Afghanistan : la peur constante, se préparer au pire qui peut-être n'arriverait jamais.

— La chaîne voulait tourner une autre saison, poursuivit-il. Ils ont trouvé un chirurgien pour me remplacer et offert plein d'argent. En gros, il ne pouvait pas partir. Bref, l'émission a repris sans moi, les médias de Chicago ont trouvé d'autres proies. La vie a continué.

Il jeta un galet au-dessus des rochers, se passa une main dans les cheveux puis lui adressa un regard penaud.

— Je ne sais pas pourquoi je vous ennuie avec tout ça, Mila.

— Vous ne m'ennuyez pas. C'est agréable d'apprendre à vous connaître, répondit-elle franchement. De voir qui est l'homme derrière le masque chirurgical…

Elle vit ses épaules se détendre brusquement, comme sous l'effet du soulagement.

— Et quel est votre avenir ? s'enquit-elle. Vous voulez rester ici ? Vous ne voulez pas fonder une famille ?

Il se tourna face à elle.

— Pourquoi ne pourrais-je pas le faire ici ?

Mila fut prise de court. Bizarrement, elle ne s'était pas attendue à cette réponse.

— Oh ! je suppose qu'il y a de quoi ravir et inspirer des enfants qui grandiraient ici, en effet !

En prononçant ces mots, elle se rendit compte qu'à présent elle s'imaginait bien la chose. Un avenir ici, à apprendre à ses enfants à aimer l'océan. À les voir courir pieds nus, apprendre à lire sur le sable. Pas mal du tout… Même si, pour sa part, elle avait décidé depuis bien longtemps qu'elle n'aurait pas d'enfants.

— Il y a des endroits pires pour élever une famille, non ?

— Je ne sais pas, dit-elle. Je n'envisage pas de fonder une famille, en fait.

Il l'observait avec intérêt. Elle avait honte de l'admettre, mais elle avait peur d'avoir un enfant à elle. Peur de le perdre, qu'il lui arrive malheur… Ou qu'il arrive quelque chose au père. Elle ne supportait pas l'idée de subir ce genre de perte une seconde fois.

— En tout cas, moi, je préfère le faire ici qu'à Chicago, conclut-il enfin. Je ne dis pas que je n'y retournerai jamais en visite, d'ailleurs j'y vais bientôt pour l'anniversaire de ma mère. Mais, entre vous et moi, cette émission, je ne voulais pas la faire au départ. Alors, plus je reste éloigné du cirque médiatique maintenant, mieux c'est.

Sa chemise était ouverte sur trois boutons, laissant apparaître son épaisse toison brune que la brise taquinait, et elle se surprit à se demander quel effet cela ferait de la toucher.

— Si vous n'aviez pas envie, pourquoi avoir tourné dans cette émission alors ? lança-t-elle, étonnée.

— Ma mère a insisté. Elle pensait que notre père aurait fait un truc comme ça s'il avait été encore là. Jared y voyait le moyen de nous attirer plus de clients. Hélas, pendant que cette émission dévorait tout mon temps, mon vrai projet, ici, restait en suspens. Du coup, dès qu'ils ont commencé à tout monter en épingle pour les torchons à scandale, j'ai voulu partir. Nous savions tous que mon père n'aurait pas voulu ce genre d'attention sur l'institut, ces caméras qui ne s'arrêtaient jamais de tourner, celles qui nous suivaient jusqu'à la maison… Mais il a fallu cette fameuse photo pour que je franchisse le pas. Klara a peut-être trouvé que j'avais attendu trop longtemps pour claquer la porte. De toute façon, elle était trop citadine pour vouloir vivre ici, et puis mes activités m'auraient occupé trop de temps, tôt ou tard.

Peu à peu, la conversation évolua vers des sujets plus légers et ils perdirent tous les deux la notion du temps à discuter de plongée, de raies manta, des projets scolaires de Charlie, de leurs années de collège, de leurs goûts vestimentaires très différents dans les années 1990… et du fait qu'aucun des deux n'avait jamais vu *Star Wars*.

Par moments, Mila avait Annabel dans un coin de la tête, pourtant elle n'osait pas le questionner sur ce qui s'était passé entre eux.

Pourquoi ?

Si dur que ce soit de l'admettre, quelque chose l'avait chagrinée quand il avait évoqué son passé avec Klara.

Elle commençait à vraiment apprécier cet homme. Et cela lui faisait peur.

4

— Fillette, huit ans, annonça le Dr Fatema Halabi, l'air stressé. On lui fait le vaccin antirabique, mais elle semble avoir besoin de plus que de quelques points de suture. On l'a amenée ici directement depuis la Blue Ray.

Le Dr Halabi était une nouvelle recrue du programme d'internat du MAC. Elle avait exercé trois ans la chirurgie générale dans une clinique de Charlotte, en Caroline du Nord, et se spécialisait dorénavant en chirurgie plastique sous le tutorat du Dr Becker.

Elle avait poussé la patiente sur un brancard jusque dans la salle de traitement aérée et embaumant le jasmin avant même que Mila ait enfilé ses gants. La malheureuse victime d'une morsure de chien était une touriste française, Françoise Marchand, que sa mère accompagnait.

Mila déroula l'énorme bandage qui peinait à absorber le sang et examina les dégâts. Elle vit immédiatement les lacérations sur le nez et les lèvres de l'enfant. C'était grave, mais pas aussi terrible qu'elle l'avait craint.

— Il était gros comment, ce chien qui t'a mordue ? demanda-t-elle à la petite.

— C'était comme un dalmatien, très gros, très énorme, intervint sa mère dans un anglais hésitant. Il a sauté sur elle ! ajouta-t-elle, les lèvres tremblantes. Ce n'est pas rassurant pour les enfants, ici...

— Madame Marchand, je peux vous assurer que l'île est très sûre, dit Mila en se demandant si son affirmation était bien correcte. Je suis d'accord avec vous que le chien aurait dû être enfermé ou attaché, mais nous sommes là maintenant. Et nous allons aider Françoise, OK ?

L'enfant renifla tandis que Fatema, l'image même du calme, appliquait des linges propres sur les plaies. Les longs cheveux blonds de Françoise étaient collés de sang, ainsi que son T-shirt à motifs de pastèques.

— Ma fille ne voulait pas embêter la chienne, reprit sa mère. Elle voulait juste caresser les petits. Mais la chienne lui a sauté dessus, et je n'ai rien pu faire.

Mila posa une main sur l'épaule de la femme et la guida jusqu'au fauteuil de cuir dans un angle de la salle spacieuse. Voilà qui commençait à faire sens : il n'était jamais prudent d'approcher une chienne avec des chiots sans le consentement du propriétaire. L'accident aurait pu arriver n'importe où.

— Ce n'est pas votre faute, d'accord ? dit-elle à la mère pour l'apaiser. Il faut garder votre calme, pour le bien de Françoise.

Dans le cas contraire, la petite ressentirait la panique de sa mère telle une éponge, en la décuplant.

— Vous préférez peut-être attendre dehors ? Nous viendrons vous chercher quand ce sera fini.

Puis Mila accompagna Mme Marchand à la porte. Elle avait besoin de se concentrer. L'œdème péri-orbital était visible autour de l'œil gauche de l'enfant, un hématome sévère sans doute provoqué quand elle s'était débattue. Elle avait aussi remarqué des entailles sur les tissus mous autour de la lèvre supérieure et sur la peau au-dessous de la pommette gauche. Pourvu qu'il n'y ait pas de nerf endommagé.

Fatema s'excusa, et Rachel s'occupa des radios.

Mila se surprit à attendre Sebastian. Son traitement signature serait nécessaire. Comme le nouveau fil révolutionnaire se dissolvait plus vite dans la peau, il n'y avait pas besoin de le retirer et les cicatrices sur les lèvres, le visage ou la bouche étaient moins visibles. Françoise et sa mère ignoraient probablement la chance qu'elles avaient que le drame se soit produit ici. Même si le mot « chance », en l'occurrence, était mal choisi.

— Tu es très courageuse, Françoise, dit-elle.

La petite esquissa un bref sourire avant de grimacer de douleur. Elle supportait bien les piqûres et le nettoyage, Dieu merci.

Mila observa les radios sur l'écran de l'ordinateur sans pour autant parvenir à retenir le flash-back qui vint s'imprimer devant ses yeux : la dernière fois qu'elle avait traité une morsure de chien, c'était bien pire. Le berger allemand avait été terrifié quand ils l'avaient trouvé, enchaîné à la clôture d'une minuscule base militaire. Ses pattes étaient couvertes de sang, déchirées par le fil de fer barbelé. Il avait sauté sur eux alors qu'ils approchaient du cadavre de son propriétaire, un officier afghan tué d'un coup de fusil dans le dos. Le pauvre devait être là depuis un moment, sous la pluie des éclats d'obus. Pas étonnant qu'il se soit jeté sur eux et ait failli arracher la joue de son collègue Neil.

— Tu vas bien ?

Mila releva les yeux dans un sursaut. Sebastian posait sur elle un drôle de regard. Elle ne l'avait pas entendu entrer. Il était rasé de frais, en T-shirt rouge et jean, baskets noires aux pieds.

— Oui, ça va, répondit-elle malgré les battements accélérés de son cœur.

Il enfila une blouse blanche, et elle perçut une bouffée de crème solaire et d'une nouvelle eau de toilette qu'elle n'avait jamais sentie sur lui auparavant. Elle lui fit un bref compte rendu de la situation, tout en notant que ses paumes étaient moites depuis qu'il était arrivé.

Puis elle se morigéna intérieurement de cet afflux de nervosité à la perspective de pratiquer le traitement révolutionnaire que le Dr Becker avait perfectionné. Ce serait la première fois qu'elle utiliserait les lasers, pourtant c'était lui plus que l'acte en soi qui la perturbait.

— J'ai tout sous contrôle, dit-elle en soutenant son regard.

Sebastian sembla en douter, cela dit. Et comme il l'observait, on aurait pu croire qu'il évaluait son humeur en même temps que ses capacités. Un médecin des urgences de la Blue Ray pouvait recoudre une blessure, peut-être même la camoufler assez habilement, mais il fallait l'intervention d'un chirurgien pour éviter à quelqu'un de vivre avec des cicatrices visibles pour le restant de ses jours.

Mila devait faire abstraction de lui. Ou au moins faire comme si elle n'était pas autant attirée par l'homme dont elle sentait le regard sur elle, attentif au moindre de ses mouvements.

Mila se réveilla en sursaut. *Non, non, non.* Elle attrapa son téléphone : il n'était que minuit. Elle avait encore fait ce rêve et, maintenant, elle ne réussirait pas à se rendormir.

Elle se rallongea sous le ventilateur, espérant que l'air frais parviendrait comme par magie à la calmer, mais les images se succédaient encore à mille à l'heure dans sa tête. Comme d'habitude. Elle serra les paupières. Non, elle ne pouvait plus le supporter.

De guerre lasse, elle rejeta les draps de coton et alla se baigner le visage à l'eau froide dans la salle de bains. Puis elle releva la tête vers le miroir et laissa échapper un long soupir. Mais pourquoi continuait-elle à faire ce rêve ?

Ayant enfilé une robe par-dessus ses sous-vêtements, elle sortit sur la terrasse. La lune et les étoiles brillaient au-dessus des palmiers. Elle envisagea de s'allonger dans le hamac, espérant parvenir à mieux dormir là-bas, entre les murs sécurisés de la propriété où s'élevait le MAC, où se trouvaient aussi les quartiers du personnel. Ou bien peut-être qu'une courte promenade lui éclaircirait les idées.

Elle glissa les pieds dans ses sandales et sortit dans la nuit tiède et humide, suivant le sentier. Mais elle avait beau faire, le rêve se poursuivait encore et encore. Pourtant, le paysage était féerique et elle ne s'en lassait pas : les montagnes illuminées par le clair de lune, les lumières scintillantes des bateaux, le doux clapotis des vagues sur le rivage. Hélas, le rêve, ou plutôt le cauchemar l'entraînait malgré elle dans le passé, la nuit de l'accident. Et Annabel était là, avachie sur le volant.

Mila s'arrêta près de la balançoire dans l'eau et s'installa sur le siège en forme de cœur. Même éveillée, elle n'arrivait pas à bloquer les images de ce fichu rêve.

En réalité, la nuit où cela s'était produit, Mila savait qu'elle arrivait trop tard pour secourir sa jumelle à la seconde où elle l'avait vue. Peut-être même avant. Elle l'avait senti, d'une façon ou d'une autre. La perte. L'absence. C'était peut-être aussi pour cette raison que ses années de pratique s'étaient évanouies et qu'elle était restée pétrifiée. Dans le rêve, en revanche, la voiture d'Annabel était en Afghanistan, pas dans la campagne anglaise. Mila tirait sa sœur à travers le pare-brise toute seule, comme dans la vraie vie. Des grenades explosaient autour, des flammes léchaient les vitres explosées d'un grand bâtiment. Des femmes hurlaient dans la poussière de l'éboulement, venaient vers elle en trébuchant avec leurs enfants blessés, la suppliant de les aider.

Le stress, le chagrin, la culpabilité. Tout cela entremêlé dans un rêve. Qu'elle faisait encore et encore depuis son arrivée ici sur l'île.

L'océan semblait l'apaiser, constata-t-elle alors que les vaguelettes recouvraient ses pieds. Peut-être qu'aller plonger avec Sebastian lui ferait du bien aussi, si, comme il le pensait, cela lui permettait de se vider l'esprit. Ce ne serait pas de refus, ne serait-ce qu'un moment. Pour l'instant, néanmoins, ils avaient été trop débordés pour réussir à s'accorder une sortie plongée.

Mila retournait à sa chambre quand elle fut tirée de ses pensées à propos de Sebastian par un jappement, non loin d'elle. Elle sursauta et, malgré son coup d'œil à la ronde, ne vit pas de chien. Jusqu'à ce qu'il surgisse sur le sentier sablonneux. Elle s'immobilisa. Le chien était grand et massif, tacheté de blanc et de noir. Il n'aboyait plus, mais la fixait d'un air inquisiteur. Ne voyant personne alentour, elle avança d'un pas précautionneux.

— Tu es perdu, mon grand ? demanda-t-elle d'une voix calme et douce.

Avec son immense queue, il avait tout de l'aspect d'un chien de Bali, mais impossible de deviner s'il était agressif ou pas.

— Bruno !

Mila fit volte-face en entendant cette voix. Sebastian courait vers eux. Le chien alla à sa rencontre et sauta joyeusement sur le beau médecin, posant ses pattes avant sur le maillot des *Chicago Clubs* qu'il portait. Avec un short de surf et des tongs. C'était la tenue la plus décontractée que Mila lui ait vue depuis leur rencontre. Et elle ne put s'empêcher de laisser glisser son regard de haut en bas sur son corps.

— Bonsoir, Mila... Désolé, il vous a fait peur ? Il s'est échappé par la clôture que quelqu'un a dû laisser ouverte par erreur.

— C'est votre chien ?

Elle lissa sa robe, soudain gênée par ses cheveux non coiffés, l'air de sortir du lit. Elle ne s'était même pas brossé les dents. Sebastian s'accroupit pour ébouriffer la fourrure de son chien avec affection. Celui-ci répondit par un coup de langue sur la joue, les bras, le cou...

— Il n'est avec moi que le temps de lui trouver un nouveau foyer, répondit-il en riant de l'enthousiasme du chien. Mila, je vous présente Bruno. C'est un gros garçon, mais il ne ferait pas de mal à une mouche au cas où cela vous inquiéterait.

— Non, non, dit-elle un peu trop vite. Que faites-vous debout si tard ?

Il se redressa et fixa sur elle un regard perçant. Dieu, qu'il était beau... Même au milieu de la nuit.

— Je pourrais vous poser la même question.

— Je n'arrivais pas à dormir, murmura-t-elle.

— Quelque chose vous préoccupe ?

Elle hocha la tête puis, ensemble, ils remontèrent le sentier entre les palmiers balancés par la brise, enveloppés par le clapotement de la mer derrière eux. La maison privative de Sebastian n'était qu'à quelques mètres, mais elle se rendit compte qu'elle n'avait encore jamais vu au-delà de la haute clôture de bois. Il gardait le portail fermé, à croire que sa maison était une sorte de tour d'ivoire. Connaissant désormais son passif avec les paparazzis, elle comprenait mieux pourquoi.

Quand ils arrivèrent devant le portail ouvert, Bruno se rua à l'intérieur et Mila aperçut la maison : modeste, petite, de plain-pied. Pas de piscine. Rien de ce qu'elle avait imaginé. Elle avait pensé que ce serait plus extravagant, plus en accord avec sa fortune peut-être.

Il lui posa délicatement la main sur le bras.

— Vous aviez l'air préoccupé, aujourd'hui, quand la petite mordue par un chien est arrivée. Tout va bien ? Vous n'êtes pas surmenée au moins ?

— Non, Sebastian. Je suis habituée à travailler dur.

— Oui, je sais.

Elle baissa les yeux sur la main posée sur son bras nu. Sa chaleur se répandait à travers elle, en même temps qu'un afflux d'émotions qui menaçaient de se changer en larmes. Elle les ravala et détourna les yeux.

— C'est juste... Parfois, je rêve d'elle, vous savez, Annabel. C'est l'anniversaire de sa mort bientôt. Disons qu'elle a dû occuper mon esprit plus souvent que d'habitude. Ne vous tracassez pas, ça n'affectera pas mon travail.

— Hé...

Il la prit par le menton, l'obligeant à croiser son regard. Sur son visage se lisait une inquiétude réelle. Mila sentit ses poumons se contracter et son souffle se couper.

— Mila, ce n'est pas votre travail qui me soucie.

Elle bataillait pour ne pas laisser les larmes remporter la bataille. Déjà, elle regrettait de lui avoir parlé de l'anniversaire... c'était bien trop personnel. Mais cela lui avait échappé. Sa gentillesse l'avait touchée.

— Je veux que vous soyez heureuse ici, reprit-il.

Il avait l'air si sincère que le cœur de Mila se gonfla un peu plus d'émotion.

— J'adore être ici, répondit-elle en toute honnêteté, mais détournant les yeux. C'est tout ce que m'avait décrit Annabel. En mieux, même.

Derrière lui, elle distinguait tout juste le salon de sa maison. La pièce, décidément toute simple mais confortable, était éclairée par une lumière douce et la porte était ouverte, comme s'il l'avait laissée ainsi dans sa hâte de partir en quête de son chien. L'immense fenêtre révélait des équipements de sport, un canapé noir et une table basse avec une bouteille de vin dessus. Et deux verres vides.

L'estomac de Mila se noua. Était-il en train de partager ce vin avec le fameux « quelqu'un » qui aurait laissé le portail ouvert ?

— Vous voulez entrer ? J'ai du thé...

Il s'interrompit, l'air penaud, comme s'il devinait que sa proposition n'était guère professionnelle. Seulement, maintenant, elle ne pouvait s'empêcher de se demander avec qui il buvait du vin à presque minuit. Elle sentit son regard rivé sur elle, et ses joues s'enflammèrent.

Qu'est—ce que ça peut bien te faire qu'il ait eu un - ou une - invité ?

— Je ferais mieux d'aller me coucher, répondit-elle en espérant qu'il ne percevrait pas son trouble. À demain au MAC. Bonne nuit, Sebastian.

5

— On lui a déconseillé la taille XXL, du coup il opte pour XL, dit le Dr Halabi.

Sebastian adressa un clin d'œil à son interne en résidence.

— Extra-large, c'est suffisant pour lui, dit-il. Avec un XXL, il tomberait à plat ventre.

Fatema se mit à rire. Hugo O'Shea était presque endormi, et ses paupières papillonnaient déjà. Ses cheveux paraissaient encore plus bleus sous les néons de la salle d'opération. Le long morceau de silicone qu'ils allaient insérer dans la virilité pour l'instant insuffisante du patient flottait, chargé de promesses, dans un flacon de solution antibiotique.

Sebastian avait pratiqué cette procédure des centaines de fois, avec ou sans caméras. Tellement de fois, en fait, qu'il pourrait sans doute la faire les yeux fermés. Pourtant, il ne se lassait pas d'enseigner les techniques. Fatema, qui était une interne volontaire et enthousiaste, ne tarderait pas à opérer elle-même, et lui-même retournerait aux réparations de cicatrices avec Mila et au million d'autres choses qui requéraient son attention.

On frappa à la porte, et Mila entra.

— Désolée de vous interrompre, docteur. Est-ce que je peux emprunter cette lumière ? demanda-t-elle en désignant la lampe chirurgicale mobile dans un coin.

— Bien sûr, docteur Ricci.

Il laissa s'attarder son regard sur ses chevilles nues dans ses baskets blanches alors qu'elle traversait la salle. Elle portait ses cheveux bruns remontés dans un chignon au sommet du crâne et, l'espace d'une seconde, cela lui rappela Annabel. Parfois, l'image lui revenait tel un flash et il se rappelait qu'il avait rencontré la jumelle de Mila en premier, mais, malgré leur ressemblance, il ne les confondait absolument pas.

Mila était tellement différente. Et mystérieuse.

Il ne l'avait pas vue en dehors du MAC depuis ces derniers jours. La dernière fois qu'ils avaient parlé seuls, c'était devant chez lui au milieu de la nuit. Il lui avait proposé d'entrer, mais elle avait filé, sans doute un peu mal à l'aise. Ils étaient collègues, après tout. Or il n'avait jamais invité chez lui aucun collègue du MAC, ni des patients d'ailleurs. Il s'était rendu compte en revenant à l'intérieur et en ramassant les verres à vin sur la table basse qu'elle avait dû les voir aussi. Peut-être s'était-elle imaginé qu'il avait reçu une femme.

Mais non. Ce n'était que Neesha et son mari Dan, ses amis du sanctuaire des tortues. Ils avaient fait les calculs des fonds levés lors de la soirée et essayé de répartir l'argent, en plus d'une donation de ses propres fonds privés, sur de nouveaux bassins pour les bébés tortues. Neesha avait servi du vin pour elle et son mari, Sebastian choisissant une infusion.

D'une certaine façon, cela ne lui déplaisait pas que la présence de ces deux verres de vin ait pu provoquer une pointe de jalousie chez Mila. De son côté, il admirait son travail… et ses yeux… et son corps… Mais, pour autant, il ne pouvait nier son inquiétude. Manifestement, elle pensait beaucoup plus à Annabel que lui-même. Sa venue ici lui rappelait sa jumelle, et le fait qu'il l'ait rencontrée ne faisait qu'accentuer la chose.

— Je vous vois plus tard ? lança-t-il alors qu'elle allait quitter la salle. Au centre de plongée cet après-midi ? ajouta-t-il, croisant le regard intrigué de Fatema.

Mila cilla, au moment où son téléphone sonnait dans sa poche. Distraite, elle le prit.

— Oui, docteur. Pardon de vous avoir dérangé. Veuillez m'excuser.

Puis elle referma la porte derrière elle.

— Bonjour, ma chérie. Comment ça se passe alors ? Ça fait un moment qu'on ne s'est pas parlé.

— Pardon, maman. Oui, j'ai été très occupée. J'ai quelques minutes, là, mais tu sais on travaille non-stop. Tu vas bien ? Qu'est-ce que tu fais de beau ?

— Oh ! ceci et cela ! J'ai regardé quelques épisodes de *Visages de Chicago*. Ton Dr Becker, il est marié ?

Mila secoua la tête. Elle reconnaissait bien sa mère.

— Non, maman, il n'est pas marié.

En repensant à leur rencontre l'autre nuit, elle se sentit rougir légèrement. Il avait dû la prendre pour une folle de s'être éclipsée aussi vite. Elle était si mortifiée depuis qu'elle essayait de l'éviter le plus possible. Elle n'était pas habituée à ce que les hommes éveillent ses émotions car cela la rendait bien trop vulnérable à son goût.

— Bref, j'appelle pour te prévenir que je t'ai posté une lettre, reprit sa mère.

— Une lettre ? Comme c'est gentil. Qu'est-ce qu'il y a dedans ?

— Juste quelques photos. Je les ai trouvées dans le tiroir d'Annabel et j'ai pensé que tu apprécierais de les avoir, là-bas.

La gorge de Mila se contracta.

— Tu regardais dans les tiroirs d'Annabel ?

— Oui, je... Elle me manquait. Et toi aussi. Enfin, j'en ai éprouvé le besoin.

— Oh ! maman...

Elle se sentait coupable d'être aussi loin. Elles avaient tant pleuré ensemble, après la mort d'Annabel.

— J'ai vu quelqu'un avec sa robe jaune à pois noirs, l'autre jour au marché et... Tu t'en souviens ?

— Oui, maman.

Quelques mois après l'accident, elles avaient commis l'erreur de donner certaines affaires d'Annabel à un magasin de seconde main caritatif. Une bonne action censée les aider à gérer leur chagrin, mais qui se retournait parfois contre elles d'une façon bien cruelle. Combien de fois sa mère était rentrée à la maison en larmes, après avoir cru voir Annabel dans la rue... Après cet épisode malheureux, elles n'avaient plus eu le courage de trier ses affaires personnelles.

— Fais-moi savoir quand la lettre te parviendra. J'ignore combien de temps cela va prendre, mais j'ai pensé que tu apprécierais d'avoir quelque chose le jour anniversaire de… Enfin, tu sais. Tu m'appelles, d'accord ?

Le cœur lourd, Mila fixa l'océan.

— Bien sûr, maman.

— Tu ne seras pas toute seule ce jour-là, n'est-ce pas ? demanda sa mère d'un ton inquiet.

— Non, maman, promis. Et toi ?

— Il se peut que j'aie de la compagnie. De toute façon, je me tiendrai occupée. Et ton fameux médecin, il pourrait peut-être te distraire ? Il est aussi bel homme qu'à la télévision ?

Mila leva les yeux au ciel. Sa mère avait réussi à la faire sourire.

— C'est un mentor, maman, une source d'inspiration. Il va même m'emmener faire de la plongée. Je dois raccrocher, maintenant. À très vite, maman. Je t'aime.

Les récifs de coraux entourant l'île abritaient les vies marines les plus diversifiées de la planète. Sebastian observait Mila qui admirait les rayures marron et blanc d'un poisson lion avec une expression émerveillée. Elle venait de suivre Big Al, l'une des tortues qu'ils avaient secourues, pendant dix bonnes minutes. Pour quelqu'un qui n'avait jamais plongé dans l'océan, elle s'en sortait étonnamment bien. Voir ses yeux s'illuminer devant la carapace constellée de bernaches de la vieille tortue, ses cicatrices et ses yeux intelligents, Sebastian avait senti son cœur gonfler.

Elle était si belle avec ses cheveux flottant en corolle autour de sa tête. En général, il ne se rappelait pas à quoi il avait pensé après une plongée, pourtant lorsqu'ils remontèrent enfin sur le bateau, il réalisa qu'il avait passé la majeure partie du temps à l'admirer et à se soucier de ce qu'elle pouvait penser.

— Alors, vous avez réussi à couper complètement avec le reste du monde ? demanda-t-il tandis qu'elle secouait ses cheveux.

Il avait réservé le bateau pour eux, mais son camarade et chauffeur Ketut les observait attentivement, à l'instar de Fatema dans la salle d'opération ce matin et de Rachel derrière son dos comme il l'avait senti.

— Je ne me rappelle pas, dit-elle, l'air songeur. Mais c'est vrai, ce que vous avez dit : c'est tellement paisible, en bas. J'en avais vraiment besoin. Merci, Sebastian.

Ayant fait signe à Ketut d'aller démarrer le moteur, il s'approcha de Mila et écarta une mèche de cheveux humides de son front.

— De rien, Mila.

Ketut se racla la gorge à la barre, et elle recula, mal à l'aise sans doute.

— Cette tortue… la grosse. Que lui est-il arrivé ?

— Big Al ? Ah, c'est une longue histoire. Nous pensons qu'il a eu maille à partir avec l'hélice d'un bateau.

— Il a un air triste, commenta-t-elle, et il la vit baisser les yeux vers son poignet scarifié. Mais il est si beau !

Sebastian jeta leurs palmes dans une boîte avec les masques et les tubas.

— Vous aussi, pour le cas où vous en douteriez. Tournez-vous.

Il souleva ses cheveux mouillés et descendit lentement la fermeture Éclair de sa combinaison, notant la forme de ses épaules, les contours de son corps. Elle était tendue, apparemment.

— Il faut que je vous dise que cette plongée était mille fois plus agréable que celles qu'on faisait à l'armée dans un lac pour s'entraîner à tirer des…

Avec une grimace, elle pivota entre ses bras.

— Des quoi ? demanda-t-il, curieux.

— Des faux cadavres. On devait aider les plongeurs sauveteurs, histoire de nous apprendre à manipuler des corps en cas de besoin.

Il lui fit signe de le suivre sur le toit du bateau, son endroit préféré. Il ne put s'empêcher de remarquer son ventre dénudé qui était plat et musclé. D'ailleurs, il surprit le même regard appréciateur sur lui tandis qu'ils se tenaient sur le toit du bateau qui tanguait un peu. Les heures qu'il avait passées à la salle de sport avaient payé, il le savait, mais Mila avait probablement toujours été ainsi. À l'armée, elle avait modelé son corps autant que son cerveau – sans doute n'avait-il entendu qu'une fraction de ce qu'elle avait fait et vu. Un constat fascinant… Les cicatrices qu'elle portait, il les trouvait belles. Oui, Mila était belle au-dedans comme au-dehors.

— La prochaine fois, nous irons peut-être au Récif des Requins, dit-il en s'asseyant sur le sol de bois tout en roulant sa combinaison jusqu'à la taille. C'est un peu plus loin, au large de l'île que nous apercevons là-bas et il faut un certain courant.

— Je croyais vous avoir entendu dire qu'il n'y avait plus de requins.

Les jambes balançant par-dessus le rebord, il croisa les bras sur la rampe. Les cheveux mouillés de Mila attrapaient le soleil de l'après-midi alors qu'elle s'installait à côté de lui. Leurs bras nus s'effleurèrent sur le métal chaud.

— Pas beaucoup, j'en conviens. Et si on arrive à en apercevoir un, c'est un vrai cadeau. Nous effectuons des donations à la nurserie des requins de Lombok, donc les chiffres augmentent peu à peu.

— Les requins, les tortues, les chiens, les humains… Y a-t-il quelque chose que vous ne sauvez pas sur cette île, docteur Becker ?

Pour la première fois depuis des jours, elle lui offrit un vrai sourire, et il sentit un poids s'ôter de ses épaules.

— En parlant de chien, encore désolé pour Bruno, l'autre soir. Mes amis Neesha et Dan étaient venus boire un verre et ils avaient dû oublier de refermer le portail.

À l'instant où il lui faisait cet aveu, il aurait juré voir une légère rougeur sur les joues de Mila. Il n'avait pas à s'expliquer, pourtant, bizarrement, il en avait éprouvé le besoin. Car, aussi étonnant que ce soit, il souhaitait qu'elle sache qu'il ne papillonnait pas.

— Vous savez, c'est là que je vous ai vu la première fois, sur ce toit, dit-elle avec un soupir. Le jour de mon arrivée. Je mentirais si je prétendais que vous n'avez pas attiré mon attention, comme ça…

Avec une grimace, elle désigna son torse dénudé et ses cheveux humides. Sebastian se mit à rire.

— Ah bon, docteur Ricci ? Eh bien, puisqu'on en est aux aveux, je mentirais si je vous racontais que je ne vous avais pas vue aussi.

— Oui, mais vous m'avez prise pour Annabel. Je me demande ce qu'elle dirait en nous voyant tous les deux, qui travaillons ensemble, qui plongeons ensemble…

Il s'en voulait de cette erreur initiale sur son identité.

— Elle penserait probablement que c'est une sacrée coïncidence, dit-il. Elle trouverait ça drôle, non ?

— Je l'ignore, je ne peux pas parler pour elle. J'aimerais qu'elle soit là, mais ce n'est pas le cas.

— Quand est l'anniversaire de sa mort exactement ? demanda-t-il. Vous avez parlé de trois ans bientôt, c'est ça ?

Il l'avait sentie se crisper à l'instant où il avait parlé de drôle de hasard. Il n'aurait pas dû parler à sa place, manifestement cela avait ennuyé Mila.

Elle ferma les yeux.

— C'est dans quelques semaines. Il se peut que je prenne ma journée pour l'occasion, si ça ne vous dérange pas… Histoire de faire quelque chose de bien pour elle. Je n'ai pas eu le temps de réfléchir à quoi, hormis appeler ma mère. C'est aussi une rude journée pour elle.

— J'imagine, oui. Elle est seule ?

— Vous voulez savoir si elle a un homme dans sa vie ? Je ne pense pas. Il n'y a pas vraiment eu qui que ce soit depuis son divorce d'avec mon père. Cependant, elle a beaucoup d'amis.

— Je pourrais vous aider à trouver des idées de choses à faire, si vous voulez… pour vous changer les idées.

— Merci, mais je ne sais pas si je pourrai penser à autre chose, quoi que je fasse. Mais j'apprécie l'offre, Sebastian.

Collègues ou pas, le besoin de la toucher, de la rassurer était puissant. Il ne put s'en empêcher. Il posa une main dans sa nuque pour l'attirer délicatement contre son épaule puis ils restèrent ainsi, en silence, jusqu'à la plage. Heureusement que la plage n'était pas trop loin, car Mila avait presque senti les étincelles qui crépitaient entre eux sur le toit du bateau. Il devenait de plus en plus difficile de passer outre cette alchimie évidente. Le seul fait de poser la tête contre son épaule confortable avait suffi à susciter en elle des images beaucoup moins... innocentes.

Sebastian s'était occupé de reporter le matériel de plongée. Il était plus de 16 heures maintenant, et le soleil jetait une lueur flatteuse sur ses biceps tandis qu'il leur commandait des smoothies à emporter au bar du club de plongée.

Mila essayait en vain de trouver une excuse pour ne pas passer le reste de l'après-midi avec lui quand un enfant en short vint tirer sur son T-shirt par-derrière. C'était Françoise, la petite Française qui était venue à la clinique pour une morsure de chien.

— Tiens, bonjour, toi !

Sa mère, plantée à l'entrée du bar, attendait la petite fille. Elles échangèrent un signe de loin.

— Je venais te voir..., dit l'enfant en contemplant sa tenue et ses cheveux mouillés. Tu es allée regarder les poissons ?

— J'ai fait de la plongée avec le Dr Becker.

Sebastian apparut à cet instant avec leurs smoothies.

— Tiens, tiens, mais c'est notre courageuse super héroïne combattante de chiens, dit-il. Je vois que tu nous as trouvés.

— Bonjour, docteur Becker ! lança la petite, radieuse sous son chapeau rouge. Ma *maman* vous a vus en passant. On rentre à Bordeaux aujourd'hui.

— Tes blessures ont l'air de bien guérir, commenta-t-il en s'agenouillant à sa hauteur pour inspecter le travail de Mila sur sa joue. Tu ne garderas qu'une petite cicatrice ici, et encore, on ne la verra peut-être même pas.

— Tu la porteras comme le souvenir de ton courage, ajouta Mila.

— Comme vous ? demanda Françoise en posant un doigt délicat sur le poignet de Mila.

— Un peu, oui...

Elle ne lui retira pas sa main. Elle n'avait pas honte que Sebastian la regarde non plus. De toute façon, il avait déjà souvent observé ses cicatrices. Et puis, tout à l'heure sur le bateau, il l'avait qualifiée de « belle ». Le souvenir de la manière dont elle s'était fait ces cicatrices continuait de lui serrer le cœur, mais elle n'était pas prête à le partager avec des quasi-inconnus.

Comment expliquer à Sebastian qu'elle avait échoué à sauver sa sœur ? Impossible, surtout sachant qu'il avait connu sa jumelle. Elle ne supportait pas de voir la pitié sur le visage des gens quand elle leur racontait comment elle avait voulu la sortir en vain de la voiture, alors que le véhicule partait en flammes. Elle s'était marquée à vie en échouant à en extraire sa sœur par le pare-brise. Dans les faits, Annabel était déjà morte à ce moment-là.

Françoise lui prit la main et déposa un petit chien en bois au creux de sa paume. Touchée, Mila l'observa puis le montra à Sebastian.

— Qu'est-ce que c'est ?

— Un porte-bonheur, répondit Sebastian. Des sculptures comme celle-ci, on en trouve plein en Indonésie. C'est très gentil de ta part, Françoise.

— Il est très beau, dit Mila. Merci, ma puce. Je le garderai toujours. Il me rappellera d'être courageuse à l'avenir, comme toi.

La petite souriait. Puis elle prit l'air intimidé des enfants qui n'osent pas poser une question avant de se lancer.

— Le Dr Becker est ton petit ami ?

— Non, répondit-elle un peu trop vite en s'efforçant de ne pas rire.

Sebastian mima un air choqué afin de faire rire la fillette.

— Moi, je trouve qu'il devrait, reprit cette dernière.Écartant ses petits bras, elle les enlaça tous les deux pour les attirer l'un près de l'autre.

— Vous pourriez aider les enfants, empêcher les méchants chiens de les mordre. Je vais parler de vous à tout le monde.

Puis elle s'éloigna en courant pour rejoindre sa mère.

— Waouh..., murmura Sebastian. Vous faites l'unanimité, on dirait.

— Parlez pour vous, vous avez été très doux avec elle.

— C'est vous, surtout. Vraiment, vous n'envisagez jamais de fonder une famille ?

Sa question la prit au dépourvu, et elle préféra éluder.

— Oh ! je pense que je préférerais prendre un chien !

Il haussa les sourcils.

— Un chien ? Eh bien, dans ce cas prenez Bruno.

— Il a besoin d'un foyer permanent. Moi, je ne suis pas là pour rester toujours.

— Dommage, commenta-t-il.

Elle vit ses yeux s'attarder un instant sur ses hanches, juste assez pour allumer une flamme au creux de son ventre. Heureusement, le téléphone de Sebastian sonna et lui évita de répondre à son flirt trop évident pour qu'elle fasse mine de ne pas l'avoir remarqué.

— C'est Ketut. Il doit y avoir un souci. Excusez-moi.

Il s'éloigna vers le bar, l'appareil à l'oreille. Deux vingtenaires en bikini le suivirent des yeux depuis la piscine, et Mila ne pouvait guère les blâmer. Cet homme était magnifique.

Mais très vite la posture de Sebastian indiqua qu'il y avait effectivement un problème. Pourvu que ce ne soit pas trop grave. Elle savait qu'il s'était lié d'amitié avec Ketut et sa femme Wayan.

— Mila, je dois filer, annonça-t-il en revenant, la mine sombre.

Il jeta son gobelet vide dans une poubelle d'un geste habile.

— À moins que vous ne souhaitiez m'accompagner ?

6

Ketut apparut sur le seuil de la porte avant même qu'ils aient atteint l'allée. Wayan ouvrait déjà les bras à Sebastian, le ventre gonflé de leur bébé à naître, devant leur modeste cabane en bambou entourée de pots en terre cuite et de plantes de la jungle, avec, en bonne place, la statue couverte de mousse d'une déesse balinaise.

— Sebastian… Merci mille fois d'être venu ! s'écria Wayan d'une voix tremblotante qui serra le cœur de Mila.

Sebastian se précipita pour répondre à son étreinte avec ce geste tendre que l'on partage avec la famille. Un peu le même que celui qu'il lui avait offert quand elle avait parlé de l'anniversaire de la mort d'Annabel.

— Vous connaissez le Dr Ricci ? Mila ? Je lui ai expliqué un peu la situation en chemin, Wayan. Tu aurais dû m'appeler plus tôt, je serais venu.

Il laissa Mila entrer devant lui dans la modeste demeure.

— Wayan n'a pas voulu m'en parler avant non plus, intervint Ketut en refermant la porte derrière eux. Elle ne voulait pas gâcher votre plongée.

L'odeur d'encens flottait dans la petite pièce à vivre confortable. Trois chats endormis occupaient un vieux canapé rose dans un angle, des livres étaient posés çà et là sur des chaises, des étagères, même par terre. Déjà, Ketut leur servait une infusion d'une théière en argent et les installait sous un ventilateur. L'endroit était simple mais accueillant, seule l'ambiance était tendue.

Sur le bateau, Sebastian avait expliqué à Mila que ces deux personnes étaient presque comme un frère et une sœur pour lui désormais, et qu'il passait beaucoup de temps chez eux. Wayan, petite et l'air fatigué, devait avoir la trentaine et portait une jupe colorée assortie à un chemisier blanc qui révélait le bas de son ventre de femme enceinte alors qu'elle se laissait tomber dans un fauteuil usé par les ans. Instinctivement, Mila s'assit près d'elle tandis que Sebastian prenait le siège en rotin près de Ketut.

— Alors, racontez-moi ce qui se passe, demanda Sebastian en acceptant l'infusion de Ketut.

— On espère que tu sauras nous le dire, répondit Ketut en tendant une tasse à Mila. À la Blue Ray, on a donné ceci à Wayan, ajouta-t-il en posant des radios sur la table basse. Elle était trop bouleversée pour m'en parler au téléphone…

— Ils ont dit que le bébé aurait besoin… d'une opération, bredouilla Wayan qui se mit à renifler.

Elle ne tarda pas à sangloter, et Ketut fut à son côté dans la seconde, lui entourant les épaules d'un bras.

Il s'efforçait d'être fort pour elle, mais Mila voyait bien qu'il était tout aussi inquiet. Elle prit la main de Wayan. Sebastian, qui avait sorti ses lunettes de son sac à dos, étudiait les radiographies avec attention.

— Fente labiale et fente palatale, dit-il en tendant les documents à Mila avec un soupir. Je suis désolé, les amis, mais ils ont raison. Il va falloir régler le problème par une opération. En général, la procédure est effectuée vers les trois mois de l'enfant.

Le regard triste de Wayan fendit le cœur de Mila. Elle avait vu des centaines de femmes brisées par la blessure d'un enfant, ou l'accouchement d'un bébé mal formé, voire mort-né. À nouveau, elle essaya de se mettre à la place d'une mère. L'idée du moindre malheur infligé à son enfant lui glaçait les sangs.

— Sebastian va vous aider, dit-elle.

— Nous n'avons pas d'assurance santé.

Sebastian se leva et vint s'agenouiller devant son amie pour poser une main rassurante sur son genou.

— Je vous ai déjà dit que je vous aiderai.

— Nous vous aiderons, précisa Mila.

Car, s'il l'avait emmenée, c'était sans doute parce qu'il pensait qu'elle saurait rassurer ses amis. Il la croyait plus forte qu'elle n'était en réalité. Comment saurait-il d'ailleurs que les images et la culpabilité de la mort de sa sœur la consumaient encore ?

— Que peux-tu faire, Sebastian ? Notre bébé restera-t-il défiguré ? demanda Wayan, blême. Nous l'aimerons quoi qu'il en soit, ajouta-t-elle, et Ketut opina.

— Nous ferons tout pour éviter ça, répliqua Sebastian en retournant s'asseoir.

— C'est une opération assez simple, même si cela paraît complexe, enchaîna Mila. Une fois le bébé né, nous effectuerons de nouveaux examens et il risque d'y avoir plusieurs opérations, mais pour ce qui est des cicatrices…

— Elles seront minimales, acheva Sebastian en croisant son regard.

Ils étaient sur la même longueur d'onde. À cet instant, l'un des chats sauta par terre et vint se frotter contre la jambe de Mila en ronronnant doucement dans le silence que Ketut rompit :

— D'ici à ce que le bébé naisse, vous ne serez plus parmi nous. Sebastian dit que vous n'êtes pas ici pour très longtemps.

Tous les yeux étaient sur elle, désormais. Même ceux du chat. La gorge sèche malgré le thé, elle soupira.

— Oui, en effet, je ne sais que vous dire. Je n'ai pas fixé ma date de départ. Mais j'ai donné mon préavis à Londres, donc je peux m'adapter.

Une idée nouvelle, venue de nulle part : elle ne voulait plus quitter cette île. Du moins pas avant que ce bébé soit né, réparé et déclaré en pleine santé. Mais que faire ? Si elle avait accepté un poste à durée indéterminée au MAC, sa vie n'était pas ici. Ces gens, aussi fort qu'elle veuille les aider, n'étaient pas sa famille.

— Jared, salut ! Quoi de neuf ?

Sebastian referma la porte du réfrigérateur d'un coup de pied, coinçant le téléphone entre son épaule et son oreille car il avait les mains occupées par un bol de flocons d'avoine et une brique de lait. Il posa le tout sur le plan de travail.

Il était presque en retard pour une consultation, suivie par la révision d'une cicatrice sur une victime d'accident de voiture actuellement en route pour l'île principale. Mais, d'abord, il lui fallait manger. Une opération le ventre vide n'était pas une bonne idée tant il avait besoin de toutes ses capacités.

— Désolé, frangin, répondit Jared, je sais qu'il est tôt là-bas, mais il me faut ta confirmation pour la fête d'anniversaire de maman. Que je compte les présents. Alors, le chirurgien le plus célèbre du monde viendra-t-il accompagné cette année, ou sera-t-il solo comme l'an dernier ?

— Je ne sais pas encore, répliqua Sebastian en sortant une cuillère du tiroir à couverts.

À cet instant, il remarqua une fleur de frangipanier par terre, cadeau de sa femme de ménage – elle en laissait un peu partout. Il la ramassa et la glissa dans sa poche pour la donner à son tour, comme il le faisait toujours, à l'une des femmes en cours de rétablissement au MAC.

— Bonjour, oncle Bas ! cria la voix de Charlie au bout du fil, comme s'il avait volé le combiné à son père.

Sebastian sourit.

— Salut, mon coquin. Pourquoi n'es-tu pas encore au lit ?

Comme le décalage horaire était de treize heures, entre Chicago et l'Indonésie, il avait rarement l'occasion de parler à l'enfant.

Il aperçut son reflet dans la fenêtre et se trouva l'air fatigué, sans doute parce qu'il n'avait guère dormi, inquiet pour Wayan et Ketut. Et le départ prochain de Mila. Bon, elle resterait peut-être un peu plus sur Gili Indah, mais depuis peu il avait pris conscience de la réticence qu'il éprouvait à la perspective de vivre ici sans elle.

— On a vu des dinosaures ! s'écria son neveu, enthousiaste, avant de rugir comme un T-Rex.

— Waouh, ça fait peur ! dit Sebastian avec un petit rire.

Jared reprit l'appareil.

— Il est surexcité, mais il va falloir le coucher.

— Comment ça va, tout le monde ? s'enquit Sebastian.

— Bien, bien. On termine la saison. Maman pense que ce sera la dernière, elle te l'a dit ? Je pense qu'elle se lasse de l'émission.

Jared l'avait déjà annoncé à la fin de la dernière saison et même aussi de la précédente. Mais chaque fois la chaîne lui faisait une meilleure offre. Inutile de lui répondre qu'il le croirait quand il le verrait… Mieux valait ne pas relancer cette discussion.

— Bon, la fête…, reprit Jared qui n'était jamais le dernier pour éviter le sujet. Je pense que maman serait ravie que tu viennes accompagné. Elle a loué l'*Opal Marquee* de Langford, celui avec le jardin aux orchidées, tu vois ? On a invité tous ses amis du club de badminton. Et… Bref, si tu n'as personne que tu aimerais emmener parmi tes admiratrices là-bas, je peux demander à Theresa. Tu te souviens d'elle ? La jolie dentiste blonde de Lincoln Park…

Sebastian avalait ses flocons d'avoine alors que son frère égrenait une liste de noms de femmes dont il n'avait rien à faire.

— Jared…, l'interrompit-il enfin. Je ne vais pas aller à la fête avec une femme que je ne reverrai jamais. Je ne pourrai pas rester plus de trois jours, de toute façon, je te rappelle. J'ai du pain sur la planche ici.

— Oui, oui, je sais, frérot. Ta vie est là-bas. Mais bon, tu ne connais pas quelqu'un à emmener ? Ça fait trois ans que tu viens seul.

— Tu es bien placé pour savoir pourquoi, marmonna Sebastian.

— Oui, oui. Tu es paralysé par la peur qu'un paparazzi te surprenne et ne transforme ton île paradisiaque en enfer. Mais je t'ai dit qu'on n'invitait pas les médias aux événements familiaux, Bas. Donc, si tu as une fille dans ta vie, elle sera loin des regards curieux. Personne n'a envie de réitérer ce qui s'est passé avec Klara.

Sebastian recula son tabouret bruyamment et, à dessein, laissa tomber brusquement son bol dans l'évier.

— Pardon de remettre ça sur la table…, continua Jared d'une voix radoucie. J'ai juste hâte de te voir heureux à nouveau. Tu travailles tellement dur là-bas... J'espère que tu t'amuses un peu aussi quand même ?

— En fait, il y a quelqu'un, répondit Sebastian avant de parvenir à s'en empêcher.

— Ah ouais ?

— Je ne suis pas sûr qu'elle puisse m'accompagner, cela dit. D'ailleurs, elle n'est ici que pour un remplacement provisoire. Au MAC..., précisa-t-il, imaginant la réaction de son frère.

Il attrapa son sac à dos et ses lunettes de soleil, ferma la porte derrière lui et tapota sur la tête de Bruno dans le jardin en partant.

— Waouh..., s'exclama Jared. Tu sais ce que je pense du mélange des genres, professionnel et personnel, mais c'est ton problème. Mais pourquoi ne pourrait-elle pas venir ?

— Pour commencer, on est collègues, même si c'est temporaire. Et puis, on est aussi amis. Je pense... On n'a pas eu de rencard à proprement parler, c'est juste...

— Tu as envie de coucher avec elle avant qu'elle s'en aille, c'est ça ?

— Non, Jared. C'est plus que ça. Elle est... différente. Bref, on a trop à faire ici, et on ne peut pas partir tous les deux.

— Arrête d'inventer des excuses, Bas. Tu mérites bien un congé, non ? Et tu mérites surtout une femme bien à tes côtés. Ça fait longtemps, frérot, depuis que vous avez rompu, Klara et toi.

— Je sais.

— Parle-moi d'elle. D'où est-ce qu'elle est ?

Encouragé par l'enthousiasme de son frère, chose rare, Sebastian lui raconta le peu qu'il savait sur Mila tout en cheminant vers le MAC.

Il repéra Tilda Holt allongée au soleil sur un transat, au bord de la piscine. Elle se remettait de son lifting non invasif, et Sebastian lui rendit son signe de la main avant de se rappeler la fleur de frangipanier dans sa poche. Il retourna sur ses pas et la lui tendit dans un geste théâtral, le téléphone toujours collé à l'oreille. Le nouveau visage exempt de rides de la dame s'illumina de plaisir. Elle le remercia et planta fièrement la fleur blanche et jaune dans ses cheveux.

Hugo O'Shea leva les yeux de son ordinateur portable et agita la main avec enthousiasme depuis son siège à une table posée dans le sable. Il venait de subir son opération d'agrandissement et travaillait à distance le temps de sa cicatrisation. Du moins était-ce ce qu'il affirmait, mais il y avait chez cet homme quelque chose que Sebastian n'aimait pas et il ne lui faisait pas confiance.

— Propose-lui, frérot, conclut Jared quand Sebastian lui annonça qu'il devait raccrocher.

Sebastian entra dans le hall de réception climatisé. Mila leva les yeux du bureau où Rachel et elle examinaient des papiers.

— Bonjour, dirent-elles en chœur.

Mila avait mis du rouge à lèvres, ce qui lui allait très bien. Dieu comme il avait envie d'être seul avec elle… Ils avaient été si occupés qu'ils s'étaient à peine vus cette semaine. Mais ce soir ils allaient se trouver seuls un moment, peut-être devrait-il en profiter pour lui proposer de l'accompagner à Chicago.

Non. Mauvaise idée. Ils étaient collègues. Et puis, même si Jared pensait que les médias le laisseraient tranquille à Chicago et qu'il était paranoïaque, il n'était pas question qu'il fiche tout en l'air à nouveau. Et qu'il blesse une femme au point qu'elle s'enfuie et refuse de le revoir, ou même de lui reparler. Il y faisait rarement allusion et il se l'avouait tout juste à lui-même, mais ce qui était arrivé avec Klara l'avait profondément affecté. Jamais il ne ferait subir cela à Mila qui avait manifestement aussi son passé à protéger.

— Wayan est une excellente cuisinière, commenta Mila, repue, une main sur son ventre. Ce *rendang* végétarien était sans doute ce que j'ai mangé de meilleur de ma vie. Comment dites-vous « délicieux » encore ?

— En indonésien ? *Lezat*, répondit Sebastian en souriant.

Il tendit un bras pour l'aider à remonter sur le petit bateau, et Mila sentit aussitôt des frissons la parcourir. L'eau était tiède et attirante sur ses pieds et ses mollets, les étoiles scintillaient dans le ciel.

Ce soir, en plus d'un excellent repas, elle avait entendu d'innombrables histoires sur les entreprises de Ketut et Sebastian sur l'île, et avait été charmée par la façon dont il se comportait avec cette famille d'adoption. Plus elle le découvrait, plus elle l'admirait et le respectait. Ce qui ne faisait qu'attiser l'attirance grandissante qu'il lui inspirait.

Elle s'assit sur les lattes de bois du petit banc et regarda Sebastian bander ses muscles tandis qu'il tirait l'embarcation sur le sable pour la mettre à l'eau et sauter dedans. Les frissons revinrent la taquiner quand il s'assit et démarra le moteur. En effet, son genou, sortant d'un short kaki, effleura le sien, mais si légèrement qu'elle ne l'aurait pas senti si elle n'avait été aussi consciente de sa proximité.

— Quelle belle nuit..., commenta-t-il en désignant les étoiles.

Levant les yeux vers le ciel, elle murmura son approbation. Ce faisant, elle sentait son regard sur elle. Leur attraction était aussi indéniable que réciproque, et elle avait bien vu les regards entendus échangés entre Ketut et Wayan au cours du dîner. Elle savait bien qu'elle s'illuminait en sa présence, et, en tout cas, il avait le don de lui faire oublier ses soucis. Même si, trop souvent, ceux-ci revenaient sans s'annoncer.

Annabel était celle qu'il avait appréciée en premier, et Mila savait qu'elle n'avait pas le droit d'entretenir cette attirance. Les jumelles ne convoitaient jamais le même homme, et la règle n'avait pas changé au prétexte qu'Annabel était morte. Alors elle s'écarta imperceptiblement afin que leurs genoux ne se touchent plus. S'il remarqua sa tentative futile de mettre un peu de distance entre eux, il ne la commenta pas.

— Vous saviez que la plus ancienne carte du ciel a été retrouvée gravée dans une défense de mammouth ? Elle représentait la constellation d'Orion, dit-elle pour remplir le silence.

— Une défense de mammouth ? répéta-t-il, étonné.

Et il posait sur elle un regard admiratif. Elle aimait bien lui apprendre des choses qu'il ignorait.

— Oui, on pense qu'elle remonte à trente-deux mille ans.

— Alors comme ça, vous vous intéressez aux étoiles, docteur ?

— Celles du ciel, oui. Beaucoup moins celle de la télévision.

Elle le taquinait et elle savait qu'il le savait. D'ailleurs, il sourit à l'horizon, une main sur la barre du bateau.

— C'est moi, l'étoile dont vous parlez ?

— Peut-être...

— Une étoile déchue ?

Elle ne put s'empêcher de sourire.

— Oh ! vous savez comment rallumer votre lumière, non ? Tilda Holt m'a montré la fleur que vous lui avez offerte. Elle a l'intention de la garder dans un herbier avant de l'encadrer.

Sebastian pouffa. La nuit était calme et la lune comme un croissant dans le ciel. Mila rassembla ses cheveux sur une épaule et les retint : le vent les soufflait dans tous les sens, à l'instar de sa robe blanche.

— Plus sérieusement, on étudiait les étoiles, avec Annabel. Bon, je l'ai moins fait à partir du moment où j'ai été envoyée au Moyen-Orient. Parfois, les nuits les plus calmes étaient les plus effrayantes, ajouta-t-elle. Oh ! regardez, c'est le Scorpion, là !

Tendant la main vers le ciel, elle lui désignait la longue queue d'étoiles incurvée. Sebastian ralentit le bateau pour suivre son indication, et le cœur de Mila accéléra, lui, ses battements.

— Oui, je la vois, dit-il en se tournant sur son siège. Et juste à l'est, c'est ce que les Balinais appellent Danau, un mot qui signifie lac. Si vous voulez en savoir plus, il existe une appli : il suffit de diriger votre téléphone vers la constellation, et elle vous indique de quoi il s'agit.

— Non ? Il existe une appli qui connaît toutes les constellations ? C'est possible, ça ?

Il éclata de rire. Un son tellement inattendu qu'elle se mit à rire aussi. Le cœur battant de plus belle.

— Vous êtes incroyable, vous savez ? dit-il, attendri.

La façon dont il la regardait... Ils étaient désormais face à face sur le siège, si proches qu'elle voyait les lumières des bateaux autour d'eux se refléter dans ses prunelles.

— Attendez un peu de voir la lumière du zodiaque, ajouta-t-il. C'est un spectacle gratuit offert par le ciel, il ne faut pas le rater.

En gros, c'est la lumière du soleil qui se reflète dans les grains de poussière restés en suspension de ce qui a créé notre système solaire il y a plus de quatre millions et demi d'années. Ça tourbillonne, comme un cercle autour du soleil, couchant ou levant...

— Cela paraît stupéfiant...

L'air semblait crépiter, soudain. La chaleur étouffante.

Il s'approcha un peu plus. Tendant la main vers elle, il lui saisit le menton dans la paume de sa main et passa le pouce sur ses lèvres. On aurait cru que le temps s'était arrêté. Plus rien n'existait.

— Tu sais quoi ? dit-il, les yeux brillants de désir. Ce n'est pas seulement le fait que je ne puisse t'avoir qui me donne envie de toi.

Mila déglutit avec difficulté. Le tutoiement si intime, allié à la caresse sur sa lèvre, fit naître un frisson tout le long de son corps. Il émit un son étranglé qui provoqua une petite réaction au creux de son ventre.

— Je sais que cela pourrait être compliqué, mais... As-tu la moindre idée de comme c'est difficile de me tenir loin de toi, Mila ?

Il avait les doigts dans ses cheveux, à présent, enroulant une mèche sur l'un de ses doigts pour approcher peu à peu son visage du sien.

— Dis-moi d'arrêter et je le ferai, ajouta-t-il à mi-voix.

— Non, murmura-t-elle. N'arrête pas.

Puis ce fut elle qui pencha la tête juste ce qu'il fallait pour toucher ses lèvres des siennes. Il l'embrassa, sa langue ressemblant à ses mains : douce d'abord, puis plus possessive. Son début de barbe lui éraflait le menton alors qu'elle aussi plongeait les mains dans ses cheveux délicieusement doux. Il la plaqua contre lui sur le bateau qui tanguait tranquillement, moteur coupé. Ses baisers embrasaient certaines parties de son corps endormies depuis trop longtemps.

Mila se perdit dans l'excitation de cette connexion nouvelle, au point qu'elle en oublia presque qui elle était et où elle était.

Jusqu'à ce que le bruit d'un moteur de bateau à l'approche surgisse, accompagné de cris paniqués.

7

Sebastian sentit la percussion de la barre de flèche de l'autre bateau avant de voir ce qui se passait.

— Oh ! mon Dieu ! s'écria Mila, projetée de l'autre côté de leur petite embarcation. Qu'est-ce qui se passe ?

Il y avait déjà du sang sur le pont de l'autre bateau, car Sebastian le voyait briller dans les lumières alors qu'il redémarrait le moteur pour se rapprocher. C'était un catamaran, trois fois plus gros que leur barque, pourtant il ne semblait pas y avoir grand monde dessus.

Les phalanges de Mila, accrochée au rebord du bateau, étaient aussi blanches que sa robe.

— Je ne vois pas de blessés…

— Il est au sol.

Sebastian manœuvra l'embarcation pour la rapprocher autant que possible. Une femme en longue robe rose hurlait de toutes ses forces, penchée sur le corps immobile de son ami ou son amant. Trois autres personnes s'efforçaient de remettre la barre de flèche en place.

— Ne le bougez pas ! leur cria Mila.

Sebastian la regarda soulever le banc de leur bateau pour en sortir deux kits de survie. Sans surprise, elle n'eut pas besoin d'aide pour grimper à bord du bateau et, en moins de trois secondes, elle était pieds nus sur le catamaran, accroupie au chevet de l'homme.

— Aidez-moi, s'il vous plaît ! Il est évanoui ! criait la femme en rose, totalement paniquée.

Sebastian jeta une corde sur le pont de l'autre embarcation, sauta à son tour et se hâta de lier les deux bateaux. La rapidité d'action de Mila était impressionnante : déjà la sacoche médicale était ouverte, et elle soutenait la tête de la victime sur ses genoux, tout en demandant qu'on lui apporte un coussin.

— Comment s'appelle-t-il ? dit Mila, tout en vérifiant les pupilles et le pouls de l'homme.

— John... John Griffiths, c'est mon mari. Je suis Janet. Quelque chose a dû casser au niveau de la barre de flèche. Oh ! mon Dieu, tout ce sang...

— Apportez-moi des serviettes propres, ordonna Mila aux autres personnes sur le pont.

Elle était passée en mode médecin si vite que Sebastian reconnaissait à peine la femme qu'il embrassait quelques minutes plus tôt seulement.

— D'où vient ce verre brisé ? demanda-t-elle en désignant les bris de verre autour d'eux.

— Nous buvions du champagne, expliqua la femme en passant une main dans ses cheveux blonds peroxydés.

Elle jeta un regard coupable à Sebastian, puis se pencha de nouveau vers son mari dont elle serrait la main inerte en pleurant.

Sebastian s'efforça de ne pas juger ces gens : ils étaient assez proches du rivage, et la vie nocturne sur l'île, du côté touristique, était animée. Il sentait les odeurs de barbecues en provenance des plages. Peut-être ces personnes avaient-elles pris la mer en étant éméchées... ou pas. Peu importait, au fond, il fallait les évacuer. Sortant son téléphone, il appela la Blue Ray et indiqua à Agung où ils étaient.

— Agung envoie de l'aide au port. Ramenons-le vite, dit-il à Mila en la rejoignant à la hâte.

Elle était en train de passer un masque à oxygène autour de la tête du patient, tout en prenant soin de ne pas le bouger plus que nécessaire, d'autant qu'il était toujours sans connaissance.

— Dis-leur qu'on a une possible contusion pulmonaire, un nez cassé et, selon moi, l'orbite gauche brisée, dit-elle.

Sebastian relaya le message et raccrocha, surpris de la voir aussi pâle. Sans doute à cause du tangage, et puis elle n'avait probablement jamais été confrontée à une urgence en mer. Après tout, elle était postée dans le désert. Lui-même avait assisté à plusieurs sauvetages en mer, dont des accidents causés par les mâts : s'ils ne jetaient pas les gens par-dessus bord, c'étaient les cordages qui provoquaient des chutes. Dans le cas présent, il était d'accord avec Mila : le poids de la barre de flèche, en tombant, avait, au minimum, cassé le nez de ce pauvre homme.

— La radio confirme le nez cassé, annonça Agung peu après leur arrivée à la Blue Ray.

Ils étaient tous en unité de soins intensifs, les yeux rivés à l'écran. M. Griffiths était sous respirateur.

— Il a aussi plusieurs os brisés dans la cavité orbitale gauche, ajouta Agung. Bien vu, docteur Ricci.

Mila intercepta le regard admiratif de Sebastian. Mais elle avait vu pire, bien pire, et n'était pas là pour recevoir l'admiration de ses pairs. Au contraire, elle en était gênée. Notamment envers Sebastian : il avait remarqué son teint de cendre quand elle avait vu tout ce sang, pourtant il ne lui avait pas demandé si tout allait bien. Sans doute pour ne pas le faire devant les gens. Mais il avait failli, elle l'avait deviné dans ses yeux. La pitié…

— Je le programme pour une opération juste après que le médecin en aura terminé avec le réalignement, déclara ce dernier, faisant irruption dans ses pensées. Reconstruction d'urgence. On le transférera au MAC sitôt qu'il sera stable. Je vais y aller tout de suite.

— Que puis-je faire ?

Sebastian la poussa vers le coin derrière la porte. Ses yeux marron exprimaient l'inquiétude.

— Reste avec Mme Griffiths jusqu'à l'arrivée de sa fille, si tu veux bien. Sinon, Viv prend bientôt son service…

— Non… Bien sûr, je vais rester ici en attendant.

Sebastian se pencha vers elle, et son souffle contre son oreille lui donna envie de s'appuyer sur lui, mais elle croisa les bras à la place.

— Mila, je suis désolé…

— Non, Sebastian, ne dis rien.

— Tu as eu peur ?

— Sebastian, je t'ai embrassé aussi.

— Non, je parle de l'accident… Pas de notre baiser…

— C'est mon travail. Je suis habituée.

Il fronça les sourcils.

— Tu étais pâle comme un linge, Mila.

Elle baissa les yeux vers ses pieds encore couverts de sable dans ses chaussures. C'était comme si l'accident d'Annabel se reproduisait. Elle ne prêtait plus attention à son environnement, et quelque chose la prenait au dépourvu. Elle s'était pourtant promis que cela ne se reproduirait plus jamais. Tout comme elle s'était promis de ne pas laisser son attirance pour Sebastian supplanter sa détermination.

— Ce n'est pas pour moi qu'il faut s'inquiéter, répliqua-t-elle.

— John Griffiths va s'en sortir, Mila. Tu lui as probablement sauvé la vie.

Elle serra un peu plus les bras sur sa poitrine comme pour construire un mur. Même s'il était trop tard, à vrai dire. Elle avait voulu ce baiser. La culpabilité et la tension maintenant étaient insupportables, mais pas question d'avoir cette conversation ici.

— Nous parlerons plus tard, dit Sebastian quand Agung le rappela.

Pour la pauvre Janet Griffiths, Mila dut rassembler jusqu'à ses dernières forces pour continuer à agir normalement.

8

Cinq jours s'étaient écoulés depuis leur baiser. Sebastian avait essayé de voir Mila seule en dehors du MAC, proposant dîner, verre, plongée... Mais elle était pour sa part, apparemment, déterminée à s'assurer qu'à tout instant ils soient entourés de gens. Bref, elle l'évitait. Il avait franchi la ligne rouge avec ce baiser - ils l'avaient franchie tous les deux —, et Mila jugeait probablement cela immoral, d'une certaine façon.

À moins que le problème ne vienne d'ailleurs ?

Il ne voyait pas ce qui la pousserait à agir de la sorte. Bon, d'accord, ce n'était pas très professionnel d'embrasser une employée après un dîner entre amis sur un bateau de pêche, mais... Et alors ? En tout cas, depuis, il n'arrivait plus à se la sortir de la tête.

Aujourd'hui, cependant, elle ne pourrait pas l'éviter.

— Bonjour..., lança-t-il alors qu'elle s'approchait sur la terrasse du MAC.

— Bonjour, docteur Becker.

Elle observa autour d'elle, ses lunettes de soleil sur ses yeux. Plusieurs patients regardaient dans leur direction depuis leur table de petit déjeuner, l'air de rien. Parmi eux, Hugo O'Shea.

— Prête à mettre les voiles pour l'île principale ? demanda Sebastian en descendant les premières marches.

Elle le suivit, légère dans sa robe rayée bleu et blanc et ses sandales marron.

— Ça ne va pas prendre toute la journée ?

— Non, non. Je pense que le personnel a déjà transporté John et Janet Griffiths au port, avec leurs bagages. Ils nous retrouveront sur le bateau.

Sebastian était à la réception la veille au soir quand Mila avait promis à Mme Griffiths qu'elle raccompagnerait le couple sur l'île principale. De manière compréhensible, ils avaient quelques appréhensions à l'idée de refaire la traversée après ce qui s'était passé sur le catamaran. Sans doute Mila, outre sa compassion pour eux, espérait-elle ainsi passer un peu de temps loin de lui, mais il avait proposé d'y aller aussi. Mieux, il avait suggéré de les transporter sur le bateau privé du MAC. Il avait deux nouveaux moniteurs à récupérer à Bali, outre quelques corvées qui lui incombaient.

Il ne laisserait pas Mila faire comme Klara – s'enfuir sans un mot, refuser de parler. Rien ne lui insupportait plus que cette perspective. Ils devaient absolument parler.

— Puis-je vous poser une petite question, docteur Becker ?

Hugo O'Shea apparut soudain devant eux, leur bloquant le passage au portail. Il s'était refait teindre les cheveux, et la barbe était d'un bleu encore plus vif qu'avant.

— Tout va bien ? s'enquit Sebastian.

— Pour ça ? demanda Hugo, tout sourire, en désignant son entrejambe nouvellement amélioré. Ça ne pourrait pas aller mieux. Non, c'est autre chose. Je suis commissionné pour écrire un papier exclusif sur vous et votre travail ici sur l'île, docteur. Qu'est-ce qui vous a fait quitter Chicago ? Qu'est-ce qui vous a amené ici ? Et qu'est-ce qui vous y retient ? ajouta-t-il en posant les yeux sur Mila.

Elle croisa les bras. Sebastian ne pouvait pas lire son regard derrière ses lunettes de soleil, mais tout dans son attitude suggérait qu'elle préférerait être n'importe où plutôt que face à ce fouineur.

— On peut effectuer l'interview où vous voudrez, poursuivit Hugo, ça fera une publicité du tonnerre pour le MAC. C'est pour *USÀ World*, un magazine important. Réfléchissez-y, docteur Becker, cela constituerait une opportunité pour vous de vous expliquer au sujet de votre ex, Klara...

— Je sais qui est Klara, merci, le coupa sèchement Sebastian. Et ma réponse est non. Maintenant, si vous voulez bien nous excuser...

— Vous êtes sûr que vous ne souhaitez pas...

— Certain. Et, à toutes fins utiles, je vous rappelle que vous avez signé un accord de non-divulgation avant de venir ici, monsieur O'Shea.

Puis, une main dans le bas du dos de Mila, il la guida rapidement jusqu'à une carriole tirée par un cheval qui les attendait pour les emmener au port.

Après ces semaines passées dans le calme de Gili Indah, Bali provoqua un choc chez Mila. Elle n'était plus habituée à voir des motos, des hordes de touristes se massant sur la jetée ou sur la plage, à boire de la bière en attendant leur transfert. Les catamarans et les bateaux se touchaient, mais le yacht de Sebastian attirait particulièrement l'attention. D'un blanc scintillant, avec trois chambres et un salon intérieur plus grand que son propre appartement, il était clairement la propriété d'un homme très fortuné. Ce qui faisait un contraste étonnant avec la modestie dont Sebastian s'entourait sur l'île.

Pendant le trajet, elle avait surtout discuté avec Janet. Sebastian semblait distant, sans doute perturbé par Hugo O'Shea.

Alors qu'ils débarquaient John sur un brancard, le ciel changea de couleur, devenant menaçant. Heureusement, l'ambulance l'attendait déjà et un urgentiste discutait avec Sebastian.

— Je ne sais pas comment vous remercier pour tout ce que vous avez fait, Mila, dit Janet. Je sais que cela fait mille fois que je vous le répète, docteur Ricci, mais j'aurais pu le perdre sans votre intervention.

— Tout ira bien maintenant, vous êtes entre de bonnes mains. L'hôpital va organiser votre transfert à l'aéroport et votre chambre d'hôtel est déjà réservée. Dès qu'ils lui donnent le feu vert demain, vous pourrez rentrer chez vous.

Mila souriait, pourtant cet événement avait changé quelque chose en elle. Ses rêves étaient devenus différents. Désormais, Annabel apparaissait dans chacun, parfois vivante, parfois comme Mila l'avait trouvée dans la voiture accidentée. Parfois c'était elle-même qui était dans la voiture, et Sebastian et sa sœur essayaient de l'en sortir. Bref, elle était de plus en plus perturbée et avait espéré profiter d'une journée seule à Bali pour faire le point, réfléchir.

Mais Sebastian s'était immiscé dans ses projets. D'ailleurs, il se dirigeait vers elles à travers la foule, casquette de base-ball sur la tête et téléphone collé à l'oreille. Quelques personnes tentaient de le prendre en photo discrètement, et les femmes en particulier le dévisageaient. Mila réalisa qu'elle avait sans doute sous-estimé l'impact de sa présence dans cette émission télévisée, malgré le fait qu'il l'avait quittée depuis plus de trois ans.

— Voilà, tout est prêt, madame Griffiths, annonça-t-il en rangeant son portable. Nous allons vous laisser entre les mains expertes des ambulanciers car le Dr Ricci et moi-même avons un rendez-vous.

Après une étreinte, Janet alla rejoindre son mari et, soudain, le port animé sembla devenir flou. Il ne restait plus que Mila et Sebastian et le tonnerre qui commençait à gronder à l'horizon.

— Tu es prête ?

— Pour quoi ? On n'attend pas la livraison des moniteurs ?

— Ça vient de changer d'après les gens que j'ai eus au téléphone. Ils n'arriveront pas avant environ deux heures. La circulation est affreuse à Bali. J'ai quelque chose à faire, et si tu viens avec moi, ça te permettra de visiter un peu l'île avec un chauffeur en qui j'ai confiance. À moins que tu ne préfères partir de ton côté et qu'on se retrouve plus tard ? Comme tu veux.

Le ton était froid, mais après tout elle le méritait bien. Elle savait aussi qu'ils devraient parler de ce qui s'était passé. Et d'Annabel. Voilà un sujet qu'elle ne pourrait pas repousser éternellement.

Sebastian s'approchait déjà de la route où une voiture avec chauffeur et vitres teintées venait de se garer. Apparemment, il allait s'en aller sans un mot de plus, qu'elle le suive ou non.

9

Sebastian enfila la chemise blanche, impeccablement amidonnée, et la boutonna devant le miroir. Il étudia sa mâchoire à la lumière, sourcils froncés face à son reflet. Il aurait dû se raser, mais cela devrait aller. Il aurait bien besoin d'une coupe de cheveux aussi.

— Comment je suis ? lança-t-il en écartant le rideau dans un geste théâtral, épaules carrées sous le costume taillé sur mesure. Tu penses qu'on pourrait deviner que je passe la moitié de ma vie en tunique de chirurgien et l'autre en combinaison de plongée ?

Mila se leva puis remit à sa place le magazine de décoration qu'elle compulsait en l'attendant et posa sur lui un regard attentif. Dans ce costume bleu marine, il savait qu'il était élégant, sa modestie dut-elle en souffrir, et pourtant il continuait à chercher son approbation.

— C'est pour quelle occasion ? s'enquit-elle sans rien laisser paraître quant à son avis.

— La fête des soixante-dix ans de ma mère. Je dois rentrer à Chicago.

Évidemment, il ne lui avait pas demandé de l'accompagner. Peut-être l'aurait-il fait si elle n'avait pas passé la semaine à l'éviter.

— Et c'est quand ? questionna-t-elle, un sourcil haussé. Avant ou après que je quitte l'île ?

— Je ne pense pas qu'on ait discuté de la date exacte de ton départ, si ?

Elle était fermée, presque distraite – était-ce par l'orage qui fouettait les carreaux ? —, en tout cas ne semblait pas disposée à discuter, de toute évidence.

— C'est de pire en pire, commenta-t-elle au moment où le portable de Sebastian sonnait.

C'était le livreur qui retardait encore la remise des moniteurs.

— Il se peut qu'ils ne les reçoivent pas avant demain matin, maintenant, dit-il, agacé.

Elle avait l'air d'une biche prise dans des phares et ne voulant rien moins que leur échapper.

— Qu'est-ce qu'on fait alors ?

— Vous restez ici, intervint le tailleur. Moi, je fais quelque chose de joli pour vous : je pense que le bleu est votre couleur !

— Oh non, merci, mais je n'ai rien pour...

— Ça ne prendra pas longtemps.

Sebastian observait Mila dans le miroir tandis qu'Anya, sa couturière préférée, disparaissait dans leur remise. Elle en revint trois secondes plus tard les bras chargés de tissus. Avant que Mila ait pu la dissuader, elle sortait un mètre de couturière et entreprenait de la mesurer – bras, jambes, taille, buste, le tout avec rapidité, efficacité et enthousiasme.

— Regardez les motifs, je vous apporte des échantillons.

— Laisse-toi faire, dit Sebastian. On pourra se le faire livrer sur l'île plus tard.

Mais elle secoua la tête obstinément.

— Non, vraiment, Sebastian. Je n'ai besoin de rien.

Un sourcil arqué, il ôta sa chemise blanche pour en passer une autre. Rose pâle, cette fois. Et il l'enfila sans refermer le rideau de la cabine. Il croisa le regard de Mila dans le miroir. Elle se mordillait la lèvre inférieure en le contemplant.

— Je n'ai quand même pas rencontré la seule femme au monde qui n'a pas envie qu'on lui fasse une robe sur mesure ?

La couturière sembla remarquer la façon dont elle se couvrait les bras.

— Celle-là ? proposa-t-elle en désignant un modèle fluide à manches longues dans son magazine.

Mila poussa un soupir vaincu.

— OK, d'accord. Oui, j'aime bien celle aux manches longues.

— Faites-lui la robe qu'elle veut, Anya. Elle trouvera l'occasion pour la porter, intervint Sebastian.

— Pourquoi es-tu aussi gentil avec moi après...

— Aucune idée, marmonna-t-il. Peut-être parce que tu me rends fou.

Puis il tira le rideau sans lui laisser le temps de répliquer.

Il l'entendit s'approcher et soupirer.

— Sebastian, je suis désolée.

Son irritation s'évanouit lorsqu'il perçut l'angoisse dans sa voix.

— Pardon de t'avoir évité après ce qui s'est passé. Tu as le droit d'être agacé. Et je comprends, parce que tu n'as rien fait de mal. C'est moi qui t'ai embrassé la première. C'est juste... Il faut qu'on travaille ensemble, alors...

Il ne répondit pas tout de suite. Il avait encore besoin de réponses, mais le lieu n'était pas approprié pour avoir cette conversation. Déjà la couturière revenait.

— Allons chez moi. Ce n'est pas loin d'ici, dit-il. De toute façon, avec cette tempête, il ne serait pas prudent de reprendre le yacht.

— Tu as un chez-toi par ici ?

Elle se tenait juste derrière le rideau, sa silhouette visible à travers le tissu.

— Il a beaucoup de maisons, chuchota le tailleur. Le Dr Becker est très riche. Vous êtes une femme chanceuse. Vous voulez la robe ? Je l'envoie sur l'île quand elle est prête.

— Oui, elle veut la robe, merci, intervint Sebastian en sortant de la cabine, rhabillé, ses habits neufs à la main. Et gardez ses mensurations dans vos dossiers. Qui sait ? Il se peut qu'on revienne.

Il attrapa son portefeuille.

— Qu'est-ce que tu fais ? Sebastian, vraiment, je n'ai pas besoin...

— S'il te plaît, Mila. Permets-moi de faire ça pour toi. Tu le mérites. Nous allons prendre tout ça, Anya. C'est superbe, comme toujours.

— Où est ta maison ? s'enquit Mila, encore sous le choc.

La pluie tombait fort et le vent balayait les palmiers autour d'eux. Malgré le parapluie de Sebastian, le bas de sa robe rayée commençait à être trempé.

— On doit prendre le funiculaire jusque là-haut, répondit-il en lui passant un bras autour de la taille.

Un geste qui provoqua une tension chez Mila, même s'il était agréable.

— Évidemment, tu as la villa tout en haut de la montagne, commenta-t-elle, moqueuse.

Souriant, il les entraîna vers le petit wagon sur les rails. On aurait dit un wagonnet de montagnes russes, et le voyage sur la pente abrupte à travers la verdure promettait d'être pittoresque.

— Ne t'inquiète pas, dit-il, rassurant. Contrairement aux apparences, c'est parfaitement sûr. Jamais je ne t'y embarquerais sinon.

Puis il resserra son étreinte protectrice avant de la laisser entrer la première. Refermant la portière derrière lui, il s'assit à son côté. Lorsqu'il se passa les mains dans les cheveux, des gouttes atterrirent sur elle.

Il actionna un bouton rouge qui mit le wagonnet en branle. Ils avaient déjà traversé des montagnes embrumées, des rizières verdoyantes et vu des temples mystiques pour venir ici. Enfin, avec la pluie, Mila n'en avait pas vu grand-chose. Là, avec la jungle autour d'eux, elle avait l'impression d'être loin de tout. Comme privilégiée, en quelque sorte.

Ils étaient assis si proches sur le petit siège qu'elle distinguait les petits poils noirs parsemés de gris sur sa mâchoire. Elle aimait bien quand il n'était pas rasé de frais. Son épaule effleura la sienne près de la bretelle de sa robe, un contact qui lui donna la chair de poule.

— Je pense qu'il faut qu'on parle, pas toi ?

— Si, si, dit-elle.

Il avait le bras gauche tendu sur le dossier du siège, derrière elle. Il dégageait une odeur mêlant l'encens, un savon musqué et la pluie. Une rafale de vent secoua le wagon, et elle se surprit à poser une main sur son genou. L'image de l'accident lui revint avec la pensée qu'ils pourraient dégringoler en bas de la colline. Et, soudain, Annabel fut là aussi. Comme elle avait été sur le bateau avant que Mila ne cède à l'alchimie irrésistible et ne l'embrasse.

— Je parie que Hugo O'Shea adorerait nous prendre en photo, là, ensemble, dit-elle pour combler le silence oppressant.

Sebastian secoua la tête et lui prit les doigts.

— C'est incroyable, le culot de ce type...

— Qu'est-ce qu'il fait encore sur l'île ? questionna-t-elle.

— Il prétend qu'il travaille à distance le temps de se remettre, mais, à présent, je sais qu'il cherche juste à fouiner. Il attendait juste le bon moment pour me demander mon accord.

— Pourquoi ne pas lui parler et lui indiquer ce que tu veux voir imprimé ? Tu peux sans doute avoir le dernier mot, non ?

— Je ne parle pas aux médias, rétorqua-t-il brusquement. Et tu devrais en faire autant.

— Je ne suis pas Klara, marmonna-t-elle.

Les mots étaient sortis avant qu'elle ait pu y réfléchir.

Le wagon s'était immobilisé au niveau le plus élevé. Sebastian ne disait plus rien.

— Pardon..., ajouta-t-elle. Je sais que tu méprises les médias à cause de ce qui est arrivé avec Klara. Mais la publicité, ça peut avoir du bon, non ? Tu fais plein de bonnes choses pour l'île, les gens devraient le savoir.

— Peut-être que ça ne les regarde pas.

Ouvrant la portière en grand, il descendit pour déployer le parapluie au-dessus d'elle tandis qu'elle le suivait. Apparemment, le sujet était clos.

À travers la pluie, elle distinguait la villa. Plus petite qu'elle l'avait imaginée, mais indéniablement sélecte. Une statue balinaise de lion gardait la porte de bois ouvragée. Une piscine à débordement semblait se fondre dans la jungle qui les entourait.

Elle s'apprêtait à dire que l'endroit devait être magnifique au soleil quand un chien se mit à japper très fort. Sursautant, Mila lâcha son sac qui tomba dans une flaque de boue, et l'enveloppe importante qu'elle y avait glissée le matin s'échappa, flottant droit jusqu'à la piscine.

10

— Non, non ! marmonna Mila, tendant la main vers son enveloppe.

Elle semblait très perturbée.

— Ne bouge pas.

Sebastian passa devant elle pour former une sorte de bouclier entre elle et le chien noir qui continuait de gronder.

Rien à voir avec Bruno, son compagnon docile. Celui-ci ressemblait probablement plus à celui qui avait mordu la pauvre petite Françoise. L'animal se tenait à plat ventre maintenant, les babines retroussées sur des dents acérées, à quelques centimètres de la piscine. En pleine détresse, Mila secoua l'enveloppe.

— Va sur la terrasse, lui ordonna-t-il alors que le chien grognait de plus en plus fort.

Mila se figea.

— On ne te fera pas de mal, dit-il à l'animal en tendant prudemment une main.

C'était une chienne, en mauvais état, apparemment blessée au moins à l'oreille.

— Je sais que tu as peur, continua-t-il d'une voix douce, tout en se penchant pour ramasser le sac à main de Mila.

Dès qu'il posa la main dessus, il le jeta vers Mila sur le pas-de-porte. La chienne grondait toujours, mais ne bougea pas.

— Il se peut qu'elle ait été heurtée par une voiture sur la route ou attaquée par un autre chien, et qu'elle ait cherché à se cacher pour lécher ses plaies et protéger son petit. On devrait la faire entrer dans la maison pour l'examiner.

Mila avait sorti quelque chose de son sac qu'elle tenait dans sa paume, serrant et desserrant le poing dessus.

— Ouvre la porte, dit-il en lui lançant la clé. Il doit y avoir des choses à manger sur la table. Apporte-les-moi pour que je les lui donne.

Il la vit ôter ses chaussures et entrer pieds nus.

— On ne te fera pas de mal, répéta-t-il, approchant un peu plus la main de la chienne.

Mila reparut avec des biscuits au gingembre que la femme de ménage lui laissait toujours. Il en déballa un et le tendit dans sa paume à la chienne qui renifla prudemment avant de prendre le biscuit. Sa mauvaise humeur s'apaisa aussitôt. Par chance, elle semblait décidée à leur faire confiance.

— Tu as faim, ma fille ? Pas de collier…

Sebastian avait le cœur brisé de voir tant d'animaux abandonnés à leur triste sort. Il lui donna un autre biscuit et fut récompensé par un coup de langue.

— On va te nettoyer. Tu veux venir avec moi ?

— Elle va bien ? demanda Mila, le dos collé au mur quand il passa avec la chienne dans ses bras.

— Ce n'est pas aussi terrible que je croyais. Juste une blessure superficielle, je pense.

Dans la salle de bains, il sortit des serviettes et le kit d'urgence.

— Aide-moi à les étaler. On peut nettoyer la plaie et lui faire quelques points si besoin. Si ça ne va pas mieux demain matin, on l'emmènera chez un véto.

Elle disposa les serviettes et s'accroupit à côté de lui.

— Demain ? On sera encore là demain ?

— On ne peut pas rentrer avec le yacht par ce temps. Mais si tu préfères passer la nuit dans une autre villa, je te donne les clés.

— Non, je… Mais tu as combien de villas ?

— Elles sont toutes à moi, mais ici, c'est la seule qui soit meublée confortablement.

Elle eut l'air médusé.

— Qu'est-ce que tu as dans la main ? ajouta-t-il avec un mouvement de tête.

Elle ouvrit sa paume visiblement à contrecœur, et il découvrit avec surprise le porte-bonheur que lui avait donné Françoise au bar du club de plongée.

— Tu l'as gardé dans ton sac ? s'étonna-t-il.

— La petite a dit que c'était censé me protéger. Bon, ça n'a pas fonctionné pour mon sac.

La chienne devait avoir mal à sa patte, mais elle semblait calme. Sans doute avait-elle eu peur, dehors, en plus de la douleur. Il leur fallut une vingtaine de minutes pour lui recoudre et lui bander la patte. Puis ils allèrent se doucher chacun dans une salle de bains différente et se changèrent. Par chance, ils avaient apporté d'autres vêtements au cas où ils iraient se baigner. La pluie continuait de tomber à verse quand Mila le rejoignit dans la cuisine ouverte. Il sortit du soda frais et des verres.

— Cet endroit est magnifique, commenta-t-elle sur un ton sincèrement admiratif. J'adore les murs.

— Merci. C'est un designer indonésien qui m'a fait ça, dit-il en montrant les plaques de bois sculptées. Et ce tapis, là, c'est ce que j'ai touché de plus doux de ma vie. Essaye…

Elle alla sur le tapis crème moelleux et émit un soupir de plaisir. Sebastian se mit à rire, ravi. Comme son autre maison, il avait rempli celle-ci de babioles destinées à la rendre plus chaleureuse, plus accueillante : des bols et autres paniers en bois ou en bambou, des ustensiles en cuivre ou en or, des textiles aux couleurs fabuleuses, de superbes coussins…

— Qu'est-ce que tu fais des autres villas ? s'enquit Mila.

Il lui tendit un verre de liquide pétillant.

— J'espère qu'un jour ou l'autre Jared viendra ici. Et puis, comme je te l'ai expliqué, l'extension prévue à l'institut accueillera bientôt un centre de santé et de bien-être pour ceux qui n'ont pas les moyens de s'offrir le luxe du MAC. Il y a un immense bâtiment au pied de la montagne, avant le funiculaire, mais tu n'as pas dû le voir avec cette pluie. Bref, ces villas seront les quartiers des invités. Si c'est effectivement la dernière saison de leur émission, Jared aura bientôt plus de temps pour lui, donc…

— Ils arrêtent l'émission pour de bon ?

Il ne lui en avait pas parlé – à personne, en fait, étant donné qu'il n'y croyait pas vraiment lui-même.

— Oh ! il l'a déjà dit et, finalement, ça n'est jamais arrivé, expliqua-t-il. Disons que j'en saurai sans doute plus quand je vais rentrer et le voir en personne.

— Tu n'as pas dit quand tu retournais à Chicago ?

— Je pense que ça tombe à peu près au moment où ton contrat se termine officiellement au MAC, répondit-il, éludant la question à nouveau.

En vérité, il savait que cela tombait pile à la même date. Il lui en parlerait bientôt, mais il n'avait pas envie de penser à son départ… ni à son voyage à Chicago seul, d'ailleurs.

La chienne aboya dans la salle de bains.

— Elle va bien ? demanda Mila.

— Elle nous rappelle juste sa présence. Tu ne passes pas beaucoup de temps avec les chiens, je me trompe ?

— Pas autant que toi, dit-elle. Ils ne me dérangent pas, mais je ne leur fais pas tellement confiance. On a trouvé un chien fou, une fois sur une base militaire. Il a arraché la moitié du visage de mon collègue. Alors qu'on voulait juste l'aider. Annabel aussi a été mordue par un chien une fois, quand on était gamines, à Ibiza. J'ai ressenti sa douleur quand c'est arrivé, ajouta-t-elle après une pause.

— Physiquement ?

Mila le suivit sur le canapé et posa son enveloppe mouillée sur la table pour la faire sécher.

— Oui. À la cheville. Comme si j'avais été mordue moi-même. Très étrange… Enfin, on doit soigner tout le monde, n'est-ce pas ? C'est arrivé à l'armée. Une fois, on a trouvé un soldat britannique et un Afghan blessés. On les a traités côte à côte. Si les locaux, qu'ils soient insurgés ou pas, étaient blessés, ils avaient toujours droit au même traitement.

— Ça a dû être…

— Tout le monde n'était pas d'accord sur ce principe. Mais à mes yeux, si quelqu'un est blessé, il est de mon devoir de l'aider, qui que ce soit. Tu ne sauverais pas un mourant si tu en avais la possibilité ?

Il la dévisagea. Elle avait dû voir des horreurs.

— Si, si bien sûr.

— Je le sais, oui. Tu fais passer Ketut et Wayan en priorité, chaque fois qu'ils ont besoin de toi, même s'ils ne sont pas des patients payants. J'aurais aimé être là pour voir arriver leur bébé, ajouta-t-elle après une seconde de silence.

— On n'est pas certains que tu ne sois pas là. N'oublie pas que les bébés arrivent un peu quand ils le décident.

Elle changea de position sur les coussins à motif de fleurs de frangipanier, l'air mal à l'aise. C'était étrange de l'avoir là, alors qu'elle n'avait même pas mis les pieds dans sa maison principale sur l'île. Il se surprit soudain à regretter de ne pas l'y avoir invitée, trop inquiet qu'on les voie... Quelqu'un comme Hugo O'Shea... Mais, de toute façon, il n'empêcherait pas les gens de parler, quoi qu'il fasse. Et lui, il ne pouvait s'empêcher d'être un peu paranoïaque. Les séquelles de sa vie d'avant sous les feux de la rampe...

Il brûlait de demander si elle devait vraiment partir à la fin de son contrat, mais il savait que les gens tels que Mila ne restaient jamais bien longtemps au même endroit. Elle avait trop fait, trop vu du monde pour avoir envie d'être coincée sur une île *ad vitam aeternam*. Cachée ici avec lui.

— C'est un truc typique des jumeaux ? s'enquit-il. De ressentir la douleur de l'autre ?

Elle replia les jambes sur le canapé.

— C'était, oui. Du moins pour nous. Chaque fois qu'elle avait une migraine, j'en avais une aussi.

— Parle-moi d'elle.

— Je vais faire mieux. Je vais te la montrer, dit-elle. Si ça n'est pas fichu.

Elle prit l'enveloppe mouillée et en sortit une photo humide dans les coins qu'elle lui tendit.

— Annabel et toi, commenta-t-il.

Il se retrouva à batailler contre un soudain afflux d'émotions, incapable de les distinguer l'une de l'autre.

— C'était le Noël où on s'était offert l'une à l'autre exactement la même écharpe sans le savoir…, expliqua-t-elle.

Les jumelles posaient tout sourire devant un canapé orange dans un salon chaleureux, avec chacune une écharpe jaune tricotée et marquée « scène de crime ». Les voir ainsi rendait la douleur de Mila palpable, bien réelle.

— Tu as apporté ce cliché ?

— Non, ma mère m'en a envoyé quelques-uns, dont celui-ci. Entre autres… On a partagé la même chambre jusqu'à nos dix-huit ans, et il reste des tas de photos dans des boîtes. Ma mère n'arrête pas de sous-entendre que je devrais rentrer à la maison pour tout trier avec elle. Jeter des choses… Il faudra bien que je finisse par m'y résoudre.

— Je n'ose même pas imaginer comme ce doit être dur. Mais tu as songé que ça pourrait peut-être aussi t'aider ?

Elle avait les yeux baissés sur la photo.

— Peut-être. Je continue de la voir partout. De rêver d'elle sans cesse. Sebastian, reprit-elle après un profond soupir, que s'est-il passé quand Annabel est venue ici ? Entre vous deux ?

Sa question le prit complètement au dépourvu. Elle avait fermé les paupières, maintenant, comme si elle n'arrivait même pas à affronter ce qu'il risquait de répondre.

— Tu comprends, je t'apprécie, poursuivit-elle. Et j'aurais dû te poser la question depuis longtemps, mais je n'y arrivais pas. Est-ce que tu l'as embrassée, comme on… ? Est-ce que vous avez couché ensemble ?

— Non !

Il posa son verre et lui prit le sien aussi avant de se rapprocher pour lui poser une main sur le visage. Elle appuya la joue contre sa paume et laissa échapper un soupir.

— Mila, je croyais que tu savais déjà qu'il ne s'était rien passé entre Annabel et moi.

— Rien du tout ?

— Non ! Seulement un léger flirt, mais ça ne signifiait rien pour aucun de nous. Elle était juste une touriste parmi tant d'autres. Elle dansait, elle chantait lors des karaokés. Je n'avais jamais entendu *Total Eclipse of the Heart* chanté aussi adorablement faux. Un matin, elle a même raté une sortie plongée avec tuba parce qu'elle n'avait pas réussi à se lever.

Mila s'essuya les yeux et esquissa un sourire.

— C'est tout Annabel, ça.

— Mila, elle te ressemblait trait pour trait et, pourtant, elle n'avait rien à voir avec toi.

Il posa le front contre le sien, les deux mains sur son visage. Était-ce cela, la raison de sa distance depuis leur baiser ? Elle n'avait pas peur de mettre en péril leur relation de travail, mais elle croyait qu'il avait eu une relation intime avec sa sœur ?

Elle tendit les mains vers lui en même temps qu'il la prenait dans ses bras. Leurs bouches entrèrent en contact, et il ne pensa plus qu'à l'embrasser et l'embrasser encore, tout en l'entraînant maladroitement vers la chambre.

Mila le laissa vénérer son corps et se délecta de vénérer le sien. Comment ne pas vouloir être avec cet homme quand il la traitait comme si elle était la seule femme qu'il ait jamais désirée ? Il était facile de tout oublier, y compris les horreurs de la guerre qui la tenaient éveillée souvent la nuit, quand il était enfoui au plus profond d'elle-même.

Ils se trouvèrent si facilement, si parfaitement, encore et encore entre les draps de satin de son lit en bois sculpté… Et quand, enfin, le sommeil l'emporta, pour la première fois depuis longtemps Mila ne rêva pas d'Annabel, ni de l'accident ni de l'Afghanistan. Aucun cauchemar ne hanta son sommeil cette nuit-là.

11

Mila accompagna la patiente venue pour une mastopexie et la positionna contre le mur.

— Nous avons besoin que vous soyez debout pour les marquages, madame Pilkington-Blythe, lui expliqua-t-elle. J'espère que vous n'êtes pas trop nerveuse.

La femme aisée de quarante-quatre ans, décoratrice d'intérieur du Royaume-Uni, ne paraissait pas stressée le moins du monde. Au contraire, en fait.

— Merci, docteur Ricci, mais retrouver ses seins d'avant les grossesses, c'est tout sauf stressant. Ils étaient dressés, avant, voyez-vous, comme ça, dit-elle en remontant ses seins avec les paumes de ses mains. Ça me manque.

Le visage de Sebastian restait parfaitement professionnel tandis qu'il tapait sur leur nouveau moniteur à écran tactile. Il y avait deux semaines qu'ils en avaient rapporté deux sur le yacht, un pour le MAC et un pour la Blue Ray Clinic. Le lendemain de la tempête, si occupés qu'ils étaient ailleurs, à faire l'amour toute la nuit dans les quatre coins de cette chambre à Bali, ils avaient failli oublier de passer les récupérer. Depuis, quelque chose avait changé entre eux. Une légèreté nouvelle émanait de Mila qui s'était laissé emporter par cette intimité profonde et passionnée.

Madison Pilkington-Blythe ne savait rien de tout cela, évidemment, leur patiente venant d'atterrir sur leur île en hélicoptère privé. Mila et Sebastian avaient fait l'amour ce matin même sous la douche à l'école de plongée, et encore une fois chez lui avant de venir pour cette opération.

— Sans parler de l'allaitement, continua Mme Pilkington-Blythe. Terrible épreuve pour une poitrine…

— Je ne saurais le dire, répondit Mila sans réfléchir.

— Vous n'avez pas d'enfants ?

— Non.

— Ce doit être compliqué de rencontrer quelqu'un quand on vit ici, aussi loin de tout… Mais vous avez le temps, docteur. Enfin, il ne faut pas trop attendre non plus : plus on s'y met tard, plus c'est difficile de retrouver sa ligne. Croyez-moi, je suis bien placée pour le savoir.

— Souhaitez-vous écouter un genre de musique en particulier ? intervint Sebastian, sans doute pour la sauver.

Ce dont elle lui fut reconnaissante car le sujet la mettait un peu mal à l'aise. Elle savait que Sebastian voulait des enfants, tandis qu'elle… elle n'imaginait rien de plus terrifiant. Comment envisager de devenir mère, responsable de la vie d'un être, quand elle n'avait pas été capable de sauver sa sœur ?

Ils œuvrèrent au son de Beethoven pour remonter les seins de leur patiente. Quand ce serait terminé, il ne subsisterait plus aucune trace des bébés qu'ils avaient nourris.

— Sebastian ? C'est moi.

— Je sais que c'est toi, Jared. Comment ça va ?

Ils étaient rentrés chez lui, tous deux prenant une rare pause de deux heures dans leur journée. Il était à l'intérieur, en train de mixer du thé au jasmin avec des glaçons dans un blender tandis que Mila était dehors, en bikini rouge sous un sarong transparent, jouant avec Bruno et Tempête, la chienne qu'ils avaient secourue à Bali. Il n'avait pas prévu d'être interrompu.

— J'appelle pour savoir comment tu réagis à cette photo.

— Une photo ? Quelle photo ?

— Les réseaux sociaux, frérot. Tu ne suis même pas tes propres hashtags ?

— Je m'y efforce.

— Eh bien, je suis navré d'être celui qui te l'apprend, mais un soi-disant journaliste du nom de Hugo O'Shea a posté une photo de toi et une dame. Intéressant, le cliché... Et tu as l'air carrément bien sur ton yacht avec cette... Mila Ricci. C'est elle, la femme dont tu m'as parlé ?

Sebastian sentit la colère l'envahir. S'il ne venait pas de donner à Hugo O'Shea un nouveau pénis, il aurait été bien tenté de le lui couper.

— Oui, c'est elle, dit-il entre ses dents serrées. Comment diable a-t-il eu des photos de nous sur le bateau ? Il était au MAC, il ne pouvait pas savoir où nous...

Il s'interrompit pour repasser dans sa tête le déroulé des événements. Hugo l'avait intercepté en chemin vers le port pour lui proposer son interview. Il avait pu poser des questions autour de lui, s'enquérir où ils allaient... et même tuyauter un photographe.

— Bon sang, je n'en reviens pas du culot de ce type !

— Hé, calme-toi... J'allais te dire que je vous trouvais mignons, tous les deux.

Sebastian ferma les yeux.

— Quelle est la légende du cliché ?

— « Le millionnaire rejoue une scène de *Titanic* avec une mystérieuse brunette. »

— Super...

Jared éclata de rire.

— Arrête, Jared, tu sais que je ne supporte pas ce genre de situation. Tu sais ce qui s'est passé...

— Oublie ça, ce n'est qu'une photo. De toute façon, Mila s'en va bientôt, non ?

— Ce n'est pas la question.

— Je suis désolé pour Klara, frérot, tu le sais. Mais ça fait plus de trois ans, et là, c'est une seule photo. Plus personne ne pense à ce qui est arrivé par le passé. Tu fais du super boulot, là-bas, et pourtant tu continues de refuser d'en parler, alors les médias se contentent des miettes qu'ils parviennent à ramasser. Tu t'attendais à quoi ? Tu es une icône.

Il se sentait incapable de réfléchir avec calme, son cœur cognant comme un fou contre ses côtes.

— Amène-la à la fête de maman, d'accord ? insista Jared.

En colère, Sebastian tapait des doigts sur le plan de travail. Il avait pourtant tout fait pour éviter ce genre de situations. Il avait même affiché des panneaux indiquant « Pas de photographies » un peu partout au MAC, histoire de dissuader d'éventuels petits malins.

Il revoyait Klara, assise par terre dans la cuisine après avoir lu les mails des parents de ses élèves, tous furieux contre elle. Qui l'accusaient d'être une mauvaise enseignante, alors qu'elle adorait ces enfants. Et maintenant Mila était sur le point de découvrir ce que c'était vraiment de sortir avec un chirurgien mondialement connu.

— Je ne lui ai pas encore posé la question, rétorqua-t-il. Comment veux-tu que je le fasse maintenant ? Les caméras nous attendront à l'aéroport.

— Je pense que tu es beaucoup trop paranoïaque. Quoi qu'il en soit, j'ai pris les devants et t'ai inscrit comme « accompagné ». Maman a hâte de te voir. Je t'ai envoyé des billets pour le jet, dont un qui est laissé en blanc, tu peux donc y inscrire son nom si tu décides de l'emmener. Moi aussi j'ai hâte de te voir, frérot, ça fait trop longtemps.

Sebastian fulminait tandis que, du comptoir de la cuisine, il observait Mila et Tempête par la fenêtre.

À partir de maintenant, il allait devoir se montrer encore plus prudent.

12

— Déjà presque un million de *likes*. Impressionnant !

Mila se tourna vers le lavabo et tira sur les ficelles de son bikini.

— Ça n'a rien d'impressionnant, marmonna Sebastian.

Appuyé au cadre de la porte, il la regardait dans le miroir, tout en faisant défiler les commentaires sur son téléphone, l'air sombre. Au début, Mila avait été un peu gênée d'utiliser sa salle de bains extérieure, mais les quelques séances de plaisir qu'ils s'y étaient octroyées avaient réussi à modifier son point de vue.

— Les commentaires ne sont pas négatifs, insista-t-elle, déterminée à alléger l'atmosphère. Les gens sont juste intéressés par ce que tu as accompli ici.

— Leur intérêt, je peux m'en passer, Mila. Et toi aussi, crois-moi. Il ne faut pas qu'on nous voie ensemble.

Elle ôta complètement le haut de son maillot de bain. Aussitôt, il fut derrière elle pour l'enlacer. Son corps fut attiré vers lui comme un aimant.

— Sebastian, quoi que les gens disent ou pensent de moi, je sais me gérer, dit-elle.

Le picotement familier à son contact se propageait de ses orteils au reste de son corps. Plus elle se répétait que ce n'était qu'une aventure temporaire, qu'ils étaient incompatibles à bien des niveaux, plus elle brûlait d'être avec lui.

— Oh ça, je ne doute pas que tu le penses, soldat, murmura-t-il dans son oreille.

Elle fut parcourue d'un frisson, enivrée par sa proximité.

— Je n'ai pas besoin que tu me protèges.

— Et si c'était moi qui avais besoin que tu me protèges ?

Il tirait déjà sur le bas de son maillot de bain. Elle l'aida à l'en débarrasser puis trouva le bouton de son short avant de tendre la main vers la manette de la douche. L'eau tiède leur coula sur la tête alors qu'il l'asseyait sur le siège et s'agenouillait entre ses cuisses. Ces derniers temps, c'étaient pour de tels moments que Mila vivait. Elle n'avait jamais fait l'expérience d'une telle spontanéité sexuelle.

Un chien aboya.

Aussitôt, Sebastian s'écarta, coupa l'eau et attrapa la serviette dont il l'enveloppa. Mais elle le saisit par le poignet.

— Bruno ou Tempête ont dû voir quelqu'un passer devant le portail, c'est tout. Tout est fermé, personne ne peut entrer, dit-elle calmement avant de faire retomber la serviette.

Il était tellement à cran depuis ce post sur les réseaux sociaux. Elle ne pouvait pas lui laisser voir qu'elle était perturbée aussi au risque d'accentuer son stress.

Il finit par céder et, avec un petit gémissement, il se laissa embrasser.

— On est tout seuls… Faites-moi confiance, docteur Becker, je suis soldat…

La jeune fille était évanouie. Le sang avait formé des taches sombres sur son T-shirt en coton jaune et à la couture de son short blanc délavé.

— Patiente de douze ans. Zuri Lerato. Elle semble être tombée. Elle était inconsciente quand son père l'a trouvée dans la salle de bains de l'hôtel. Il y avait du sang sur le sol et les murs.

La machine à mesurer le taux de glucose bipa entre Mila et Viv, l'infirmière.

— 43, dit Viv. Tension artérielle 16/9. Pouls à 123. Oxygène saturé à 92.

Mila posa une main sur la poitrine de la jeune fille. Cette fois, elle bougea un peu et ouvrit les yeux. Elle cilla sous le ventilateur au plafond puis tenta de s'asseoir, mais Mila l'encouragea à se rallonger.

— Tout va bien, ma belle, tu es en sécurité, dit-elle d'une voix douce en lui caressant le bras. Nous sommes là pour t'aider. Tu te souviens de ce qui s'est passé ?

Zuri laissa échapper un grondement sourd et répondit « non » de la tête. Elle semblait confuse, ce qui était pour le moins inquiétant. De toute évidence elle était tombée, et Mila soupçonnait, au vu du compte rendu de son père, qu'elle s'était cogné la tête contre le lavabo. Sans doute était-elle en état de choc, mais il lui fallait un scanner du cerveau.

— Une autre prise de la tension, s'il vous plaît.

C'était le jour de l'anniversaire de la mort d'Annabel. Elle avait envisagé de prendre sa journée, comme prévu, mais il y avait trop à faire et elle ne savait où donner de la tête.

Sebastian avait une consultation pour une réparation faciale à Bali concernant un homme trop fragile pour être transporté sur l'île. Il avait passé la nuit précédente dans sa villa de Bali et, déjà, elle avait hâte de le retrouver. Ils avaient prévu d'aller sur le spot de plongée préféré de Sebastian, au large de l'île. Une plongée de nuit, rien que tous les deux. C'était lui-même qui l'avait suggéré.

Mila n'était pas sûre de réussir à ne pas penser à Annabel par un jour pareil, mais elle avait accepté, reconnaissante de la compassion de Sebastian.

Quand enfin elle put s'éclipser, Zuri stabilisée en salle de réveil et Viv pour veiller sur elle durant la nuit, Mila se rendit compte de la tension qui lui raidissait les épaules. En route vers sa jolie petite villa du MAC, elle était pressée de plonger pour se détendre. Mais, avant, elle devait appeler sa mère.

Installée dans le hamac de sa terrasse avec une tasse de thé, elle composa le numéro sous le regard de la lune entre les palmiers.

— Comment vas-tu, maman ?

— Oh ! ma chérie, j'espérais que tu m'appellerais. Je vais aussi bien que tu peux l'imaginer.

— Je sais que c'est dur et j'aimerais être avec toi.

Mila ferma les yeux, bridant ses émotions. Déjà les feuilles des arbres étaient floues, son estomac noué, sa gorge serrée. Toute la journée, elle avait réussi à garder son calme devant tout le monde, mais la voix de sa mère avait la capacité de lui couper le souffle en un clignement de paupière.

— J'étais sur le point de sortir, dit celle-ci.

— Pour aller où ?

— Oh ! juste avec… un ami. Il m'emmène voir une exposition sur l'Angleterre au temps des Tudors et sur le règne de Henry VIII, il sait que c'est une période qui me plaît.

« *Un* ami »… et sa mère avait marqué une hésitation. Interrompant le balancier du hamac, Mila s'essuya les yeux et posa son thé par terre. Sa mère n'avait jamais fait mention d'ami masculin, du moins pas du genre qui l'emmène à des expositions.

— « Il » ? Qui est-ce ?

— Je te l'ai dit, juste un ami. Il me fait du bien, Mila, surtout un jour comme aujourd'hui.

— Je suis contente que tu aies de la compagnie, maman.

— Et toi ? Tu es occupée ? Avec ton Dr Becker ?

— Nous sortons bientôt, oui.

— Est-il au courant de ce qui s'est passé ? Je veux dire, sait-il qu'aujourd'hui est un jour… particulier ?

La fin de la phrase fut étranglée, et Mila dut réprimer un nouvel accès de larmes aussi. Toutes les deux s'efforçaient de paraître fortes pour l'autre, comme toujours.

— Il sait que c'est le jour de la mort d'Annabel, oui, dit-elle avec quelque appréhension. Mais il ne sait toujours pas exactement ce qui s'est passé.

— Comment ça « exactement » ?

— Il ignore que je n'ai pas su l'aider… L'aider à sortir de la voiture à temps.

— Oh ! Mila…

En entendant la tristesse dans la voix de sa mère, elle se maudit de la mettre dans cet état en avouant avoir failli.

— On en a déjà parlé moult fois, ma chérie. Je refuse de t'entendre prendre la faute sur toi.

— Je sais, maman, mais je ne peux pas m'en empêcher.

Elle ravala ses larmes. Sebastian ne tarderait pas à arriver, et elle ne voulait pas avoir l'air d'avoir pleuré. Il était gentil et compréhensif, tolérant aussi, mais… il ne savait pas comment elle s'était fait ces cicatrices aux bras. Pas question qu'il ait une vision dégradée d'elle, surtout pas maintenant qu'elle commençait à tomber amoureuse de lui.

Le constat la frappa avec la force d'un coup en plein ventre. Oui, elle tombait amoureuse de lui. C'était bien plus qu'une brève aventure sans conséquence pour elle désormais. Il lui avait beaucoup manqué, toute la journée.

— Quand rentres-tu à la maison ? Je sais que tu repousses le moment de débarrasser la chambre de ta sœur, tout comme moi. Mais peut-être est-ce autre chose qui te retient à présent ?

— Maman… Tu me connais trop bien, dit-elle, levant les yeux vers la pendule à travers la fenêtre.

Il était 20 heures passées. Sebastian aurait dû être là depuis au moins vingt minutes…

Une petite tornade de poils l'accueillit sitôt qu'elle eut ouvert le portail. Sebastian lui ayant donné un double des clés, elle pouvait entrer sans avoir à sonner et elle commençait à s'inquiéter car il ne répondait pas au téléphone.

Elle caressa Bruno et Tempête puis se dirigea vers l'entrée de la maison pour poser sur la table de la terrasse la lanterne qu'ils étaient censés faire flotter sur l'eau depuis le bateau plus tard, en mémoire d'Annabel.

La maison était plongée dans le silence. Surprise, elle regarda par la fenêtre du salon. Les chiens se dressèrent sur leurs pattes arrière pour l'imiter.

— Où est-il ? demanda-t-elle. Il devrait être rentré de Bali, maintenant.

Tempête répondit par trois jappements successifs.

— Sebastian ! lança-t-elle, ayant déverrouillé la porte d'entrée. Sebastian, c'est moi !

Rien. Pas de bruit en provenance de la salle de bains non plus. Avait-il eu une urgence et pas le temps de la prévenir ?

Elle versa des croquettes dans les écuelles des chiens qui se mirent à dévorer avidement. Revenant dans le salon, elle s'assit sur le canapé et saisit machinalement la brochure du Becker Institute sur la table basse. Elle s'arrêta sur une photo de Jared Becker en blouse blanche. Bel homme, comme Sebastian, tout sourire. Après réflexion, il était bien moins séduisant que Sebastian.

Deux bouts de papier tombèrent d'entre les pages qu'elle se hâta de ramasser avant que cette gloutonne de Tempête ne les avale. Deux billets pour Chicago en jet privé, lut-elle. Envoyés par Jared – pour le soixante-dixième anniversaire de leur mère, supposa-t-elle. Un au nom de Sebastian Becker et l'autre… vierge.

Les mains tremblantes, elle remit les billets dans la brochure qu'elle posa sur la table. Si ce second billet était pour elle, pourquoi Sebastian ne lui en avait-il pas parlé ? À moins qu'il ne soit destiné à quelqu'un d'autre ?

Elle réessaya de l'appeler sur son portable, sans succès. Au club de plongée, on ne l'avait pas vu non plus.

La panique commençait à s'installer. Annabel était partie à une fête, ce même jour trois ans plus tôt, et n'était jamais revenue. Cherchant à combattre son accès de désespoir et de paranoïa, elle prit le chemin de la plage.

Comment Sebastian pouvait-il l'oublier, justement aujourd'hui ? Sa colère concernant le billet d'avion émoussée – elle lui faisait confiance, il était sans doute pour elle —, elle n'avait qu'une envie, le voir. Savoir qu'il allait bien.

Autour d'elle, la vie battait son plein, la musique au loin et les bruits de vaisselle se mêlaient aux odeurs de barbecues et d'encens dans l'air moite. Et toujours aucune trace de Sebastian.

Elle se laissa tomber à genoux dans le sable, saisie par l'angoisse. Les images de sa course effrénée à vélo pour rejoindre sa sœur, cette intuition que quelque chose n'allait pas pour sa jumelle, et son arrivée, trop tard, auprès de la voiture encastrée dans un arbre. Annabel qui ne ressemblait plus à Annabel, gisant à l'intérieur.

Elle rouvrit brutalement les yeux. Non, elle ne pouvait pas

revivre ça. Pas encore. Jamais elle ne se pardonnerait d'être arrivée trop tard et d'avoir en plus perdu de précieuses secondes, sur place, figée et pétrifiée par la vue de sa sœur défigurée derrière le pare-brise cassé.

Elle sortit les allumettes de la poche de son short et alluma la petite lanterne.

— Je suis tellement désolée, Annabel, chuchota-t-elle alors que le petit vaisseau de papier s'éloignait, bercé par les vaguelettes. Tu me manques tant. S'il te plaît, envoie-moi un signe, montre-moi que tu me pardonnes.

13

Mila s'enduisit de gel douche au jasmin, du bout des doigts à la pointe des orteils. Sous la douche de sa maison au MAC, elle se frotta le corps comme si elle pouvait se débarrasser aussi des souvenirs qui la hantaient.

Annabel ne quittait plus ses pensées, la nuit de l'accident, tout ce sang... Et ces images se mêlaient à sa confusion et sa frustration concernant Sebastian. Comme si l'un de ses cauchemars s'était changé en réalité.

Pourquoi n'avait-il pas appelé ?

Elle se shampouinait quand la lumière se mit à vaciller au-dessus de sa tête.

— Super... Comme si la soirée n'avait pas déjà été assez pénible, maintenant il faut que je me douche dans le noir ?

Elle se laissa glisser le long du carrelage et jusqu'au sol. L'épuisement la gagnait à cause des nuits exquises à faire l'amour au lieu de dormir. Elle laissa l'eau couler sur elle, dans l'espoir qu'elle parviendrait à lui laver le cerveau.

Jamais ils ne passaient de moments intimes ensemble dehors, où l'on risquait de les voir. Sebastian était si inquiet qu'on la prenne en photo avec lui qu'ils se limitaient aux endroits entre quatre murs.

Au début, cela avait été assez excitant, même si elle était consciente que ce n'était pas vraiment soutenable sur le plus long terme. Et maintenant elle se demandait s'il ne l'avait pas

« oubliée » ce soir pour les mêmes raisons : peut-être ne souhaitait-il pas qu'on les voie ensemble sur un bateau.

Rouvrant les paupières, ses yeux furent attirés par quelque chose de bizarre. De minuscules points rouges apparus sur ses bras nus. Très étranges, ils se mêlaient au gel douche. Mais... non, ils bougeaient !

Dans un hurlement d'effroi, elle se redressa si brusquement qu'elle faillit glisser sur le carrelage mouillé. D'autres créatures minuscules lui tombaient sur les épaules, dégoulinaient sur son ventre. Sortant affolée de la douche, elle attrapa une serviette et éclata en sanglots incontrôlables.

Un coup bruyant porté à la porte la fit sursauter.

— Qui est là ?

— Mila, c'est moi. Tu vas bien ?

Elle se figea et essaya de ravaler ses larmes, mais en vain.

— Mila ? Ouvre-moi !

Le corps secoué de sanglots, mélange de choc et de dégoût, elle découvrit Sebastian devant la porte quand enfin elle alla l'ouvrir. Il la prit aussitôt dans ses bras.

— Mila, que se passe-t-il ?

Elle se plaqua contre son torse, trop bouleversée pour bouger ou parler. Il avait le souffle court, comme s'il avait couru et, pendant un moment, il se contenta de la serrer tandis qu'elle pleurait toutes les larmes de son corps.

— Le portail était ouvert. Je te cherchais. Mila, je suis désolé de n'avoir pas été là pour toi plus tôt, je sais ce que représente cette journée...

— Je ne pleure pas à cause de toi, le coupa-t-elle, se ressaisissant enfin un peu.

C'était en partie vrai. S'obligeant à se détacher de lui, elle posa la paume contre la porte de la salle de bains. Qui s'ouvrit dans un nuage de buée.

— Il y a des vers qui sortent de ma douche !

Il écarquilla les yeux, horrifié.

— Des vers !

Il entra dans la salle de bains sans hésiter. Elle entendit l'eau qui coulait encore sous la douche. Puis le juron qu'il lâcha, et l'eau fut coupée. Quand il revint auprès d'elle, s'essuyant les mains sur sa chemise bleue ouverte, elle n'avait qu'une envie, qu'il la reprenne dans ses bras.

— Ce sont des larves de moustiques.

— Quoi ? Ces trucs rouges, ce sont des larves ? s'exclama-t-elle, révulsée.

Il contourna le lit en direction de la porte.

— Ça doit venir du réservoir à eau. Je vais envoyer quelqu'un.

Mila tremblait encore.

— Sebastian, où étais-tu ?

— Il y a eu une urgence, dit-il en lui prenant les mains, l'air inquiet. Je voulais t'appeler, mais j'étais parti sans mon téléphone...

— J'ai passé en revue toutes les raisons pour lesquelles tu n'étais pas venu. Tu ne peux pas promettre à quelqu'un que tu seras là et puis ne pas venir. Tu ne peux pas me quitter... c'est ce qu'Annabel m'a fait, il y a pile trois ans jour pour jour.

Sitôt que les mots eurent franchi ses lèvres, il sembla comprendre l'importance de sa faute.

— Bébé, je suis tellement navré...

Il l'attira au bord du lit avec lui et l'assit. Dans sa serviette, elle se pelotonna contre lui.

— C'est ma faute si Annabel est morte, murmura-t-elle. Tout est ma faute, Sebastian.

Silence.

Elle se remit à sangloter contre son épaule jusqu'à mouiller complètement sa chemise, mais elle s'en fichait et il ne semblait pas s'en préoccuper non plus. Il gardait les bras fermement noués autour d'elle. C'était le moment de tout raconter.

— On était au téléphone ensemble pendant qu'elle conduisait. Elle me questionnait sur un gars, je la conseillais sur ce qu'elle devait faire... ou ne pas faire. On faisait toujours ça. Elle venait de quitter la maison. Soudain, la ligne a été coupée.

— Ça va, ça va, dit-il en l'embrassant sur la tempe.

— J'ai eu un pressentiment. Je savais que quelque chose n'allait pas. J'ai attrapé mon vélo et je suis partie sur la route qu'elle avait empruntée. Quand je suis arrivée sur les lieux, il y avait du sang partout. Du sang de ma sœur. Je n'arrivais pas à réfléchir, je me suis complètement pétrifiée, Sebastian. Après tout mon entraînement, toute mon expérience au combat, toutes les fois où j'avais secouru des soldats de convois en feu, de tanks... Dès que j'ai vu ma sœur jumelle à travers le pare-brise, j'ai été incapable de penser à quelque chose... Et puis, j'ai essayé de la sortir par le pare-brise cassé. Je n'ai pas réussi. Mais de toute façon c'était trop tard. Ces quelques secondes où je suis restée figée...

— Tu as fait tout ce que tu pouvais.

Son regard si doux lui donnait encore plus mal au cœur. Il lui prit les mains et lui tourna les poignets.

— Tes cicatrices..., dit-il en passant le pouce sur les marques blanches. Ce sont des souvenirs d'Afghanistan ?

— Non, en essayant de la tirer de la voiture. Mais je suis arrivée trop tard. Trop tard...

— Ce n'est pas ta faute si Annabel est morte, Mila. Tu es bien placée pour le savoir. Écoute-moi : je ne suis certainement pas le premier à te le dire, mais je vais te le répéter. Ce n'était pas ta faute.

Il lui posa un baiser sur le nez, les yeux, les lèvres.

— C'est pour ça que tu n'as pas fait de chirurgie réparatrice sur tes cicatrices ? demanda-t-il, l'air incrédule. Tu voulais vivre avec parce que tu estimais que tu les méritais ?

Incapable de répondre, Mila le vit se lever du lit. L'espace d'une seconde, elle crut qu'il était trop révulsé pour rester auprès d'elle, mais il alla chercher la longue robe verte qu'elle avait suspendue à un cintre à la porte de son armoire.

— Habille-toi, ordonna-t-il en lui tendant la robe.

— Agung, on peut les voir ?

— Bien sûr, docteur Becker. Ils sont en pleine forme, malgré... Enfin, vous savez.

Il était minuit, mais Sebastian était convaincu que Wayan et Ketut seraient réveillés après ce qu'ils avaient traversé. La Blue

Ray Clinic était calme, mais le gazouillis d'un bébé leur parvint dans le couloir.

Mila écarquilla les yeux sous l'effet de la surprise.

Il ne lui avait pas dit.

— C'est… ?

— Viens.

Il avait envie de transformer cette nuit affreuse en moment de grâce, de lui montrer ce qui lui avait fait perdre le fil du temps et oublier son téléphone.

Plus tard, il lui ferait une autre surprise : une proposition de voyage à Chicago. Après avoir tant de fois passé en revue les pour et les contre, il avait fini par conclure qu'il le regretterait toute sa vie, s'il ne l'invitait pas à l'accompagner.

Il avait les billets d'avion sur la table, une boîte cadeau derrière le canapé… et l'estomac noué.

Agung les guida jusqu'à la petite salle de repos que le personnel avait déjà remplie de ballons colorés.

— Wayan ! s'exclama Mila, une main sur la bouche en s'approchant du lit. Vous avez eu votre bébé !

Wayan rayonnait.

— Docteur Ricci, quel plaisir de vous voir.

— Je te présente Jack, annonça Sebastian en caressant d'un doigt la joue du bébé.

Il l'adorait déjà, avec ses cheveux noir de jais, ses petits pieds et ses doigts fripés… et une bouche qu'il trouvait adorable, même si le reste du monde pensait qu'il fallait la réparer.

— Sebastian nous a beaucoup aidés ce soir, intervint Ketut en ajustant les oreillers moelleux derrière Wayan. Je l'ai appelé quand les contractions sont devenues trop fortes, et il a piloté le bateau lui-même… pour nous amener ici.

Mila posa une main sur son bras qu'il recouvrit de la sienne. À l'heure qu'il était, ils auraient dû être partis plonger, mais il avait prévu la sortie plus tard pour ne pas risquer qu'ils soient vus ensemble ou photographiés. Jared s'était moqué de lui quand il le lui avait raconté au téléphone. Ils le croyaient tous paranoïaque, eh bien qu'ils se moquent. Ils n'avaient pas vu l'expression de Klara, quand elle avait lu la lettre des parents d'élèves. Si quelque chose du même genre arrivait à Mila, surtout maintenant qu'elle s'était ouverte à lui au sujet d'Annabel et de sa culpabilité, qu'elle lui avait accordé sa confiance... Il ne se le pardonnerait pas.

À Chicago, ils devraient se montrer encore plus prudents, mais il trouvait que le jeu en valait la chandelle. Avoir cette femme à ses côtés valait la prise de risque.

— Je suis tellement heureuse pour vous, disait-elle à Wayan et Ketut, tendant un doigt vers la petite main de Jack.

Le bébé lui saisit le doigt et, soudain, Sebastian ressentit quelque chose d'étrange... un mélange de fierté pour ses amis et d'envie.

— Tu as décidé de venir nous rejoindre quelques semaines en avance, Jack ? demanda Mila.

— Peut-être parce qu'il voulait passer plus de temps avec tatie Mila avant qu'elle quitte le MAC, intervint Ketut en souriant.

— Tatie Mila... J'aime bien, commenta-t-elle en levant les yeux vers Sebastian.

— Fente palatine et labiale, dit-il plus tard, la voyant observer le bébé. Exactement ce qu'on avait vu sur l'échographie.

— Tu l'aideras, Sebastian, le moment venu ?

— Bien sûr. Mon équipe s'occupera de tout ce dont aura besoin ce petit bonhomme. Évidemment...

Rompant le contact visuel, il déplaça les ballons dans un coin de la pièce. Le ventre noué, il venait de se projeter dans les soins apportés à Jack... sans Mila.

Le voyage à Chicago tombait à peu près au même moment que son vol de retour était prévu. Il restait beaucoup de non-dits entre eux et lui demander de rencontrer sa famille était une décision importante qui changerait tout pour eux.

L'un des gros problèmes, c'étaient les médias. Pourtant, il se rendait compte à présent que, peut-être, il ne lui avait pas encore parlé de Chicago parce qu'il craignait qu'elle refuse d'y aller avec lui. Ou bien qu'elle l'accompagne puis qu'elle le quitte ensuite… comme Klara l'avait fait.

— Rien ne peut vous préparer à l'amour que l'on ressent pour son enfant, docteur Ricci, reprit Wayan, paraissant fatiguée mais ravie.

— Oh ! je l'imagine ! répliqua Mila avec un sourire, alors que Ketut posait un baiser sur le front de sa femme.

— C'est le genre d'amour qu'on sait avoir attendu toute sa vie, continua la jeune maman.

Sebastian vit l'expression émerveillée de Mila. Mais cette lueur, était-ce de la tristesse aussi ?

14

— Ouvre, dit-il en lui présentant la boîte qu'il venait de récupérer derrière le canapé.

— Tu m'offres des cadeaux maintenant ? s'étonna Mila. Qu'est-ce que c'est ?

Elle relâcha Tempête qui était venue réclamer des câlins à l'instant où ils avaient franchi la porte de la villa.

— Ouvre !

Elle obtempéra, intriguée, ôtant l'emballage doré et l'énorme ruban rouge.

— La robe ! s'exclama-t-elle en sortant le tissu doux et fluide. Celle de chez le tailleur de Bali !

Elle était à la fois aux anges en sentant la douceur incroyable du tissu et un peu gênée à cause du prix qu'elle avait dû coûter. Puis elle se rappela que Sebastian était fortuné. Difficile à croire, étant donné la simplicité avec laquelle il traitait tout le monde.

Il lui prit la main et l'aida à se lever du canapé. Les bras tendus au-dessus de la tête, elle enfila lentement la robe jusqu'à ce que le doux tissu bleu lui ceigne la taille dans une coupe flatteuse pour lui retomber aux mollets. Elle passa une main le long de la manche transparente, et les battements de son cœur s'emballèrent quand il lui prit le poignet, que le tissu couvrait, et le porta à ses lèvres.

— Elle te va à ravir, commenta-t-il en l'embrassant.

Il s'était rappelé qu'elle préférait les manches longues qui couvraient ses cicatrices.

— Merci, murmura-t-elle en l'enlaçant. Je l'adore.

— Je veux que tu la portes à Chicago.

Le souffle coupé, elle le regarda prendre la brochure sur la table basse…

— Tu me demandes d'aller rencontrer ta famille ?

— Je te demande de m'accompagner à ce qui sera sans doute la fête la plus exagérément fastueuse d'une femme pour ses soixante-dix ans. Mon frère et sa femme Laura savent organiser une fête digne de ce nom et ils ont invité tout le club de badminton.

Mal à l'aise, elle pivota face à lui.

— J'apprécie ta proposition, Sebastian, mais je ne pense pas que ce soit une bonne idée…

Rencontrer sa famille alors qu'ils étaient si différents ? Elle l'avait vu avec Jack, le bébé de ses amis. Il voulait fonder une famille à lui ici, sur l'île. Par ailleurs, si elle allait avec lui à Chicago, elle ne ferait que tomber un peu plus amoureuse de lui… et donc souffrir un peu plus quand elle le perdrait.

— C'est juste quelques jours à Chicago. On prendra l'hélicoptère jusqu'à Denpasar, puis un vol direct en jet privé. On aura même notre chambre à bord. Imagine…, conclut-il en l'embrassant passionnément.

Son baiser, ses mains dans ses cheveux, ses mots à lui contre ses lèvres à elle… Elle en avait des frissons partout. Oui, mais…

— Mila, je sais que tu dois rentrer voir ta mère, mais tu pourrais faire ça après la fête et puis revenir ici, tu ne crois pas ? insista-t-il alors qu'elle rompait leur étreinte.

— Tu veux dire, prolonger mon contrat au MAC ?

— Si tu veux.

Son cœur s'affolait à présent. Tout paraissait si simple, présenté ainsi. Voyant qu'elle ne répondait pas, il crispa les mâchoires.

— Je te veux dans ma vie, reprit-il. On est bien ensemble, Mila.

— Tu ne veux même pas qu'on te voie avec moi au grand jour !

Il fronça les sourcils.

— Je ne proposerais pas de t'emmener chez moi, si je ne me sentais pas capable de gérer ce qui s'y passera. Jared n'a invité aucun média, donc personne ne prendra de photos à moins qu'on ne le veuille.

— Je ne peux pas vivre comme ça, Sebastian. Et toi non plus, d'ailleurs. Je n'ai pas peur de ce que les gens pourraient dire ou penser de moi, mais ce n'est pas la question. Je ne peux pas te donner ce que tu veux, Sebastian... Pas sur le long terme.

— De quoi parles-tu ?

— D'une famille. Je vois bien comment tu es avec les enfants, et je sais que tu en veux à toi.

Il ne répondit rien, et Mila sentit ses joues s'enflammer.

— Cette chose entre nous, c'est compliqué, dit-il enfin.

Se levant, il s'approcha d'elle, et elle sentit son souffle sur sa joue alors que ses mains puissantes lui enserraient la taille par-derrière, l'attirant doucement contre lui.

— Je ne demande rien de plus que ta compagnie, dit-il en balayant ses cheveux pour l'embrasser dans la nuque. Juste un peu de temps ailleurs que sur cette île, et puis on réfléchit ensemble à la suite. Qu'en dis-tu, docteur Ricci ? Tu ne vas pas me laisser seul au milieu du club de badminton, tout de même ?

15

Rachel franchit les portes du MAC à une telle allure que Mila la prit d'abord pour une équipe d'urgentistes.

— Où est le Dr Becker ? demanda Rachel, surexcitée, le visage rouge tomate.

— Il est à Bali pour des consultations, répondit Mila en refermant la page sur l'écran de son ordinateur. Il rentre demain. Que se passe-t-il ?

Elle ne voulait pas que Rachel voie sa dernière recherche, sur la famille Becker – dans l'attente de les rencontrer.

— Ça !

Rachel sortit un iPad assorti à son sac à main.

— C'est en français, et je sais que le médecin n'aime pas les photos, mais là, c'est différent ! C'est un gosse !

Mila ne comprenait rien. Elle prit la tablette des mains de Rachel, ravalant une soudaine nausée. Était-ce l'odeur du détergent ou le parfum trop entêtant de Rachel ?

Fatema arriva à cet instant et vint se poster derrière l'épaule de Mila.

— Qu'est-ce que vous regardez ?

— Je ne sais même pas, répondit Mila. C'est écrit en français.

— Mais si ! s'exclama Rachel. Ça veut dire : « Une opération révolutionnaire m'a rendu mon visage ! » C'est cette gamine française, vous vous rappelez, la petite Françoise Marchand, qui s'était fait mordre par un chien. C'est le nouveau traitement au laser du Dr Becker qui lui a permis d'éviter de vilaines cicatrices.

Et c'est elle qui a écrit cet article, à seulement huit ans ! Incroyable, non ? Son histoire a été publiée dans le journal...

Mila l'écoutait à peine, désormais. Une main posée sur le dossier de sa chaise, elle s'affaissa lentement sur le siège.

— Tout va bien, ma belle ? Vous êtes toute pâle.

À cet instant, la prochaine patiente de Mila, la ravissante top model indienne, Amita Ahluwalia, entra. C'était embarrassant.

— Docteur Ricci ? Ça va ? Vous ne vous sentez pas bien ? insista Rachel. C'est à cause de l'article ? De la photo ?

Les trois femmes la contemplaient.

— Excusez-moi..., murmura-t-elle en bondissant de son siège, les mains au ventre.

Non, elle ne pouvait pas vomir avant d'atteindre les toilettes. Manquant de renverser un vase de fleurs dans sa hâte, elle poussa enfin la porte et se précipita vers la cuvette des W-C la plus proche. Les mains sur la porcelaine, elle vomit en s'efforçant de faire le moins de bruit possible... Pas facile. D'autant que Rachel l'avait suivie dans les toilettes !

— Docteur Ricci ?

Mila tendit le bras derrière elle et verrouilla la porte.

— S'il vous plaît, Rachel, ça va aller. Pouvez-vous m'excuser auprès de Mlle Ahluwalia ?

Elle s'essuya la bouche d'un revers de la manche de sa blouse blanche avant de se laisser glisser contre le mur. Le carrelage était froid et la lumière trop forte, le mal de tête commençait à poindre. Derrière la porte, les sandales rouges de Rachel faisaient les cent pas, et sa voix exprima une inquiétude sincère.

— C'est la première fois que ça vous arrive ?

Mila se couvrit le visage. Oui, c'était la première fois qu'elle vomissait, mais elle avait déjà eu des nausées au cours des derniers jours.

— Je... Ce n'est rien, bredouilla-telle.

— Rentrez chez vous, et allongez-vous, répliqua l'infirmière. On va vous remplacer ici.

— Merci.

— Vous allez en parler au Dr Becker ?

— De l'article ?

— Non, des vomissements.

Une suée froide lui mouilla le dos contre le carrelage.

— Pas besoin de l'ennuyer avec ça, Rachel. Ça va déjà mieux.

L'infirmière quitta les toilettes sans un mot, mais Mila devinait ce qu'elle pensait. Sa romance avec Sebastian n'était plus un secret ici. Donc, si ce n'était pas le parfum ou l'odeur du détergent... Elle n'osait pas imaginer ce qui était la cause de ces nausées.

— Merci mille fois d'avoir accepté, Mila.

Wayan lui tendit Jack qui babillait doucement. Ce bébé, dans sa barboteuse bleue, était vraiment adorable. Puis la jeune maman lui plaça un sac géant chargé de couches, jouets et autres flacons divers sur l'épaule. Dont le poids menaça de la renverser sur le pas de la porte de chez Sebastian.

— Tu es sûre que ça ne te dérange pas ?

— Wayan, je t'ai dit que j'adorais jouer les baby-sitters, répondit-elle en se redressant.

En réalité, elle n'avait jamais gardé d'enfant de sa vie. Mais elle avait entendu le couple se renseigner auprès de Sebastian et s'était dit que ce serait sympathique de leur rendre ce service pendant que Sebastian était sur l'île principale. En plus, passer du temps avec le bébé l'aiderait peut-être à se détendre et à réfléchir.

— Profitez de votre dîner, Wayan, dit-elle, sourire aux lèvres, en la regardant partir.

Tempête et Bruno sautillaient autour d'elle tandis qu'elle allait dans la cuisine pour se préparer une tasse de thé. Pas facile avec un bébé dans les bras, mais elle s'en sortait pas mal.

Sur la table du salon, un sachet en papier ramena son attention sur la tâche qu'elle s'était fixée. Un test de grossesse. Mais rien ne pressait pour l'instant.

Jack tranquillement installé sur le canapé à côté d'elle, Mila se remit à lire l'article de Françoise sur l'iPad de Sebastian. L'enfant avait écrit des choses adorables sur le MAC et son expérience sur l'île, et sur sa fierté d'avoir été aussi courageuse que le Dr Ricci.

Mila ne pouvait nier qu'elle était fière de faire partie de l'histoire et espérait qu'il en irait de même pour Sebastian. Ce n'était en rien le genre de « publicité » que les vautours tels que Hugo O'Shea aimaient publier. Cet article se contentait d'attirer l'attention sur l'impact positif de l'action de Sebastian sur l'île et ses patients.

La sonnerie aiguë de son téléphone réveilla le bébé qui toussa et se mit à hurler. Jamais Mila n'avait rien entendu de pareil. Elle le prit sur ses genoux et le berça.

L'appel provenait de Sebastian, mais elle le rappellerait car il était impossible de lui parler tant que Jack était dans cet état.

Une sorte d'instinct maternel sembla prendre possession d'elle tandis qu'elle berçait doucement l'enfant en lui chuchotant à l'oreille.

— Voilà, voilà. Tout va bien.

Mais Jack ne cessait pas de pleurer, alors elle envisagea de lui chanter une berceuse. Mais que chantait-on à un bébé ? Comme il sentait bon, cet enfant. Tous les bébés sentaient-ils aussi délicieusement bon ? Elle trouvait mignonne la peau toute claire autour de sa bouche déformée et adorait la façon dont il écarquillait les yeux en hurlant. Il allait avoir une vie idyllique, ici. Voir l'océan tous les jours, plonger avec son parrain. Ce devait être un privilège incroyable de voir grandir une petite personne, de savoir que l'on pouvait influencer son évolution, ses décisions.

Soudain, alors que Jack replongeait dans le silence et le sommeil au creux de ses bras, la peur panique habituelle se fraya un chemin au plus profond d'elle-même, en même temps que la raison de sa décision de ne pas devenir mère. Elle ferait une mère horrible.

Toutes ses amies voulaient devenir mères, sa propre mère adorerait devenir grand-mère, et Sebastian… Bref, tout le monde voulait des bébés, mais pas elle.

En parlant de Sebastian, elle devait le rappeler.

Tout plutôt que de faire le test.

16

La ligne d'horizon bleu clair que Mila observait depuis le siège des toilettes semblait s'obscurcir dangereusement. Elle tremblait de tous ses membres, et la tête lui tournait dans la salle de bains extérieure.

Comment était-ce possible ? Elle avait toujours pris sa pilule sans oublier une seule fois. Elle ferait un autre test.

La gorge serrée par la panique, elle retourna auprès de Jack qui ronflotait toujours, enveloppé dans sa couverture. D'une certaine manière, c'était comme un présage que ce test soit positif justement le jour où elle gardait un bébé.

Annabel lui apparut, sorte de flash qui la fit tomber à genoux près du canapé. Peut-être était-ce un signe de sa jumelle pour lui dire qu'elle lui avait pardonné et qu'elle l'encourageait à fonder une famille.

Mila se prit la tête à deux mains. Non, elle était ridicule. Ce n'était pas quelque message divin. C'était sa faute, elle avait dû oublier sa pilule un soir.

Tu l'aimes. C'est bien pour toi, pour vous.

La voix parlait dans sa tête, pourtant elle paraissait venir d'ailleurs. Elle se tourna brusquement vers Jack : le bébé avait les yeux grands ouverts, levés vers le plafond. Elle alla poser un doigt dans sa petite main, mais il ne le saisit pas, le regard toujours rivé au plafond comme s'il était le seul à voir quelque chose.

— Qu'est-ce que tu regardes, mon bonhomme ? chuchota-t-elle en s'efforçant de refouler sa peur.

Les larmes lui piquaient les yeux. Non, elle ne parlerait pas avec Annabel. Non, elle n'était pas dans la pièce avec elle. D'ailleurs, depuis qu'elle et Sebastian dormaient dans le même lit, elle ne rêvait plus que rarement de sa jumelle, même si, évidemment, elle restait dans ses pensées. Elle faisait et ferait toujours partie d'elle.

Secouant la tête, elle caressa Tempête sur le cou qui avait posé le nez contre le petit pied de Jack. Elle s'assit en silence tandis que Jack se rendormait peu à peu.

Que faire ?

Elle ne pouvait demander à personne à la clinique de lui faire une prise de sang pour vérifier si oui ou non elle était enceinte. Cela avait déjà été compliqué de sortir un kit de test de l'infirmerie sans être vue. Si quiconque suspectait sa grossesse, on en déduirait sans l'ombre d'un doute que Sebastian était le père. Ce qui était loin d'être la situation idéale : arriver comme employée et repartir enceinte de son enfant. Sans compter qu'il détestait attirer l'attention, or les gens se focaliseraient forcément sur cette nouvelle juteuse et potentiellement scandaleuse.

Si le second test s'avérait positif aussi, comment réagirait-il quand elle l'informerait ? Voudrait-il de ce bébé avec elle ? Et si oui... Comment vivrait-elle dans la peur constante qu'il lui arrive quelque chose ? C'était justement tout ce qu'elle avait toujours redouté, et la raison pour laquelle elle s'était résignée à ne jamais avoir d'enfant.

— Aide-moi, Annabel, dit-elle tout haut, malgré elle. Je ne pense pas que je peux m'en sortir toute seule.

17

Deux semaines plus tard

— Où est cette charmante chirurgienne qui était présente à la consultation initiale ?

La Britannique de soixante-six ans, venue pour sa blépharoplastie, semblait inquiète de ne pas voir Mila.

— Elle a dû partir en urgence, ce matin, expliqua Sebastian.

Il tendit la main vers le gramophone pour poser la tête de lecture sur le vinyle. Beethoven emplit la pièce, et il pensa à Mila. Pourvu qu'elle aille bien.

— Rien de sérieux, j'espère.

Le regard de sa patiente était empli d'une inquiétude sincère, à l'instar de celui de Fatema. Manifestement, Mila avait réussi à s'attirer l'affection de tout le monde, durant le bref laps de temps où elle avait été en contact avec les gens. Comme avec la petite Françoise.

— Le Dr Ricci était toujours encourageante, poursuivit la patiente. Elle m'a dit que je n'avais pas besoin d'opération, que les rides autour des yeux, c'était la marque de toutes les fois où l'on souriait, et que plus on souriait, plus on était beau pour les gens qui nous entourent. N'est-ce pas adorable ? Alors qu'elle aurait pu essayer de me vendre opération sur opération, non, elle me complimentait sur mon apparence actuelle.

De toute évidence, Mila avait fait encore meilleure impression qu'il ne l'avait cru. Depuis son arrivée au MAC, il ne cessait d'entendre ce genre de témoignages. « Mila est merveilleuse », « Mila est si attentionnée », « Mila vous fait tellement de bien... enfin, du bien au MAC ».

Seulement aujourd'hui, elle était partie en avance, disant qu'elle ne se sentait pas bien.

Pour l'instant, il s'était habitué aux chuchotements qui les accompagnaient, et il s'en moquait du moment que leurs photos n'étaient pas déversées partout sur Internet. Avec le voyage à venir à Chicago, le risque restait encore fort qu'un intrus ne braque son objectif là où il ne fallait pas.

Il priait pour que tout se passe sans accroc. Il avait fait comprendre à Mila qu'il souhaitait la garder au MAC, pour diverses raisons, mais ils s'étaient mis d'accord sur le fait que passer du temps loin de cette île recluse leur permettrait de discuter de la meilleure marche à suivre avant de coucher officiellement leur décision sur le papier.

Fatema l'arrêta au moment où il allait se désinfecter.

— Mila est encore nauséeuse ? demanda-t-elle.

— Le Dr Ricci ? Je crois, oui. Elle a peut-être mangé quelque chose de mauvais...

— Encore ? Il faut qu'elle surveille ce qu'elle mange, alors.

— C'est déjà arrivé ? Comment ça ? Quand ?

Il s'aspergea les mains de gel hydroalcoolique et le tendit à l'infirmière. Fatema parut soudain penaude.

— Il y a une semaine ou deux, quand vous étiez à Bali. Elle ne vous en a pas parlé ?

— Pourquoi m'en aurait-elle parlé ?

Fatema haussa un sourcil.

— Nous savons tous pourquoi, docteur Becker.

Il lâcha un soupir.

— Oui, bon. Mais non, elle ne m'a rien dit.

L'information continua de le turlupiner, même s'il s'obligea à retourner à sa tâche, à savoir superviser l'équipe la plus performante et qualifiée de toute l'Indonésie, au lieu de se demander s'il devait se tracasser à propos de l'étrange comportement de Mila et de son départ impromptu.

Elle s'était déjà sentie mal et elle ne lui en avait rien dit...

— Alors, pour récapituler, le Dr Ricci a dû vous avertir d'éviter de prendre tout traitement susceptible de fluidifier le sang en amont de cette opération, c'est bien exact ? demanda Fatema à la patiente.

— Oui, elle m'a expliqué tout ça.

— Ce qui inclut les antidouleurs comme l'aspirine et l'ibuprofène. Vous avez bien cessé d'en prendre ? Et vous avez mangé léger aujourd'hui, voire pas du tout ?

— Le Dr Ricci m'a demandé de ne pas petit déjeuner et de ne rien boire à partir de minuit la veille de mon opération. Elle a aussi précisé qu'il ne fallait pas venir maquillée, d'où l'horreur que vous avez sous les yeux.

Mais Sebastian n'était pas sensible à l'humour de la patiente, trop occupé à repenser à un épisode survenu au début de la semaine. Il avait emmené Mila sur le bateau de plongée. Elle avait accepté la promenade, mais refusé de plonger. Quand il avait plaisanté au sujet de sa peur des requins, elle avait répondu qu'elle souhaitait juste profiter de la chaleur du soleil sur sa peau. Alors il avait plongé avec le groupe, sans elle, sans être capable de se couper complètement du reste du monde comme il le faisait d'ordinaire.

Oui, Mila était plus silencieuse que d'habitude, moins impliquée. Comme les instants qui avaient suivi lorsqu'ils s'étaient embrassés pour la première fois, quand elle l'avait repoussé parce qu'elle croyait qu'il était sorti avec Annabel.

Fatema passait en revue les détails de la procédure à leur patiente avec une assurance exemplaire. Heureusement qu'elle était là...

Mila était toujours plus taciturne quand quelque chose la tourmentait. Peut-être était-elle nerveuse à la perspective de rencontrer sa famille ? Comme le départ était prévu pour le lendemain, ce serait donc compréhensible.

Ou alors la fin de son contrat au MAC la stressait, étant donné que rien n'était encore décidé pour le futur. Lui-même ne cessait de ressasser ce sujet. Il ne voulait pas lui mettre la pression, mais l'idée de se retrouver ici sans Mila l'oppressait.

Mila se réveilla de son rêve dans un sursaut. Elle jeta les jambes sur le côté du lit, attrapa l'oreiller près d'elle et colla son visage fiévreux contre le coton frais. Heureusement Sebastian n'était pas là, même si elle se serait volontiers pelotonnée au creux de ses bras réconfortants.

Dans son rêve, elle tenait un bébé sur ses genoux dans une voiture, mais sans ceinture de sécurité. Pourtant, elle devait se déplacer car le camp de base n'était pas sûr, ils voyageaient au sein d'un convoi, de nuit, à travers les plaines désertiques, sur des routes cabossées qui n'existaient pas en réalité, devant éviter des insurgés pareils à des personnages de jeu vidéo.

Puis leur véhicule avait été touché, attaqué par-derrière par des soldats afghans. Les balles pleuvaient, et quand elle avait crié, suppliant qu'on laisse la vie sauve au bébé, celui-ci avait disparu. Évanoui…

Elle s'était réveillée brûlante et encore tremblante. Rassemblant ses forces, elle avait réussi à atteindre la salle de bains, où elle se baigna le visage à l'eau froide. Par bonheur, on était venu débarrasser la cuve des larves de moustiques, mais c'étaient d'autres soucis qui se faufilaient dans sa tête, désormais. Le second test était positif, et ses cauchemars étaient revenus, plus virulents que jamais, et avec un nouvel élément pour la torturer. Un bébé.

Elle regarda, honteuse, son visage dans le miroir. Sebastian la réconforterait-il s'il savait ce qu'elle lui cachait ? Elle n'en avait parlé à personne. Comment annoncer cela à sa mère par téléphone ?

Enfilant un T-shirt, un short et des tongs, elle quitta la pièce le cœur battant la chamade. Il était presque 5 heures du matin. En marchant, elle se rendit compte qu'elle posait une main protectrice sur son ventre.

Sebastian s'inquiétait de son changement d'attitude, elle le voyait bien. Seulement, elle n'avait pas la moindre idée de la manière dont il réagirait. Quoi qu'il en soit, elle n'avait d'autre choix que de lui dire. Ce secret la minait.

À cette heure matinale, il n'y avait que le jardinier qui était debout, ratissant les feuilles des allées. Les jambes en compote, elle redressa les épaules et franchit le portail de chez Sebastian. Comme d'habitude, elle fut accueillie par les chiens.

La valise de Sebastian était encore sur son perron – celle qu'il avait commencé à préparer pour Chicago. Il avait renversé du lait dessus – grâce à Tempête – et l'avait laissée sécher dehors, près du hamac. Sa seule vue redoubla la nausée de Mila. Elle avait repoussé ce moment si longtemps qu'ils devaient partir le soir même et elle ne lui avait toujours pas parlé.

Elle n'était pourtant pas du genre à avoir du mal à parler. Tout le contraire, et sa force en la matière avait défini sa carrière tout entière. Pourquoi était-ce différent cette fois ? Il suffisait de le dire, et voilà… Comme elle lui avait raconté, pour l'accident de voiture qui avait tué Annabel. Bon, cela non plus elle n'en avait pas parlé tout de suite.

C'était tellement difficile.

Ou alors, elle devrait attendre qu'ils aient quitté l'île ? Qu'ils aient plus de temps et d'espace pour réfléchir en privé. De toute façon, c'était un peu ce qu'ils avaient prévu. Après tout, il voulait qu'elle revienne avec lui après Chicago… Sauf qu'il n'avait pas envisagé qu'elle emmène un bébé dans ses bagages !

Elle monta les marches, mais comprit immédiatement que Sebastian n'était pas là. Aussitôt, son instinct s'éveilla.

Il devait y avoir eu une urgence.

18

— Elle va s'en sortir ?

Pedro, jeune Brésilien de vingt-huit ans, avait les traits tirés, les yeux cernés et presque plus d'ongles à force de se les ronger. Il n'avait pas quitté la chambre de décompression de la Blue Ray de toute la nuit. Il était même encore en combinaison de plongée. Tout comme Sebastian, sous sa blouse blanche.

— L'équipe va la garder à l'œil, mais on a fait tout ce qu'on pouvait à ce stade, répondit Sebastian en prenant la tasse de café qu'un interne lui tendait. On en saura plus quand les résultats de ses tests reviendront.

Il tourna la tête vers Rose, la petite amie de Pedro, à travers la vitre circulaire. Quelle nuit de folie… Il était épuisé, mais se faisait un devoir de rester avec le jeune homme puisqu'il était présent pendant la plongée où l'accident était arrivé. Rose avait paniqué à quinze mètres sous l'eau sans qu'ils sachent vraiment pourquoi et elle était remontée à la surface sans effectuer son arrêt de sécurité à cinq mètres.

— Sebastian ?

La voix de Mila le fit sursauter, et il se retourna. Elle paraissait aussi hébétée que lui. Un instant, dans son immense fatigue, il faillit aller l'enlacer, mais il se retint.

— Docteur Ricci, bonjour.

— Je peux te parler en privé ?

Il s'excusa auprès de Pedro et l'entraîna dans le couloir, refermant la porte derrière eux. Agung et l'interne leur jetèrent un coup d'œil, mais il leur fit signe de la main, comme s'il était parfaitement normal de se tenir là, en combinaison de plongée à 6 heures du matin à la clinique avec Mila.

— Tu n'es pas allé au lit, dit-elle à voix basse.

— La patiente est en chambre de décompression depuis qu'on l'a ramenée de la plongée.

Mila eut l'air horrifié.

— La plongée que tu as faite hier soir ?

Il acquiesça, songeant que, finalement, il était soulagé qu'elle ait refusé de l'accompagner. Rien ne s'était passé comme prévu.

— On a dû appeler l'ambulance aérienne depuis Lombok pour la ramener car elle n'aurait peut-être pas tenu en bateau. Elle est toujours inconsciente. Mais toi, qu'est-ce que tu fais ici d'aussi bonne heure ?

Elle était toute pâle.

— Tu es encore mal fichue ? ajouta-t-il.

Elle détourna les yeux.

— Non, non, je me sens bien. Mais c'est affreux, cette histoire. Et toi, ça va ?

Ce genre d'accidents était rare, et il était sous le choc, pour le moins, et avait fonctionné à l'adrénaline toute la nuit.

— Ce n'était pas moi son partenaire de plongée, mais Pedro, son petit ami, expliqua-t-il en s'adossant au mur. Heureusement qu'on était là, tous les six, parce qu'on a réussi à lui venir en aide rapidement après sa remontée.

Mila posait sur lui un regard plein d'inquiétude et de compassion. Il n'allait pas craquer, bien sûr, toutefois il ne se rappelait pas la dernière fois qu'une femme avait semblé se soucier aussi sincèrement de son bien-être.

— Tu dois être très fatigué. Je te laisse retourner auprès de Pedro, on pourra parler plus tard.

Elle allait s'éloigner quand il la rattrapa par le poignet.

— Attends. De quoi voulais-tu me parler à une heure aussi matinale ?

Elle s'immobilisa, lui tournant à moitié le dos. À cet instant, l'obstétricienne, le Dr Raya, sortit d'une pièce de l'autre côté du couloir.

— Docteur Becker ? Les tests de Rose sont revenus du labo. Vous avez un moment ?

Il regarda Mila.

— Vous pouvez nous parler à tous les deux, répondit-il en retournant dans la chambre non sans faire signe à Mila de les suivre.

— D'accord. Votre patiente était enceinte. Je ne pense pas qu'elle était au courant. Ni elle ni son petit ami ne l'ont mentionné, je crois ?

Sebastian secoua la tête, le ventre soudain noué par un mauvais pressentiment. Il vit Mila s'éloigner vers la fenêtre, les bras passés autour d'elle comme pour se protéger.

— Le fœtus devait avoir quatre à cinq semaines, mais avec la décompression, j'ai bien peur…

— Qu'il n'y ait aucune chance de poursuite de cette grossesse, termina-t-il en jetant son gobelet dans la poubelle. Merde… Bon, il faut l'annoncer à Pedro, qu'il puisse se préparer avant le réveil de Rose. Pas besoin de la stresser plus qu'elle ne le sera déjà. Ce sera à lui de décider du moment où l'informer.

Mila venait de pivoter vers eux, une main plaquée sur la bouche. Avant qu'il ait le temps de dire ou faire quoi que ce soit, elle fila vers la porte et se précipita dans le couloir. Il la suivait quand, à mi-chemin de la réception, elle se plia en deux et vomit.

— Retourne auprès de Pedro, bredouilla-t-elle, mortifiée.

La brise marine lui fit du bien. Sebastian l'avait entraînée dehors, devant des patients étonnés à la réception. Elle était assise sur le muret devant la clinique, sous un palmier. Le jour se levait, et elle se sentait encore plus vulnérable maintenant que Sebastian se tenait devant elle, les bras croisés.

— Tu veux me dire ce qui se passe ?

Le moment était mal choisi, l'endroit aussi, surtout avec Rose dans la chambre de décompression et son pauvre compagnon sur le point d'apprendre qu'elle avait perdu le bébé dont il ignorait la présence.

— Mila, Fatema m'a dit que tu avais déjà vomi quand j'étais à Bali. Et maintenant...

Il s'accroupit pour être à son niveau. Il n'avait pas dormi de la nuit, portait encore sa combinaison de plongée sous sa blouse, et, pourtant, il était là, essayant de la réconforter. C'était trop. Par-dessus tout, elle détestait se sentir piégée, vulnérable. Ce n'était pas elle.

— En plus, tu as refusé de venir plonger, poursuivit-il. Enfin, je suis content que tu ne sois pas venu, tout compte fait, mais... Parle-moi, Mila.

— Je ne sais pas quoi dire, Sebastian. C'est le pire timing qui soit.

Il se redressa.

— Tu es enceinte, c'est ça ?

Comment savait-il ? Comment... *Ben oui, il est médecin, idiote.*

— Mila, c'est ça, tu es enceinte ?

Ne parvenant pas à parler, elle hocha la tête et se cacha le visage entre ses mains, prenant de longues inspirations. Elle se sentait sur le point de défaillir.

— Mon Dieu, oui, c'est ça.

Il avait parlé d'une voix glaciale, l'air dévasté. Si elle n'avait pas eu le ventre vide, elle aurait recommencé à vomir.

Il se tourna face aux montagnes où se levait le soleil, un cheval tirant un chariot de victuailles sur le chemin. C'était surréaliste. Mila avait l'impression d'assister à la scène depuis l'extérieur de son corps.

— Je suis désolée. Je ne savais pas comment te l'annoncer. Ce n'est pas comme si c'était prévu... ni même voulu.

— Depuis combien de temps le sais-tu ?

— Deux semaines.

— Deux semaines ! répéta-t-il en donnant un coup de pied dans le sable. Tu le sais depuis quinze jours et tu ne m'as rien dit ? Mila, on est sur le point de partir voir ma famille, alors quand prévoyais-tu de me l'annoncer exactement ? Je suis concerné aussi, il me semble, non ? Il est de moi, n'est-ce pas ?

— Bien sûr qu'il est de toi ! J'allais te le dire aujourd'hui.

La déception qu'elle lisait sur son visage parce qu'elle avait gardé ce secret noua la gorge de Mila. Évidemment, elle le méritait. Un immense froid la gagna.

— Je me disais qu'il serait plus facile d'en discuter une fois que nous aurions quitté l'île ; je réalise avec le recul que ce n'était pas ma meilleure décision...

— Je dois retourner auprès de Pedro, la coupa-t-il en se frottant les yeux. On reparlera de tout ça quand j'en aurai terminé. Ça va aller pour rentrer à la maison ?

Elle hocha la tête sans un mot, et son cœur se serra douloureusement quand il s'éloigna à grandes enjambées. Il était furieux et sans doute allait-il mettre un terme à leur relation étant donné la brèche qu'elle avait ouverte dans la confiance qu'il plaçait en elle.

C'était trop. Trop dur. Elle devait quitter cette île, réfléchir posément et rationnellement, quelque part où personne n'influencerait sa décision. Pas même Sebastian.

Alors elle fit demi-tour et se dirigea vers sa salle de consultation plutôt que la maison. Elle avait oublié de dire au service du personnel d'annuler son transfert au Royaume-Uni parce que Jared avait organisé le voyage à Chicago. Elle avait donc toujours son billet de retour pour Gatwick.

19

— On ne savait pas qu'elle était enceinte. Autrement, on ne serait pas allés faire de la plongée.

Pedro était affalé sur le canapé de cuir, sous les ventilateurs du plafond, la tête entre les genoux.

— Je suis désolé d'être celui qui vous l'annonce, déclara Sebastian, dans le fauteuil en face.

Il était trop épuisé pour réfléchir correctement. Trop en manque de sommeil pour penser au-delà des réponses aux questions de Pedro. « Combien de séances encore ? » « Est-ce qu'on doit lui dire qu'elle était enceinte ? » « A-t-elle besoin de le savoir ? » « Est-ce que ça ne risque pas de la bouleverser encore plus ? »

Le sort le plaçait vraiment dans une situation cruellement ironique : devoir annoncer cette nouvelle à un jeune homme alors que lui-même venait d'apprendre que Mila était enceinte. Et qu'elle avait attendu deux semaines avant de le lui dire.

— Je pense que je peux prendre le relais, intervint gentiment le Dr Raya en entraînant Sebastian à l'écart. Vous avez passé la nuit debout, et j'imagine que vous êtes sous le choc. Et la pauvre Dr Ricci… J'espère qu'elle ira bientôt mieux.

Au lieu de rentrer directement à la maison, il se dirigea vers les rochers de la baie, où il s'était assis, avec Mila, le soir du gala de charité. Il était trop à cran, ses propres émotions se mêlant à l'histoire de Pedro et Rose, et il était furieux. Furieux contre Mila pour lui avoir caché sa grossesse, mais peut-être plus furieux encore contre lui-même pour n'avoir pas remarqué les signes. Il était médecin, bon sang, comment avait-il pu être aussi aveugle ?

Il était trop pris dans leur relation. Jamais auparavant il n'avait ressenti cela pour personne, pas même Klara… Et maintenant…

La culpabilité se faufila dans la brise marine alors qu'il revenait du rocher, pieds nus, presque content quand un morceau de corail lui écorchait le pied pour le punir.

Il avait haussé le ton devant Mila, mais c'était à cause du choc. Une réaction d'autodéfense. Il ne s'y attendait tellement pas. Et pourquoi ne lui avait-elle pas dit ? Parce qu'elle ne voulait vraiment pas d'enfant ?

Ils avaient plaisanté quand elle avait affirmé qu'elle préférait avoir un chien, mais il aimait à penser qu'il la connaissait mieux que cela maintenant. Mila gardait au fond d'elle-même la peur panique de perdre un être cher.

Elle croyait qu'il ne la connaissait pas, mais elle se trompait.

— Mila ?

Il enjamba les quelques marches du perron d'un bond, les chiens sur ses talons. La maison était encore verrouillée, à croire qu'elle n'y était même pas entrée.

— Zut ! marmonna-t-il en trébuchant sur sa valise là où il l'avait laissée.

Il l'emporta à l'intérieur. Il était si fatigué… Et il n'avait pas terminé de préparer ses affaires pour Chicago…

— Mila ! appela-t-il à nouveau, lâchant la valise sur le lit.

Elle n'était pas dans la salle de bains de l'étage. Et n'était nulle part. Il sortit son téléphone. Pas d'appel en absence. Il ôta ses chaussures d'un coup de pied et s'extirpa de la combinaison de plongée avant de filer prendre la douche dont il avait tant besoin.

Pourtant, il ne profita pas de l'effet apaisant du jet d'eau sur son corps en nage. Il était trop furieux contre lui-même, il s'en voulait de sa réaction face à Mila.

Sitôt sorti de la douche, il s'habilla à la hâte et fila chez elle.

— Mila !

Il allait frapper à sa porte, mais se ravisa et jeta d'abord un regard autour de lui au cas où un appareil-photo le guetterait.

Ne voyant rien ni personne alentour, il cogna du poing contre le battant.

Pas de réponse.

Il s'approcha de la fenêtre pour regarder à l'intérieur. Une femme passa, le contemplant avec perplexité, et il se sentit obligé de se justifier.

— Je la connais... Mila, ouvre, il faut qu'on parle.

Sa chambre était vide. Plus de vêtements sur les cintres qu'elle accrochait aux portes de l'armoire. Rien dans le dressing. Seulement le sèche-cheveux qui était là avant qu'elle emménage.

Quand il essaya de lui téléphoner, il tomba directement sur sa boîte vocale, alors il partit en courant en direction du club de plongée. Elle avait peut-être déménagé dans un hôtel, un endroit plus intime, songea-t-il, essayant de trouver une explication logique. Elle s'était peut-être réfugiée dans une autre partie de l'île, loin du MAC.

Mais pourquoi ? Ils étaient censés s'envoler pour Chicago dans quelques heures.

Il commençait à avoir un mauvais pressentiment. Elle avait emporté tous ses bagages. Ne lui avait pas dit au revoir...

Son téléphone vibra au fond de sa poche.

— Mila ? répondit-il sans vérifier.

— Docteur Becker ? C'est Ava, des ressources humaines... Tout va bien ?

— Oui. Non. Ava, que se passe-t-il ?

— Vous allez peut-être me le dire... Je viens de recevoir une notification par mail. Le Dr Ricci vient de s'enregistrer à l'aéroport de Denpasar. J'ai trouvé ça bizarre parce que je l'avais entendue dire qu'elle devait annuler le billet puisqu'elle devait aller à Chicago...

— Je m'en occupe, merci, Ava.

Le visage d'Amelia Ricci exprima la plus grande confusion quand, ouvrant la porte, elle découvrit sa fille sur le seuil.

— Mila, qu'est-ce que tu fais ici ? Mon Dieu, tu dois être gelée.

Effectivement, il faisait, à Rye, un froid auquel Mila n'était plus habituée. De toute façon, elle était comme engourdie de l'extérieur comme de l'intérieur lorsqu'elle se retrouva étreinte par les bras couverts d'un doux gilet de sa mère. Impossible de pleurer, elle n'avait plus de larmes. Du moins l'avait-elle cru jusqu'à ce qu'elle respire l'odeur de son enfance.

— Tu m'as manqué, maman. Je crois que j'ai fait une grosse bêtise.

— Qu'est-ce qui se passe, ma chérie ?

Sa mère l'entraîna dans la maison et l'enveloppa d'un plaid vert avant de l'installer sur le canapé. Mila se cala contre les coussins recouverts d'un motif éléphant, ceux qu'Annabel avait jadis rapportés d'Inde.

— Je suis enceinte, maman. De Sebastian.

Les bras de sa mère l'enlacèrent fort. Longtemps.

— Ce n'est pas la fin du monde, chuchota-t-elle en l'étreignant. Ça va aller.

— Je le lui ai annoncé, ou plutôt il l'a deviné, et il a pris peur parce que j'avais gardé la nouvelle secrète. Je ne veux pas le perdre à cause de ça, mais c'est au-delà de mes forces.

— Qu'est-ce qui est au-delà de tes forces ?

Sa mère l'aida à retirer sa veste tant elle était faible.

— Je ne peux pas avoir un bébé, maman.

— Bien sûr que si, tu peux avoir un bébé, Mila. Tu es enceinte.

— C'est un accident.

— Mais ce bébé de lui, tu le veux ?

— Je ne sais pas... Oui... Je n'aurais pas dû partir sans lui avoir parlé. C'était le pire à faire pour le blesser. J'ai essayé de le joindre en sortant de l'avion, mais son téléphone est éteint. Il doit être en route pour Chicago, à l'heure qu'il est.

— Chicago ?

— J'étais censée y aller aussi, pour rencontrer sa famille.

— Alors c'est sérieux ? Avec Sebastian ?

Mila haussa les épaules tout en songeant avec horreur qu'elle venait peut-être de fuir la meilleure chose qui lui soit arrivée de sa vie.

— Bon, je vais nous préparer du thé et on va discuter de tout ça, annonça sa mère en se dirigeant vers la cuisine.

Mila était épuisée. Elle n'avait pas fermé l'œil dans l'avion, trop préoccupée et regrettant déjà sa décision impulsive de partir sans en avertir Sebastian. En gros, elle lui avait filé entre les doigts sans un mot, comme son ex, Klara. Elle avait dupliqué le drame de sa vie.

20

Sebastian avait réussi à faire abstraction du bourdonnement des conversations et des appels dans les haut-parleurs. Si des gens le prenaient en photo, il ne s'en rendit pas compte, mais il attendit d'avoir franchi l'enregistrement et les contrôles pour passer son coup de fil à Jared depuis le salon d'embarquement.

— Je ne peux pas venir à Chicago, il s'est passé quelque chose.

Puis il expliqua la situation du mieux qu'il put à son frère. Il avait réservé le premier vol pour Londres, songeant que s'il pouvait voir Mila, il parviendrait peut-être à la convaincre de l'écouter. Avant qu'elle ne prenne de décision irréversible.

— C'est de la folie, Seb ! s'exclama Jared à l'autre bout du fil. Tu aimes cette femme ? Je veux dire, tu l'aimes vraiment ? Assez pour avoir un enfant avec elle ?

— Oui. Sans hésiter.

Jared poussa un long soupir.

— Dans ce cas… Tu vas nous manquer pour la fête, et à maman aussi. Nous avons une nouvelle pour toi qui doit être annoncée en personne. Mais je te soutiens dans ta décision.

Après le désastre avec Klara, et tous les endroits où il était parti la chercher en vain, il était tombé amoureux de Gili Indah au point de ne plus quitter l'île. Du moins plus en quête de Klara. Il s'était construit sa vie là-bas, avec le MAC. On avait besoin de lui, et il y avait encore tant à faire. Il ne quitterait plus cette île pour personne.

Sauf Mila.

Il avait l'impression d'être un zombie quand l'avion atterrit. Son téléphone n'avait plus de batterie, mais, de toute façon, mieux valait peut-être ne pas annoncer son arrivée. Il avait opté pour la surprise, de peur qu'elle n'essaye de lui échapper à nouveau.

Il avait trouvé l'adresse de sa mère dans le dossier de Mila au MAC, annoncé à son équipe qu'il partait, laissé les chiens au soin de Wayan et Ketut…

Amelia Ricci se leva au « ding-dong » familier et lissa sa jupe rayée de rouge. Une bouffée de son parfum parvint aux narines de Mila.

— Ce doit être Julian, dit sa mère en rajustant sa coiffure dans le miroir.

Mila réprima un sourire : elle s'était demandé quand cela finirait par arriver. Elle fit mine de s'étonner.

— Qui est Julian ?

— Je n'étais pas sûre que ça devienne sérieux, alors je ne t'en ai pas parlé avant. Mais je pense que maintenant… Il est médecin, comme toi, pédiatre à St. Germaine. Tu n'es pas obligée de venir le rencontrer si tu ne te sens pas d'attaque, mais un jour, bientôt…

— Avec plaisir. Merci, maman.

Mila était heureuse de voir sa mère épanouie, mais, effectivement, le moment n'était pas des mieux choisis pour les présentations. Elle avait dormi quelques heures et pris une douche, pris rendez-vous avec l'obstétricien de la famille, mais le décalage horaire brouillait son esprit, autant que la pensée de Sebastian dont le téléphone semblait mort ou éteint.

— Tu continues pendant mon absence ?

Sa mère désignait les tiroirs et les cartons ouverts, paraissant pleine d'appréhension. Elles avaient passé l'après-midi à trier les affaires d'Annabel : photos, livres, cocardes, babioles, lettres d'amour toujours dans leurs enveloppes…

— Ne t'inquiète pas, maman, ça va aller.

Elle se rendit compte en le disant que c'était vrai. Souriant à sa mère, elle se remit à sa tâche en songeant que celle-ci méritait bien d'être heureuse enfin à nouveau.

Quelques minutes plus tard, l'escalier craquait derechef sous ses pas.

— Euh… Mila ? lança-t-elle, l'air penaud, en passant la tête par la porte. Ce n'était pas Julian, en fait.

La porte s'ouvrit en grand.

Mila se leva, en chaussettes et leggings, et son cœur menaça d'exploser dans sa cage thoracique.

Sebastian entra dans la vieille chambre, et son odeur familière prit ses narines au dépourvu. Et eut un drôle d'effet sur ses entrailles, là où se trouvait leur bébé - un effet agréable —, puis elle sentit ses yeux s'embuer. Une seconde plus tard, elle s'écroulait contre son torse puissant.

— Tu es là…

— Tu ne m'as pas laissé le choix.

— Je te demande pardon d'être partie comme ça, murmura-t-elle dans sa veste avant de s'accrocher aux revers pour l'embrasser sur les lèvres. Sebastian, je sais que j'ai très mal réagi, mais j'ai complètement perdu les pédales.

— Je sais, dit-il en lui posant des mains toutes froides sur les joues.

Dieu qu'il lui avait manqué.

— Je sais que tu es morte de frousse, Mila, mais je t'interdis de me refaire ça. On va gérer la situation ensemble, d'accord ?

Mila avait presque oublié la présence de sa mère jusqu'à ce que la sonnette retentisse de nouveau.

— Ah, cette fois ce doit être Julian ! Ravie de vous avoir rencontré, docteur Becker. Je vous laisse discuter, tous les deux.

Puis elle quitta la pièce à la hâte.

— Tu devrais être à Chicago, à l'heure qu'il est, chuchota Mila en s'écartant, mais sans lui lâcher les mains.

Pas question de le lâcher. Plus jamais. Il avait l'air épuisé, n'était pas rasé, mais il était magnifique. Même sorti de son environnement et placé dans la chambre où elle avait grandi, il apportait un rayon d'espoir avec lui.

Sa jumelle était là dans la pièce, Mila le sentait. Tout comme elle avait senti sa présence sur l'île parfois. Était-ce ce qu'Annabel souhaitait ? La voir heureuse avec un homme qu'elle avait validé sans le savoir des années plus tôt ?

Peut-être Mila avait-elle refusé de s'autoriser à être heureuse, tout emberlificotée qu'elle était dans son chagrin et sa culpabilité. Tellement longtemps. Maintenant elle avait un autre être à qui penser, elle allait devoir se montrer forte.

Sebastian regardait autour de lui, les trophées, les souvenirs ramenés d'ici ou là par Annabel.

— C'est la chambre qu'on a partagée jusqu'à nos dix-huit ans, expliqua Mila. Et tu vois, je suis enfin en train de tourner la page, soupira-t-elle en désignant le tiroir à moitié vide qu'elle avait déjà trié. Est-ce que tu pourras me pardonner ?

— Mila..., commença-t-il, secouant la tête.

Il ferma les yeux, se passa une main sur le visage et, l'espace d'une seconde, elle crut qu'il était venu pour rompre. Qu'elle avait définitivement tout gâché.

— J'étais en colère que tu m'aies caché la vérité, reprit-il. Je ne vais pas te mentir : tu m'as arraché le ventre... et le cœur. Car tu dois savoir une chose : je t'aime. Il faut aussi que tu saches qu'élever un enfant avec toi, ce serait... Ce serait le genre de défi que je suis d'accord pour relever. Je suis prêt.

De nouveau il secoua la tête, comme si lui-même ne parvenait pas à croire aux mots qui venaient de sortir de sa bouche. Le cœur de Mila se gonfla au point qu'elle redouta qu'il n'explose sur-le-champ.

— Je t'aime aussi, Sebastian. Oh oui, je t'aime. Et je sais que je n'ai pas été facile, mais je suis d'accord aussi pour essayer de faire en sorte que ça fonctionne. Sur l'île...

Dans sa tête, aucune hésitation : elle retournerait là-bas. L'île et le MAC lui manquaient déjà, le petit Jack aussi.

— On peut y arriver ensemble, si tu es vraiment sûr que c'est ce que tu veux, ajouta-t-elle.

— C'est toi que je veux, Mila. Et ce bébé.

— Je suis désolée de t'avoir fait rater l'anniversaire de ta mère.

En parlant, elle l'embrassait partout où elle pouvait l'atteindre, comme s'il risquait de disparaître soudain. Il était son havre, désormais. Elle le sentait au plus profond d'elle-même.

Il laissa échapper un soupir dans ses cheveux.

— En réalité, la fête n'est pas avant vendredi, donc si on veut y aller, on a encore le temps. Tu peux même me faire visiter un peu la campagne anglaise avant, me présenter à tes amis...

— Tais-toi, dit-elle.

Déjà elle lui ôtait sa veste et lui déboutonnait sa chemise.

21

Sebastian mangea l'olive plongée dans son martini tout en admirant Mila de loin. Elle avait remonté ses cheveux en chignon, laissant quelques mèches lui encadrer le visage. Et elle portait la robe bleue de Bali qu'il avait emportée dans ses bagages... Pour le cas où. Elle était sublime, de loin la plus belle femme de la fête. Enfin, peut-être n'était-il pas objectif – elle portait son bébé, après tout.

— On dirait qu'elle leur a fait forte impression, dit Jared, à côté de lui. Dommage que tu aies dû partir aussi loin, sur ton île, pour la trouver. Mais bon, tu as bien fait d'aller la récupérer, conclut son frère plus sérieusement.

— Je sais.

La fête battait son plein. Mila se tenait près de la table du buffet et discutait joyeusement avec la femme de Jared, Laura, et le petit Charlie, ainsi que la mère de Sebastian... qui semblait déjà l'adorer.

Ils avaient passé une partie de la journée de la veille à annoncer en douceur la nouvelle de sa grossesse à la famille. Sa mère était si enthousiaste à l'idée d'être grand-mère pour la deuxième fois qu'elle avait déjà demandé à sa secrétaire de lui réserver un vol pour Bali. Dire qu'elle n'était jamais venue le voir auparavant... Mais le moment n'était pas à la rancœur.

La foule parut s'écarter sur son chemin alors qu'il s'approchait de Mila.

— Mila Ricci, ai-je besoin de te répéter combien tu me plais dans cette robe ?

— Alors j'ai intérêt à la porter souvent avant de devenir trop grosse pour pouvoir la mettre, répondit-elle en se nichant dans ses bras.

— Je t'en ferai faire une plus grande à ce moment-là.

— Je vais la porter tous les jours en salle d'op.

— Tu peux porter ce que tu veux sous ta blouse... ou bien rien du tout.

Il savait que sa famille et tout le club de badminton les observaient à la dérobée. Pourtant, et malgré les battements redoublés de son cœur, il mit un genou à terre devant elle.

— Sebastian, qu'est-ce que tu... ?

Un attroupement se forma autour d'eux et, sur l'estrade couverte d'orchidées, les musiciens cessèrent de jouer leur air entraînant.

Devant une Mila toute rougissante, Jared tendit un micro à Sebastian. Il avait envisagé d'attendre qu'ils soient seuls, mais il y avait cinq cents personnes rassemblées ici : il fallait bien leur donner de quoi alimenter les discussions.

Lentement, il souleva le couvercle du petit boîtier en velours noir. Il entendit Mila retenir son souffle et vit ses yeux s'emplir de larmes alors qu'elle découvrait le superbe anneau de platine incrusté de diamants.

— Mila..., commença-t-il, les yeux braqués sur son visage.

Elle croisa son regard, et il sut qu'il avait pris la bonne décision. Oui, il voulait sceller leur relation. Maintenant.

— Je sais que c'est rapide, que c'est un peu fou et qu'on ne s'y attendait pas ni l'un ni l'autre, mais tu es la meilleure chose qui me soit arrivée et je te veux auprès de moi jusqu'à la fin de nos jours. Me feras-tu l'immense honneur de devenir ma femme ? reprit-il après une profonde inspiration. Mila, veux-tu m'épouser ?

Elle paraissait comme pétrifiée, incapable de parler. L'espace d'une seconde, il crut qu'il était allé trop loin. Quelqu'un sortit un appareil-photo, mais il vit Jared tendre le bras devant l'objectif pour l'empêcher de l'utiliser.

— Mila ?

— Oui, Sebastian. Oui ! Pardon, je suis sous le choc. Oui ! Bien sûr que je veux t'épouser.

Il se releva pour l'embrasser, et elle riait, pleurait, l'étreignait tout à la fois.

— Elle a dit « oui » ! cria-t-il à la foule qui avait déjà compris. Dieu, comme je t'aime quand tu rougis, lui murmura-t-il à l'oreille.

— Puis-je prendre une photo de l'heureux couple ? demanda quelqu'un.

Tout à coup, il y avait des appareils partout.

Mila s'avança pour se placer devant Sebastian, telle une louve protectrice.

— Non, merci, nous ne souhaitons pas de photos.

— C'est bon, dit-il en lui prenant la main.

Elle plissa les paupières, perplexe.

— Mais tu détestes ça !

— Là, c'est différent. Ce moment, j'en suis fier, répondit-il sans hésiter.

Tandis qu'ils posaient, souriants, avec la bague de Mila bien en vue, Jared prit soudain le micro.

— Félicitations à mon frère et à sa fiancée, le Dr Mila Ricci. Et, puisque c'est la soirée des annonces, j'en ai une aussi, ajouta-t-il en s'éclaircissant la gorge. Je voudrais vous dire qu'il n'y aura pas d'autre saison de *Visages de Chicago*.

Sebastian contempla son frère et lut, dans son regard complice, que cette nouvelle en annonçait d'autres très heureuses pour leur famille.

AMY RUTTAN

Amoureuse d’un urgentiste

Traduction française de
PIERRE ALEXIS

BLANCHE

HARLEQUIN

Titre original :
A REUNION, A WEDDING, A FAMILY

Ce roman a déjà été publié en 2021.

Prologue

Un été, dix ans plus tôt.
Jasper, Alberta.

Il fallait absolument qu'elle établisse un peu de distance avec les pitreries de son frère, songea Candice Warner. Elle avait beau adorer Logan, le fait de le voir courir autour d'un feu de camp, nu comme un ver, sous la clarté de la lune, n'était vraiment pas ce dont elle avait besoin. Surtout le soir de son anniversaire.

Non qu'elle fût incapable de comprendre et de ressentir l'envie qu'il avait, ce soir, de décompresser. Dans une semaine, avec Jimmy, son meilleur ami, il quitterait Jasper pour aller suivre la formation initiale des forces armées canadiennes.

Jimmy… Le garçon qu'elle aimait depuis toujours.

Elle soupira, incapable de songer à autre chose qu'à Logan et à Jimmy. Bientôt, ils seraient partis, et elle n'avait pas la moindre idée du jour où elle les reverrait.

Toi aussi, tu pars bientôt. Pour l'université.

Mais même cela était dur à intégrer. L'idée de quitter Jasper lui faisait peur. N'était-ce pas l'endroit où elle avait passé sa vie ?

S'éloignant du feu de camp, elle alla jusqu'à la rivière pour pouvoir réfléchir au calme. Au bord de l'eau, un rondin lui servit de siège. Son cerveau réfléchissait à une vitesse folle. La situation était tellement incertaine…

— Que fais-tu là toute seule ?

Elle leva les yeux. Jimmy approchait. Elle sentit son cœur faire un bond. Comme chaque fois…

Avec toujours une nouvelle fille à son bras, Jimmy passait pour un coureur de jupons, ce qui, elle le savait, aurait dû la dissuader de l'approcher. Mais il n'y avait rien à faire. L'étincelle avait jailli. Avec lui, elle échangeait comme avec personne, elle le voyait tel qu'il était vraiment et le considérait comme l'un de ses meilleurs amis.

Cela faisait si longtemps qu'ils étaient inséparables, elle, Logan et Jimmy.

Mais lorsque chacun aurait disparu de son côté, rien ne serait plus jamais comme avant.

— Est-ce que je peux me joindre à toi ? demanda-t-il alors qu'elle n'avait pas répondu à sa première question.

— Bien sûr.

— Veux-tu une bière ?

Sans attendre sa réponse, il lui tendit une canette.

Elle arqua un sourcil.

— J'ai eu dix-huit ans, il y a juste une heure.

— Parfait. Comme ça, tu es dans la légalité. Il me semblait que tu en aurais besoin après avoir vu ton frère nu.

Elle sourit en prenant la canette qu'elle n'ouvrit pas.

— Merci.

Jimmy s'assit près d'elle et leva les yeux vers le ciel.

— Waouh ! Toutes ces étoiles… Elles vont me manquer.

— Je veux bien te croire…, répondit-elle avec un soupir.

Son envie de dire à Jimmy ce qu'elle ressentait était réelle, mais les mots lui échappaient. Toujours ce sempiternel problème : son incapacité à trouver les mots.

— Donc, Logan et toi allez vraiment partir, reprit-elle.

Jimmy acquiesça de la tête.

— Rien ne nous retient vraiment ici.

— Que veux-tu dire exactement, Jimmy ?

— Quelle autre option avons-nous ? En ce qui me concerne, celle d'aller travailler dans le motel de mes parents et de n'avoir aucune vie hormis celle de me tuer à la tâche pour des touristes sans gratitude, alors non, merci.

— Tes parents ont travaillé dur pour faire de ce motel une réussite.

— En effet. C'est d'ailleurs à cause de lui que l'on m'a abandonné à moi-même pendant la plus grande partie de ma vie.

— Il n'y a vraiment rien qui te retienne ici ?

Jimmy éclata de rire

— Allons, Candice, que veux-tu dire, à ton tour ?

— J'existe..., murmura-t-elle tandis qu'un long frisson la parcourait.

Trouvant le courage de regarder le jeune homme dans les yeux, elle ajouta :

— Je suis là...

Il lui sourit sous la lune qui faisait briller son regard.

— Plus pour longtemps. Tu vas entrer à l'université et devenir une chirurgienne de renom qui ne reviendra pas ici. Tu es trop spéciale pour t'enterrer à Jasper.

— Qu'essayes-tu de me faire comprendre ? demanda-t-elle tandis que ses joues s'empourpraient.

Il lui effleura le visage. Elle ferma les paupières, le corps vibrant d'impatience.

— Je crois que tu le sais, Candy, répondit-il avec douceur.

Se penchant vers elle, il pressa les lèvres sur les siennes, lui volant ainsi son premier baiser.

Candice avait toujours voulu que celui-ci vînt de Jimmy. De lui seul. Toujours. Et, en cet instant précis, elle se moquait bien que son frère lui ait répété tant et plus que Jimmy était un être non conformiste. Le moment qu'elle avait toujours désiré était arrivé, et elle n'allait pas le laisser passer. De la même façon, elle ne voulait pas que Jimmy parte avant d'avoir appris ce qu'elle ressentait.

— Je t'aime, Jimmy, murmura-t-elle contre ses lèvres.

— Moi aussi, Candy, je t'aime. Je t'ai toujours aimée.

À cet aveu, elle sentit ses jambes devenir molles et eut l'impression qu'elle allait pleurer. Ils échangèrent un deuxième baiser. Plus fervent. Certes, ils allaient bientôt quitter Jasper, mais Candice savait qu'il leur restait encore une semaine. Et elle ferait en sorte que celle-ci compte !

— Viens, dit-elle en se levant, une main tendue.

— Où ?

— Sous ma tente...

— Tu es sûre ? N'est-ce pas la bière qui, peut-être...

— Je n'en ai pas bu une goutte. Et toi ?

— Moi non plus, répondit-il en lui montrant sa canette intacte. Comme toi, je n'ai rien avalé de la soirée.

— Dans ce cas, pourquoi m'avoir apporté une canette ?

— Ça me donnait une bonne excuse pour t'aborder.

S'interrompant, Jimmy lui prit le visage entre les mains et l'embrassa de nouveau avant d'ajouter :

— Et parce que je ne pouvais pas partir avant de t'avoir dit ce qui se passait en moi.

— Viens, répéta-t-elle en en l'entraînant vers sa tente.

— En es-tu sûre, Candy ? demanda-t-il de nouveau.

— Oui.

De sa vie, jamais elle n'avait été plus sûre de quelque chose.

1

Aujourd'hui
Jasper, Alberta.

— Je suis si contente de vous revoir ! s'écria Samantha avec chaleur alors que Candice s'approchait du bureau de la réception de Mountain Rescue, le service de secours en montagne.

— Moi aussi, je suis contente d'être revenue, dit Candice.

Et c'était vrai. Après avoir attrapé une grippe qui l'avait assommée pendant quinze jours, elle était heureuse de revenir au travail. Surtout avec le retard qu'elle allait devoir rattraper.

— Vous allez être contente d'apprendre que, pendant votre maladie, la direction de Gatineau vous a adjoint un urgentiste supplémentaire. Il commence aujourd'hui et ne devrait d'ailleurs pas tarder.

Elle hocha la tête tandis que la réceptionniste lui tendait le dossier de son nouvel employé.

— Je leur avais dit que je le trouverais moi-même, marmonna-t-elle avant d'avaler une gorgée de son café maintenant froid.

Depuis son arrivée, une heure plus tôt, elle ne faisait que ce qu'elle détestait le plus : de la paperasse. Alors qu'elle aurait tellement préféré se trouver dehors dans la nature ou, sur le terrain, en train de sauver des vies ! Mais, depuis sa promotion, elle se retrouvait coincée derrière un bureau plus souvent qu'à son tour. Heureusement, la haute saison approchait et, avec elle, l'espoir de passer plus de temps à l'extérieur. Tout comme cet hiver, alors que les skieurs se pressaient sur les pistes et qu'elle avait pu piloter son hélicoptère plusieurs fois pour secourir des randonneurs.

— Je sais, mais ils ont été contactés par quelqu'un ayant servi dans l'armée canadienne et doté de références exceptionnelles, répondit Samantha. Apparemment, ils ne pouvaient pas le renvoyer. Cela dit, je comprends que vous auriez préféré choisir vous-même votre urgentiste supplémentaire.

Le sentiment de dépossession de Candice reflua. Elle avait un faible pour toute personne ayant servi comme Logan l'avait fait. Bien que son frère lui manquât de terrible manière, elle n'ignorait pas qu'il aurait été honoré d'être mort en servant son pays, et était fière de ce qu'il avait accompli. Tout comme ses parents l'avaient été, avant de décéder à leur tour – sa mère un an après la mort de Logan, cinq ans plus tôt, et son père, l'été précédent, d'un cancer du pancréas.

Voilà pourquoi elle éprouvait un petit faible pour ceux qui servaient dans l'armée. Le simple fait de songer à Logan lui nouait d'ailleurs la gorge. Elle retint une larme, soucieuse de ne pas pleurer quand elle était au travail.

Du reste, elle ne pleurait jamais devant personne.

Chad, son ex-mari, ne répétait-il pas que pleurer était un signe de faiblesse ? Or, ici, elle était la patronne du service de secours en montagne, et elle ne pouvait s'autoriser la moindre faiblesse.

— Vous disiez qu'il s'agit d'un ancien militaire ? s'enquit-elle en recouvrant sa maîtrise.

— Libéré avec les honneurs, répondit Samantha avec un sourire. Cela ne peut donc pas être si terrible, n'est-ce pas ?

Acquiesçant de la tête, elle sourit à son tour.

— En effet. Vous avez raison.

À la direction, ils savaient ce qu'ils faisaient. Pour autant, elle préférerait vraiment prendre elle-même ses décisions concernant le personnel.

À peine eut-elle ouvert le dossier qu'elle tressaillit. Une chance qu'elle ait déjà posé sa tasse de café, sinon elle en aurait renversé tout le contenu sur le document qu'elle avait sous les yeux.

Le nom en lettres majuscules surlignées venait de faire surgir un fantôme du passé.

— Ça va ? demanda Samantha.

Candice secoua la tête en fermant le dossier avec hâte.

— Quoi ?

L'assistante haussa un sourcil.

— Je vous demandais si ça allait. On dirait que vous venez de voir passer un fantôme.

Candice esquissa un sourire rassurant, mais celui-ci dut plutôt lui donner l'air effrayant, car Samantha recula d'un pas.

— Oui, tout va bien, répondit-elle enfin en espérant parler d'une voix ferme. Pourrez-vous me prévenir quand l'urgentiste arrivera ?

— Bien sûr.

Sans s'attarder davantage, Candice fit demi-tour et se dirigea vers son bureau.

Ce ne fut que lorsqu'elle eut refermé la porte qu'elle put se détendre, s'asseoir et regarder la couverture du dossier :

JIMMY LIU

Ses premières fois.

Premier baiser.

Premier garçon.

Premier amour.

Premier cœur brisé.

Ils avaient passé une semaine ensemble, juste tous les deux. Et, au moment où il était parti, Jimmy avait rompu, lui laissant le cœur en miettes. Aujourd'hui, le souvenir de cet épisode lui revenait dans un éclair douloureux.

« Je croyais que tu m'aimais... », lui avait-elle répondu ce matin-là, dix ans auparavant.

Son cœur était si serré qu'elle pouvait à peine respirer.

« Non. »

N'ayant pas la décence de la regarder en face, Jimmy avait détourné les yeux.

« Alors, c'est fini ? »

« Oui, avait-il confirmé avec froideur. C'est fini ».

Son cœur s'était brisé une seconde fois, quelques mois plus tard, lorsqu'elle avait perdu le bébé qu'ils avaient conçu ensemble au cours de leur première nuit.

Depuis, Jimmy n'était plus jamais revenu à Jasper.

Cette désertion avait anéanti Candice. Pourtant, combien de fois Logan ne l'avait-il pas mise en garde contre lui ? Mais elle n'avait pas écouté.

« Jimmy est mon meilleur ami, Candice, mais il n'est pas fait pour toi », avait dit Logan en tentant de la retenir pour qu'elle n'aille pas retrouver son amoureux après leur rupture, la dernière nuit.

« Laisse-moi, avait-elle rétorqué. Jimmy m'aime. Il me l'a dit ».

Sans répondre, Logan avait alors jeté un regard triste autour de lui, et elle avait senti son cœur chavirer.

« J'ai besoin d'aller lui parler ».

Logan avait poussé un soupir.

« Soit..., mais, en toute honnêteté, Candy, tu es trop bien pour lui. Tu as de grandes aspirations, et je pense que tu dois poursuivre tes rêves. Tu veux devenir médecin. Or, les gens comme Jimmy ou moi sommes juste bons à tirer une personne comme toi vers le bas. »

Candice secoua la tête en repoussant ce souvenir. Des larmes lui piquaient les yeux lorsqu'elle pensait à Logan, à son propre sentiment de rejet, à son cœur qui avait été brisé et à ses rêves qu'elle n'avait pu réaliser.

Au bébé qu'elle avait perdu.

À la famille qu'elle n'avait pu constituer.

Après avoir perdu Logan et sa mère en l'espace d'un an, il lui avait semblé évident de rester à Jasper pour s'occuper de son père. Et même si ce dernier l'avait poussée à réintégrer l'école de médecine, elle n'avait pu le quitter.

Voilà comment le service de secours en montagne était devenu sa famille et l'endroit où elle avait trouvé ceux qui l'avaient soutenue, l'année dernière, à la mort de son père.

À la différence de son ex-mari.

Et de Jimmy.

Jimmy Liu. De retour après tout ce temps.

Elle reposa le dossier avec un soupir et passa les doigts dans ses longs cheveux noirs avant de les nouer. Puis elle alla s'accouder à la fenêtre qui surplombait le parking et suivit du regard un vieux 4x4 qui se garait sans hâte.

Un 4x4 qu'elle reconnut tout de suite... Le même que dix ans auparavant...

La portière du véhicule s'ouvrit, et son cœur eut un raté. Comme chaque fois qu'elle voyait Jimmy...

Rappelle-toi que tu es la patronne, ici. Cette fois, c'est toi qui contrôles la situation.

Et elle allait s'en souvenir. Après le départ de Jimmy, après son bref et désastreux mariage avec Chad, elle en avait assez de se faire rejeter et maltraiter.

Comme, au bout du compte, tout le monde finissait par la quitter, plus jamais elle n'accorderait sa confiance ni n'offrirait son cœur à quelqu'un.

Jimmy et Chad lui avaient tous deux endurci le cœur. Aujourd'hui, c'était son travail l'amour de sa vie.

Une longue inspiration l'aida à apaiser ses nerfs à vif. Ce n'était pas de cette façon qu'elle aurait voulu commencer sa semaine

— Le nouvel urgentiste est arrivé, annonça à cet instant Samantha en ouvrant la porte du bureau.

— Merci, Samantha, répondit-elle en s'appliquant à conserver un ton égal. Faites-le entrer.

La jeune femme acquiesça de la tête puis disparut.

Candice prit une nouvelle et longue inspiration, s'assit derrière son bureau, redressa une pile de documents et posa les mains sur le dossier administratif de Jimmy. Le dos droit et les lèvres pincées, rien, dans sa tenue, ne trahissait le fait que, sous son bureau, des petites secousses nerveuses agitaient l'une de ses jambes ni que les battements de son cœur l'assourdissaient.

Samantha réapparut en compagnie de Jimmy.

— Par ici, monsieur Liu.

— Vous pouvez m'appeler Jimmy, répondit-il de cette voix charmante qui avait su conquérir Candice.

Entendre Jimmy suffit à lui évoquer mentalement son sourire, la petite étincelle au fond de ses yeux noirs et l'inévitable clin d'œil qui allait de pair.

Autrefois, elle était tombée sous le charme.

Mais c'était autrefois... Depuis, le temps avait passé. Aujourd'hui, c'était elle qui contrôlait la situation.

Elle carra les épaules quand Jimmy entra dans la pièce. Mais, au moment précis où il faisait son apparition, toute sa détermination et toute sa maîtrise fondirent comme la brume du matin sur le lac, quand le soleil darde ses premiers rayons.

Il n'avait presque pas changé. Mieux, sa carrure et sa musculature semblaient plus imposantes. Quant à son costume gris et à sa chemise blanche, ils lui allaient comme un gant. La coupe de ses cheveux noirs était soignée, et son visage montrait une petite cicatrice que Candice découvrait. Sa belle mâchoire ciselée et ses lèvres pleines restaient, en revanche, exactement telles qu'elle se les rappelait.

Ces lèvres dont elle avait si souvent rêvé pendant des années après son départ. Le souvenir de leur premier baiser au bord de la rivière restait si précis dans sa mémoire ! Autant que la façon dont, la nuit venue, il l'avait prise contre lui tandis qu'elle remettait son cœur entre les mains qui la serraient, et se donnait à lui.

Confiante dans le fait qu'il ne la blesserait pas.

L'écoutant lui murmurer qu'il l'avait toujours aimée.

Mensonges.

Après avoir adressé un dernier sourire à celle qui l'avait conduit jusqu'ici, Jimmy tourna le regard vers Candice. Ses yeux s'écarquillèrent, et il resta bouche bée pendant un court instant.

Quel soulagement pour elle qu'il ne pût voir sa jambe qui battait la mesure sous le bureau ! Car il aurait immédiatement compris sa nervosité. Elle posa discrètement une main sur son genou pour l'immobiliser.

— Candy ?

— Jimmy Liu..., dit-elle. Ça fait longtemps.

Jimmy ne parvenait pas à croire ce qu'il voyait. L'espace d'un bref instant, il songea à ces vieux films en noir et blanc que sa *yéye* regardait en boucle quand il était petit.

« Entre tous les bistros du monde, il a fallu qu'elle entre dans le mien… »

Ou quelque chose comme ça.

Pour le moment, en tout cas, c'était ce qu'il ressentait.

Disparue, la fille timide qu'il avait connue, celle qui se dissimulait derrière Logan ou derrière un livre. La femme qui se trouvait assise en ce moment devant lui était sûre d'elle. Ses cheveux brillaient du même noir soyeux qu'auparavant, et il se rappela comme il avait aimé lui repousser des petites mèches derrière l'oreille pour la voir rougir.

Se mordillait-elle encore la lèvre inférieure quand elle était nerveuse ? Il trouvait cela si adorable à l'époque…

Sa contemplation le ramena au soir où ils s'étaient embrassés pour la première fois, à la première nuit où ils avaient fait l'amour.

Dieu comme il l'aimait alors… Il serait resté avec elle… si Logan n'était pas intervenu.

« Tu ne peux pas fréquenter ma sœur », lui avait lancé un jour le frère de Candice en le bousculant.

« Que veux-tu dire ? avait-il répliqué. Je l'aime. C'est d'ailleurs pour ça que je ne peux pas m'enrôler avec toi dans les forces armées canadiennes. Je veux rester avec elle. »

Logan avait secoué la tête.

« Elle a un rêve, mon gars, celui de devenir médecin. Et tu risques de l'empêcher de le réaliser. »

Jimmy avait laissé échapper un long soupir. Il connaissait ce grand projet de Candice. C'était même l'une des choses qu'il admirait le plus en elle.

« Mais je l'aime… »

« Si tu l'aimes, alors tu la laisseras partir, avait insisté Logan. Laisse-la partir. Fais ça pour notre amitié. »

Balayant ce souvenir de sa mémoire, Jimmy remarqua alors que les grands yeux marron foncé de Candice s'étaient posés sur lui avec confiance, sans chercher à fuir.

Selon Logan, Candice était un être à part, et même si Jimmy avait eu l'impression de mourir un peu en la quittant, il l'avait fait pour son bien.

Avant de partir, il avait emporté une photo d'elle, volée à Logan, et l'avait gardée pendant toutes ces années, jusqu'à aujourd'hui. Songer à Candice et à l'existence plus intéressante qu'elle avait dû connaître parce qu'il l'avait quittée lui avait permis de dépasser son chagrin et de surmonter son sentiment de perte.

Surtout lorsqu'il avait appris qu'elle s'était mariée.

Car Jimmy avait beau avoir échoué à sauver Logan sur le front – si lui-même avait survécu à l'attaque à base d'engins explosifs, il n'était pas parvenu à sauver la vie de son meilleur ami –, il avait tout de même réussi à tenir la promesse qu'il lui avait faite avant de partir de Jasper dix ans plus tôt. Oui, en quittant Candice pour qu'elle puisse poursuivre son rêve, il avait contribué à façonner l'être à part qu'il avait connu. En même temps, toute une partie de lui la désirait encore. Elle le touchait toujours.

Candy est mariée.

Non que, de son côté, il fût en mesure de songer à faire des rencontres ou à sortir avec quiconque. Trop volage, il en payait les conséquences : des responsabilités et un fils à sa charge.

— C'est Candice et non Candy, dit-elle sur un ton sec, interrompant le fil de ses pensées. Et, lorsque nous serons dehors, nous nous appellerons par nos noms de famille. Le mien est Lavoie.

Il sentit son ventre se nouer. Lavoie... C'était donc ainsi que s'appelait Candy aujourd'hui... Aussitôt, il se prit à envier l'homme qu'elle avait épousé.

Et à le détester.

— Voilà pourquoi je n'ai pu reconnaître ton nom, répliqua-t-il à voix basse. « Lavoie » au lieu de « Warner »... Depuis combien de temps es-tu mariée ?

Il connaissait la réponse... Candice s'était mariée exactement un mois avant l'attaque au Moyen-Orient. Une mission de maintien de la paix qui avait dérapé, le laissant blessé et ayant volé la vie de Logan.

Ensuite, il avait passé des mois dans un hôpital militaire

allemand où il avait subi l'intervention chirurgicale qui l'avait débarrassé des éclats d'obus incrustés dans sa hanche. Puis, il lui avait fallu réapprendre à marcher, car ses jambes avaient été brisées.

Or, pendant cette longue période, tout ce à quoi il avait pu penser était que son meilleur ami était mort et que la fille de ses rêves était mariée avec un autre.

Candy plissa les yeux tandis que ses joues se teintaient de rose.

— Je suis divorcée, mais n'ai pas cherché à reprendre mon nom de jeune fille.

Secrètement ravi, il fit tout son possible pour ne rien en montrer.

Des mots que Candy lui avait dits lui revinrent en mémoire : « Je t'aime, Jimmy. Je t'ai toujours aimé. »

Il tourna les yeux vers elle, mais ne retrouva pas l'émotion contenue ce jour-là au fond de son regard couleur café. À l'évidence, il ne s'agissait aujourd'hui pour Candice que de travail. Et c'était mieux ainsi.

Oui, bien mieux.

À moins que...

— Pourquoi ne pas t'asseoir pour que nous passions en revue les choses à voir ensemble ? proposa-t-elle en lui indiquant siège devant son bureau.

— Bien sûr.

Il s'assit avec raideur, embarrassé par la tension qui montait entre eux. Deux étrangers l'un pour l'autre ? Oui, mais sans l'être vraiment.

Très surpris, il réalisait surtout à quel point le fait de la voir si distante, alors qu'ils avaient été autrefois si proches, le faisait souffrir.

Ça fait des années que tu as quitté Jasper. À quoi t'attendais-tu donc ?

Aujourd'hui encore, le fait de n'avoir pu assister à l'enterrement de Logan continuait à le perturber. Mais comment revenir dans son pays alors qu'il était bloqué dans cet hôpital militaire allemand ? Puis, à l'issue de cette période, il lui avait semblé qu'il n'avait plus de raisons de retourner à Jasper. Avec Logan parti et Candice mariée... Alors, il avait déménagé à Toronto.

Comment reprocher à Candice de lui en vouloir, voire de le détester alors qu'il lui avait brisé le cœur et n'avait ensuite même pas été là pour elle quand elle avait perdu son frère ?

Elle ouvrit le dossier posé devant elle.

— Ainsi, tu as reçu ta formation d'urgentiste au sein de l'armée canadienne ?

— Oui, je suis devenu médecin et j'ai obtenu ma certification en médecine et chirurgie en milieu hostile. Je suis maintenant à même d'effectuer des interventions chirurgicales mineures dans les conditions les plus dures.

— Quel genre d'interventions ?

— Sutures, extraction de fragments d'obus et trachéotomie. J'ai aussi effectué des drainages thoraciques.

Hélas ! rien de tout cela ne s'était révélé utile quand il avait fallu aider Logan sur le front.

« Tiens bon, vieux ! » avait-il hurlé à son ami pour couvrir le fracas des tirs.

Bien qu'un camion retourné leur eût servi de légère protection, un mur s'était tout de même écroulé sur Logan, lui comprimant la moitié inférieure du corps. De son côté, Jimmy, avec les jambes coincées, avait été incapable de se porter au secours de son ami.

« Je ne sens plus rien, avait murmuré Logan. J'ai l'impression que ma colonne vertébrale et mon bassin sont écrasés. Et je suis à peu près sûr que mon artère fémorale est sectionnée. »

« Il faut que tu tiennes bon. On va venir t'évacuer et on te conduira en chirurgie. »

Logan avait secoué la tête avec douceur.

« Promets-moi une chose. Prends soin de Candy pour moi. »

« Tu pourras prendre soin de Candy toi-même quand tu seras de retour chez nous, à Jasper. »

Logan avait secoué de nouveau la tête.

« Je ne pourrai pas. Oui, je sais que je t'avais dit de ne plus l'approcher, mais tu dois quand même me promettre de veiller sur elle. Promets-le-moi. Je sais qu'elle tient à toi. »

Jimmy n'avait pas exaucé ce souhait de Logan concernant Candice, espérant qu'elle avait trouvé le bonheur.

Aujourd'hui s'il revenait pour la première fois à Jasper depuis quatre ans, c'était pour une raison très simple : pour rendre l'existence de son fils plus belle.

Candice termina de lire le dossier et hocha la tête.

— Impressionnant... Je comprends pourquoi la direction t'a engagé.

— Merci.

— Une nouvelle saison chargée se profile, reprit-elle. Comme tu le sais, l'été amène toujours de nombreux touristes à Jasper. Les gardes du parc effectuent des patrouilles sur la plupart des zones où se trouvent les campeurs, mais le camping de l'arrière-pays vient d'ouvrir aussi, et c'est là que nous devrons veiller plus spécialement sur les randonneurs.

— Très bien, répondit-il.

— Bon nombre de visiteurs ignorent à quelle vitesse le temps peut changer en montagne. Le fait que tu sois un local sera un plus, même si tu n'es pas revenu ici depuis... Combien déjà ? Dix ans ?

Il resta muet pendant quelques secondes. Pas question de révéler à Candice qu'il était revenu quatre ans plus tôt pour elle. Tout cela pour repartir, en fin de compte, le cœur brisé.

— C'est exact, répondit-il avec une sécheresse involontaire. Dix ans.

Candice pencha la tête sur le côté.

— Tout va bien ? Tu ressembles à quelqu'un qui a subi un choc.

— C'est un peu le cas, répliqua-t-il avec un petit rire nerveux.

— Quelle en est la cause ?

— Pour être honnête, je ne pensais pas que c'était toi qui dirigeais les secours en montagne à Jasper.

— Et pourquoi ça ? demanda-t-elle en plissant de nouveau ses grands yeux bruns.

— Parce que tu as toujours voulu entrer à l'école de médecine et que je te pensais aujourd'hui chirurgienne ou médecin.

Une expression étrange qu'il ne put déchiffrer passa sur le visage de Candice. À la façon dont la jeune femme venait de se raidir, toutefois, il lui sembla évident qu'il avait touché un point sensible.

— Disons que les choses peuvent changer, répondit-elle avec raideur. Ma mère a mal supporté la disparition de Logan. Elle est morte l'année d'après. Il n'est plus resté que mon père et moi... jusqu'à l'année dernière où un cancer l'a emporté. Quand on a à cœur de tenter de maintenir sa famille unie, il ne reste guère de temps pour l'école de médecine.

Il sembla à Jimmy que son ventre se déchirait. S'il avait bien appris par ses parents que la mère de Logan était morte, il ignorait que M. Warner était aussi parti. Les Warner s'étaient toujours montrés si gentils avec lui, si accueillants, qu'il lui était difficile de se dire qu'il ne les verrait plus.

— Je... je ne sais pas quoi dire, Candice. Je suis si désolé !

Il vit un bref sourire sur les lèvres de Candice. Mais sourire de façade...

— Merci, dit-elle en se levant.

La succession de pertes qu'elle avait subies depuis la mort de Logan était si terrible que son calme apparent le stupéfiait : sa mère, son père, son mari... Elle était complètement seule.

Elle est ta patronne.

— Sois le bienvenu à Mountain Rescue, Jimmy.

Il fixa la main qu'elle lui tendait avec l'envie de la prendre, elle, dans ses bras. De lui apprendre que c'était pour elle qu'il était venu. Qu'il tenait toujours à elle. Oui, il avait envie de la serrer contre lui comme il avait rêvé de le faire chaque jour qu'il avait passé loin d'elle. Simplement, il ne pouvait pas se le permettre. Ne lui avait-il pas brisé le cœur ? Et puis, cela faisait si longtemps qu'il avait déserté Jasper qu'ils étaient devenus des étrangers l'un pour l'autre.

Il saisit la main fine et blanche qu'elle lui tendait dans la sienne et se sentit si ému lorsqu'il la serra qu'il craignit de se mettre à trembler.

— J'ai hâte de travailler avec toi, dit-il en gardant sa main dans la sienne plus longtemps que nécessaire.

Quand Candice la retira et qu'il vit ses pommettes se teinter de rose, il sentit ses propres battements de cœur s'accélérer.

— Samantha va te montrer où se trouve ton équipement et te remettre une tenue provisoire, annonça Candice.

Mais la voix de la jeune femme mourut quand le téléphone sur son bureau se mit à sonner. Récupérant son siège, elle saisit l'appareil, prit un stylo ainsi qu'une feuille de papier, et commença à prendre des notes.

Incertain, ne sachant trop quoi faire ni où aller, il l'observa en silence.

— Merci, dit-elle. Nous serons là très vite.

Elle raccrocha et le regarda.

— Apparemment, ta première mission vient de tomber. Il s'agit d'un randonneur qui s'est blessé au Maligne Canyon. Il a glissé dans un ravin, et nous devons le sortir de là. Tu te sens d'attaque ?

Il acquiesça en silence, balayant les pensées qui l'assaillaient, sa tristesse et tout ce qui tournait dans sa tête.

— Je suis prêt.

Candice sourit.

— Dans ce cas, va demander à Samantha de te montrer l'endroit où tu peux te changer puis nous prendrons la route.

Il ouvrit la porte mais, avant de sortir, se retourna une dernière fois. Candice avait repris le combiné. Difficile de croire qu'ils allaient retravailler ensemble.

La petite Candice Warner était devenue sa chef.

Non, Candice *Lavoie*.

Elle n'était plus cette jeune fille qu'il avait aimée.

Son premier amour.

Quant à lui, il ne pouvait simplement pas se permettre de mal faire son travail. Il était venu ici pour gagner sa vie et offrir une belle existence à son fils.

Oui, aujourd'hui, il fallait qu'il recommence tout, même si cela signifiait pour lui devoir repartir de zéro.

2

Candice ignorait la raison de sa nervosité. N'avait-elle pas déjà effectué maints sauvetages pour Mountain Rescue ?

Si, mais sans la présence de Jimmy à son côté.

Et même si elle se répétait qu'elle était aujourd'hui sa supérieure hiérarchique, il était clair qu'il l'affectait et la rendait nerveuse. En temps normal, elle contrôlait bien ses émotions, mais depuis qu'elle avait lu le nom de Jimmy sur la première page de son dossier, elles étaient parties dans de drôles de directions.

Elle grimpa à l'arrière de l'ambulance de manière à pouvoir se trouver près de Jimmy. Une camionnette les suivait, emportant de l'eau, des couvertures et le matériel de première nécessité pour l'escalade. D'habitude, jamais elle ne s'asseyait à l'arrière, mais en l'occurrence la situation était particulière : Jimmy était nouveau, et au cours de leurs premières missions les nouveaux demeuraient immanquablement près d'elle. Aussi, pour autant qu'elle eût souhaité garder ses distances, il débutait dans une équipe qu'elle dirigeait et, à ce titre, elle devait le former.

D'autant que cette équipe était l'une des meilleures de la province et qu'elle n'allait pas en compromettre la réputation en laissant Jimmy se débrouiller seul dès sa première mission. Ce n'était pas non plus parce qu'elle se sentait peu à l'aise avec lui qu'elle ne devait pas travailler de son mieux. Dans quelques jours, la situation aurait évolué. Et puis, la bonne réputation de Mountain Rescue grâce à la gestion qu'elle en avait était la seule chose qui comptait. Ce qu'elle ressentait restait secondaire.

— Où allons-nous, chef ? demanda Stu, assis à l'avant.

— Au Maligne Canyon. Il faudra nous garer devant le premier poste de guet du pont.

— Parfait, répondit Stu.

L'instant d'après, elle s'asseyait à côté de Jimmy tandis que la sirène se mettait en marche et que le véhicule s'élançait sur l'autoroute en direction du Maligne Canyon, à vingt minutes au nord-est de Jasper. Se retrouver ainsi à côté de lui était si étrange... En temps normal, cela ne la dérangeait pas de se retrouver tassée à l'arrière de l'ambulance avec son équipiers. Mais aujourd'hui, la situation était tout autre : cet équipier-là l'avait vue nue.

— As-tu trouvé tout ce dont tu avais besoin ? lui demanda-t-elle en s'éclaircissant la voix.

— Je crois, oui, répondit-il avec un regard au sac qu'il avait posé sur ses genoux.

Un nécessaire chirurgical, peut-être.

— Qu'est-ce que c'est ? demanda-t-elle en se penchant.

— Un kit médical supplémentaire que j'ai suggéré à la direction d'adopter.

— Nous veillerons à ce que tu disposes de tout ce dont tu as besoin, répliqua-t-elle, impressionnée. Tu pourrais peut-être le montrer au groupe ?

— Certainement, répondit-il en se plongeant dans son matériel pour le vérifier.

Les manches courtes de la chemise de Jimmy permirent à Candice d'admirer ses bras musclés ainsi qu'un petit tatouage dont elle ne se rappelait pas. Il représentait une montagne très stylisée et géométrique, piquée d'un épicéa solitaire, et elle l'apprécia au premier coup d'œil.

Dans leur adolescence, ils avaient tous trois parlé de se faire tatouer. Mais Jimmy n'ignorait pas que cela choquerait ses parents très stricts. Aussi s'était-il abstenu pendant tout le temps où il avait vécu à Jasper. Même quand, de son côté, Logan était passé à l'acte. Même quand *elle* était passée à l'acte, se faisant faire un tatouage dont elle avait parfois songé à se débarrasser.

« Ton tatouage est si sexy », avait-il murmuré quand il l'avait découvert, en en suivant le tracé du bout du doigt.

« Il est discret », avait-elle répondu, rougissant comme une pivoine au contact du doigt de Jimmy sur sa cuisse.

« Pour moi, c'est important de le voir. Et puis, je suis le premier à qui tu le montres. »

Puis il l'avait serrée contre lui et embrassée une nouvelle fois.

Candice repoussa cette pensée, gênée que tous ces souvenirs, qu'elle avait crus sous clé depuis longtemps, soient en train de revenir doucement et la déconcentrent.

Ne laisse pas Jimmy s'infiltrer dans ton esprit.

— As-tu du répulsif à ours dans tes affaires ? demanda-t-elle pour s'empêcher de partir à la dérive.

— Ah non...

Elle sortit une boîte de son sac.

— Prends ça. Les ours viennent de terminer leur hibernation, et on peut peut-être en croiser un. Mieux vaut avoir du répulsif avec soi.

— Merci, chef, dit-il en s'exécutant avec un sourire.

Elle s'immobilisa. Cela lui faisait si drôle de l'entendre l'appeler chef au lieu de Candy.

Tu lui as toi-même dit de ne pas t'appeler Candy. De plus, tout le monde t'appelle chef ou par ton nom de famille.

Bien sûr... Mais entendre ce petit mot dans la bouche de Jimmy...

— De rien, dit-elle en lui rendant son sourire.

L'ambulance s'engagea sur l'autoroute et prit de la vitesse. En approchant de Maligne Canyon, ils comprirent que la gendarmerie avait fermé la route de Maligne Lake ainsi que le parking situé près du pont où le randonneur était tombé. C'était bien l'endroit auquel Candice avait pensé : cette pente presque verticale. Pour récupérer le randonneur, ils allaient devoir utiliser leur matériel de rappel.

Pourvu qu'il ne soit pas trop gravement blessé et que la rivière ne l'ait pas emporté, se dit-elle.

— Tu te souviens comment on descend en rappel ? demanda-t-elle en tournant la tête vers Jimmy.

— Quoi ?

Jimmy leva les yeux de son sac. À l'évidence, il était ailleurs.

— Logan et toi faisiez beaucoup d'escalade. Mais tu te souviens encore aujourd'hui de la façon dont on descend une paroi rocheuse en rappel ?

Il acquiesça de la tête.

— Oui. J'ai continué l'escalade quand je vivais à Toronto.

— Bien. Parce que, sauf erreur de ma part, le randonneur se trouve au pied d'une pente très raide. Lisse, en plus, et mouillée par l'eau de la cascade non loin. Techniquement, la récupération va être difficile.

— Je connais bien les environs, répliqua Jimmy sur un ton ferme. Et je suis prêt.

Candice sourit.

— Je sais que tu l'es.

Faux… Elle n'avait pas vu Jimmy depuis longtemps. Alors pourquoi le croyait-elle prêt ?

Il était un inconnu pour elle. À tous les égards.

Ce n'est pas un inconnu.

Elle connaissait Jimmy Liu. Un peu trop bien.

Certes, à cause de tout ce qui s'était passé entre eux par le passé, l'idée de travailler avec lui pouvait l'inquiéter, mais elle ne doutait pas qu'il fût compétent ni qu'il représenterait un atout pour l'équipe. N'arrivait-il pas auréolé par les rapports élogieux de plusieurs officiers ? Pour autant, une angoisse persistante l'habitait. Suivrait-il ses ordres ? La respecterait-il ?

S'il te respectait, il ne t'aurait pas quittée comme il l'a fait…

Cette pensée la perturbait. Autant que le fait de douter à présent d'elle-même. À la tête de Mountain Rescue, ne détenait-elle pas à la fois un certificat de garde forestier et un autre de pilote ? Jimmy devrait donc faire ce qu'elle lui dirait.

De son côté, elle devait, pour commencer, cesser de se faire du souci pour rien et se focaliser sur le sauvetage qui commençait.

Oui, cela seul comptait.

L'ambulance ralentit et emprunta la route de Maligne Lake. Ils seraient bientôt arrivés.

— Je n'arrive pas à croire que quelqu'un ait décidé de passer par-dessus la clôture, murmura Jimmy quand ils se trouvèrent dans le sentier.

— Hélas ! c'est pourtant chose courante, au point d'être devenu un motif fréquent de sauvetage. Malheureusement, il ne débouche pas toujours sur un résultat positif. Un faux mouvement, et la rivière peut vous emporter comme un fétu de paille.

Jimmy acquiesça de la tête avec un sourire.

— Je suis partant pour apprendre avec vous, chef.

Une bouffée de chaleur la parcourut. En fin de compte, peut-être que les choses ne se dérouleraient pas aussi mal qu'elle l'avait pensé.

Quand l'ambulance fut garée, ils se saisirent du matériel, et Candice ouvrit la voie vers le pont n° 1 avec l'espoir de localiser facilement le randonneur.

En avisant Bruce, l'agent de police, qui l'attendait, elle fit signe à Jimmy de la suivre. C'était l'un des membres de la police montée auquel elle préférait avoir affaire. Il connaissait bien sa tâche, et travailler avec lui était facile. Certains autres agents qui l'avaient connue quand elle était petite ne la traitaient pas avec le même respect. Mais Bruce, qui arrivait de Toronto, ne la connaissait que depuis son transfert. Aussi la traitait-il d'égal à égal, de collègue à collègue.

— Lavoie... Je suis content de vous voir, dit-il comme elle approchait.

— Où aurais-je pu aller si ce n'est ici ? répliqua-t-elle, plaisantant.

Bruce sourit, et son regard tomba sur Jimmy.

— Ah oui ! votre équipe comporte un nouvel urgentiste...

— En effet. Jimmy Liu, voici l'agent Bruce du détachement de Jasper. Jimmy a servi à l'étranger pour les forces armées canadiennes. Il sait évoluer dans des conditions difficiles.

Bruce haussa les sourcils, l'air impressionné.

— C'est un plaisir de vous rencontrer, Liu.

— Tout le plaisir est pour moi, Bruce, répondit-il en lui serrant la main.

— Bien... Le randonneur a franchi la clôture près de la cascade tout au bout du sentier. Il allait entamer la descente en rappel de la falaise, mais ayant trop peu d'expérience du calcaire, il ignorait que celui qu'on trouve ici est poreux. Quand il a piqué sa pointe, elle n'a pas tenu…

Candice laissa échapper un soupir.

— Avez-vous pu évaluer la gravité de ses blessures ?

Bruce secoua la tête.

— Non. Depuis son appel à l'aide, nous n'avons pu établir la communication avec lui. Son équipier dit avoir essayé de le retenir - c'est lui qui nous a prévenus - et lui avoir trouvé un comportement étrange.

— Étrange ? répéta Candice, alertée.

— Je vais tout de suite vous mettre en relation avec lui, dit Bruce.

Candice et Jimmy échangèrent un regard tandis qu'elle essayait de comprendre ce qui avait pu pousser le randonneur à agir ainsi.

— Dean, je vous présente Lavoie, notre intervenante n° 1, dit Bruce en les menant vers l'équipier du blessé. Pouvez-vous lui raconter ce qui s'est passé ?

Dean hocha la tête d'un air inquiet.

— Nous venions d'atteindre la Roche Bonhomme et de décider d'emprunter le sentier à marche forcée. Reggie prépare un concours d'endurance, et il pensait que monter en altitude et redescendre aussitôt lui permettrait de renforcer sa résistance cardiaque.

Candice retint un soupir. Sans préparation préalable, cet exercice n'avait aucun effet de ce genre.

— Êtes-vous du coin ? demanda-t-elle.

— Non, nous sommes de l'Ontario, et Reggie voulait s'entraîner en montagne. À Jasper, nous avions parcouru les pistes sans répit, mais, là, au milieu de la descente, il a commencé à se plaindre de nausées et à tanguer un peu.

— Tanguer ? répéta Candice en songeant que cette perte d'équilibre pouvait provenir d'un problème avec les hauteurs, voire de quelque chose de plus inquiétant comme un œdème pulmonaire de haute altitude.

— Oui, répliqua Dean. Malgré tout, il tenait à poursuivre

l'escalade, et ne m'écoutait pas. Il était comme ivre. Rien ne semblait pouvoir l'arrêter. J'ai tenté de m'assurer que sa ligne était bien sécurisée, mais il a bougé si vite que celle-ci a cédé.

Candice hocha la tête.

— Merci, Dean. Je sais que cette situation est très préoccupante pour vous, mais je vous promets que nous ferons de notre mieux pour venir en aide à Reggie.

Puis elle fit signe à son équipe de la suivre, et ils empruntèrent le sentier balisé jusqu'à la plate-forme d'observation située au bout.

Soudain, une rafale de vent froid ramena sur eux des gouttelettes d'eau glacée provenant des cascades tout près. Parcourue par un frisson, Candice prit une inspiration.

— Allons-y.

— Qu'est-ce que tu as en tête ? demanda Jimmy en la rejoignant.

— Si tu me disais ce que tu penses toi de cette situation au vu des informations dont nous disposons...

— C'est un test ? demanda Jimmy, un sourcil arqué.

— Absolument.

— L'attitude irrationnelle de la victime et ses récentes escalades m'inciteraient à penser que nous nous trouvons devant un cas de mal aigu des montagnes.

— Un cas impressionnant, dit-elle. Si le randonneur a un œdème, il aura besoin d'une chambre hyperbare. Sans oublier ses autres blessures potentielles.

Les gardes forestiers étaient passés couper la clôture pour que son équipe puisse accéder à une descente en rappel. De son côté, Jimmy était déjà en train d'enfiler son harnais. Secrètement ravie, elle le regarda disposer son matériel. Pas besoin de lui expliquer quoi que ce soit, elle pourrait s'engager dans la descente en étant bien concentrée. Et quand elle aurait évalué la situation, Jimmy la suivrait.

La descente était périlleuse, mais elle avait déjà effectué plusieurs sauvetages au fond de ce canyon. Certains faciles, d'autres qui ne s'étaient pas bien terminés. Toujours est-il qu'elle connaissait cette ligne de rappel sur le bout des doigts.

En cet instant, son principal espoir était que Reggie ait échoué sur le sol et non dans l'eau.

Elle était en train d'arranger son harnais quand Jimmy s'approcha d'elle pour l'aider sans qu'elle ait eu besoin de le lui demander.

Ses mains posées sur elle lui firent juste battre le cœur plus vite. Elle était si près de lui qu'elle reconnut son odeur et fut contente de pouvoir dissimuler, sous la tenue qu'elle portait, le frisson qui la parcourait.

— Tu es maintenant assurée, et je vais sécuriser ta ligne. Qu'il ne t'arrive pas la même chose qu'au randonneur. Le calcaire ne retient rien.

— Je sais...

Il sourit.

— Quoi ? Pourquoi me regardes-tu comme si tu étais surprise que je sache ce que je fais ?

— Pas du tout. C'est juste que...

Elle s'interrompit, les joues roses.

— Tu as oublié que j'avais vécu ici toute ma vie, Candice. Je sais quels accidents peuvent survenir en montagne.

— D'accord, mais ça fait longtemps que tu n'y vis plus.

Une expression étrange traversa le visage de Jimmy qui se détourna.

Le reste de l'équipe se mit en place, et Jimmy aida Candice à tenir sa ligne pendant qu'elle se dirigeait vers le bord avec son paquetage. Même si elle connaissait bien cette pente, alors qu'elle regardait en bas elle éprouva une drôle de sensation au creux du ventre.

L'exaltation à laquelle se mêlait la peur.

Moins fort que les battements de son cœur, elle entendit le grondement de l'eau qui roulait tout en bas. L'eau de la cascade... Elle était froide, et Candice n'ignorait pas à quel point. Y tomber ne la tentait pas du tout. Un simple faux pas pourtant, et elle se retrouverait dedans. D'autant que les éléments aussi pouvaient s'en mêler.

La nature était imprévisible.

Elle prit une longue inspiration et saisit son sac à dos.

— Prêt, chef ! cria Stu de sa place près de Jimmy qui s'apprêtait à la suivre.

Elle fit signe qu'elle avait entendu et, regardant à travers le feuillage, repéra l'endroit où elle voulait arriver. Elle descendrait prudemment avec l'espoir de repérer rapidement Reggie et de disposer d'assez de place pour intervenir en toute sécurité.

L'eau avait magnifiquement ciselé la roche, mais de façon irrégulière. La tâche ne se révélerait pas facile.

Candice commença à descendre le long de la paroi du canyon, les yeux rivés sur ce qui l'entourait, se balançant légèrement et se rapprochant peu à peu du randonneur qui, Dieu soit loué, se trouvait sur une corniche.

Le seul bruit qui lui parvenait était celui de l'eau. Le brouillard glacé s'infiltrait dans son dos, mais elle y était habituée et avait appris à oublier cette sensation pour focaliser son attention sur sa tâche. Une vie était en jeu.

Plus elle descendait, plus ses yeux s'habituaient à la pénombre, et mieux elle distinguait la victime à moitié étendue sur une saillie rocheuse à quelques centimètres seulement des flots.

— Reggie ? Est-ce que vous m'entendez ?

Ce dernier ne répondit pas. Parce qu'il était inconscient ? Dans ce cas, il y avait de nombreuses possibilités d'explication : hémorragie interne, traumatisme crânien...

Quand son pied gauche toucha le sol, Candice fit tout de suite très attention à la mousse glissante.

— Je suis arrivée ! cria-t-elle en levant la tête. Envoyez-moi Jimmy !

— Tout de suite, chef ! répondit Stu.

Elle retira son sac à dos avant de le poser pour en sortir son matériel médical sans le mouiller.

En s'approchant de Reggie, elle constata tout de suite l'angle bizarre de sa jambe repliée. Pas de sang. Mais cela n'excluait pas la possibilité d'une hémorragie interne. Il portait une trace de lacération sur le visage. Apparemment superficielle. Et sa tête ? L'avait-il cognée une fois en arrivant ou plusieurs fois au cours de sa chute ?

Quelques pierres roulèrent le long de la paroi. Un coup d'œil vers le haut lui indiqua que Jimmy achevait sa descente.

Elle avait hâte qu'il arrive pour qu'ils puissent évaluer l'état de Reggie. Ensuite, ils le déposeraient sur le brancard qui allait suivre Jimmy.

Quand il l'eut rejointe, ils profitèrent de ce qu'ils attendaient le brancard pour dresser un bilan de l'état du patient :

— Ses pupilles réagissent, dit Jimmy. C'est bon signe.

— Il a une fracture de la jambe. Il va falloir la fixer avant de le transférer sur le brancard et de l'évacuer.

Jimmy acquiesça de la tête et se pencha vers la jambe brisée.

— C'est le fémur… Ce qui signifie qu'une hémorragie interne est possible. Je vais lui faire une perfusion, puis nous le sortirons d'ici. Si nous considérons qu'il ne supporte pas l'altitude, il lui faut aussi de l'oxygène.

— Oui, ses ongles sont en train de virer au bleu.

Jimmy fronça les sourcils.

— En effet. Il a besoin d'oxygène.

Quand ils eurent mis Reggie sous oxygène et stabilisé sa jambe, ils le transférèrent sur le brancard puis s'assurèrent qu'il était bien sanglé.

Candice avait du mal à croire que la relation entre elle et Jimmy puisse être aussi fluide dans un tel contexte de froid et d'humidité, près d'une cascade alimentée par un glacier. Il était même surréaliste de voir ici le garçon qu'elle connaissait depuis l'enfance agir comme l'homme fort qu'il était devenu, l'aider à sauver une vie… Et le faire aussi bien.

— Il me semble que l'on peut évacuer le blessé sans risque, à présent, dit-il.

— Oui, sortons-le d'ici.

Ensemble, ils sécurisèrent le brancard par des cordes pour que Stu et les officiers de la gendarmerie royale du Canada, qui attendaient en haut, puissent aider à le remonter.

— En tant qu'urgentiste, ton rôle est de remonter avec Reggie et de rester près de lui, dit-elle tandis qu'ils poursuivaient leur examen des harnais.

Jimmy hocha la tête.

— Très bien, chef.

Candice avait maintes fois fait remonter des gens valides sur les planches prévues à cet effet. Mais y installer Jimmy la laissait songeuse. Elle espéra qu'il ne remarquerait pas que c'était d'une main tremblante qu'elle tirait sur les crochets et les attaches qu'il avait sur la poitrine, et s'étonna en secret de le découvrir plus musclé que dans son souvenir.

Elle rougit, consciente du regard de Jimmy posé sur elle.

— Ça va, chef ?

Elle se racla la gorge.

— Très bien.

Sauf que ce n'était pas vrai.

Quel était ce pouvoir que Jimmy Liu exerçait sur elle ?

Elle qui pensait s'être débarrassée de tout cela des années plus tôt, quand il l'avait quittée en lui déchirant le cœur…

Ses larmes avaient coulé pendant des semaines avant qu'elle se découvre enceinte de Jimmy. Elle s'était alors dit qu'elle devrait se faire à l'idée d'être mère célibataire. Mais au moment où elle commençait à se réjouir de la situation, elle avait perdu le bébé, et son cœur s'était brisé une seconde fois.

Pour pouvoir survivre et continuer à avancer, elle avait alors barricadé son cœur maltraité. Or, aujourd'hui, après toutes ces années, et alors qu'elle se croyait enfin passée à autre chose, le simple fait de se retrouver à Jasper avec Jimmy, de le sentir et de le toucher, lui faisait tout revenir en mémoire, la ramenant à la petite jeune fille docile qu'elle avait été, à tous ses rêves brisés, à tous ses idéaux perdus.

Reprends-toi.

— Tu peux y aller, Jimmy, dit-elle en reculant d'un pas et en sortant sa radio. Stu, Jimmy est prêt, et le patient sécurisé.

— Bien, répondit Stu.

Malgré le rugissement de la cascade, elle entendait l'équipe s'activer au sommet. Lorsqu'ils arrivèrent en haut avec le patient, l'hélicoptère attendait déjà sur la route principale à défaut d'avoir trouvé de la place sur le petit parking lui-même.

Après que Jimmy l'eut aidée à se détacher et à retirer son casque, ils se dirigèrent vers l'ambulance aérienne. C'était Stu qui, en fin de compte, accompagnerait Reggie à l'hôpital. Car Jimmy – Candice venait de le réaliser – ne détenait pas encore l'autorisation requise.

— Probable fracture du fémur, lacération à la tête mais pupilles réactives, dit Jimmy à son nouveau collègue. Pas d'autre traumatisme malgré sa chute. Je suspecte tout de même un état mental altéré, un éventuel œdème pulmonaire ou cérébral. Le blessé est aussi un peu cyanosé.

Stu hocha la tête.

— Je vais surveiller son oxygène.

Candice aida à charger le patient dans l'hélicoptère avant de s'éloigner en hâte quand les pales se mirent en marche. Détournant le visage de la poussière soulevée, elle regarda l'appareil s'élever au-dessus de l'autoroute et s'envoler vers l'hôpital. Elle reporta alors son attention sur Dean, désemparé, que les officiers de la gendarmerie royale s'apprêtaient à raccompagner.

En fin de compte, le sauvetage s'était bien déroulé malgré les émotions indésirables et inattendues que la présence de Jimmy avait réveillées en elle. Et Candice les trouvait d'autant plus déplaisantes qu'après la désertion de son premier amour elle avait tout de même rencontré le bonheur.

Mais oui ! C'est d'ailleurs pour cela que tu as divorcé !

Chad l'avait quittée quand elle avait eu le plus besoin de lui.

Exactement comme Jimmy.

Nouvelle pensée qu'elle chassa sans attendre. Depuis le départ de Jimmy Liu, elle avait mûri. C'était seule qu'elle avait fait le deuil de son frère et pris soin de ses parents. Puis qu'elle avait dépassé son amour ridicule pour Jimmy et gardé de lui le seul souvenir de son abandon.

Sauf que quand elle le regardait aujourd'hui, c'était comme si rien de tel n'était advenu. Sa seule présence la ramenait à leurs jours heureux, à l'époque où elle le prenait encore pour l'homme de sa vie et où Logan était encore là.

— Tout va bien ? demanda-t-elle à Jimmy qui arrivait vers elle. Il va falloir obtenir de l'hôpital ton autorisation d'accompagner et de suivre toi-même tes patients. C'est toi qui aurais dû te trouver dans cet hélicoptère, et non Stu.

Elle eut l'impression de voir une sorte de peur passer dans le regard de Jimmy. Puis tout redevint normal, et celui-ci risqua même un sourire Mais crispé et faux, comme s'il dissimulait un secret.

— Es-tu sûr que tout va bien ? demanda-t-elle, gênée.

— Pour être honnête, je ne suis pas trop fan des avions et des hélicoptères. Et je n'aime pas voler. Ça me rappelle...

Jimmy hésita. Ses lèvres se pincèrent.

— Aucune importance...

Elle eut alors le sentiment que ce qu'il voulait dire avait, au contraire, beaucoup d'importance. Mais cela ne la regardait pas. Quand Jimmy l'avait quittée, elle lui avait fermé son cœur. Aujourd'hui, une seule chose devait compter : qu'il se sente à l'aise dans son travail pour tenir le rôle qui lui reviendrait peu à peu au sein de Mountain Rescue.

Car, s'il avait changé, elle aussi avait changé. En dix ans, elle aussi était devenue quelqu'un de différent.

Vraiment ?

Elle devait garder ses distances avec lui.

— Nous ferions mieux de rentrer à Jasper, dit-elle très vite. Nous étudierons cette première mission en détail.

— Bonne idée, chef, dit Jimmy.

Mais il évita son regard tout le temps où il l'aida à ranger son matériel.

Elle jura en silence. Pourquoi ne pas l'avoir laissé rentrer avec l'ambulance ? De son côté, elle aurait pris le pick-up ! Faire le point sur leur sauvetage n'avait rien d'urgent.

Décidément, elle détestait que cet homme la rende irrationnelle à ce point. Tout comme elle détestait qu'en sa présence elle redevienne la fille qui avait si peu confiance en soi.

La fille qui avait été amoureuse de Jimmy Liu.

3

Il faut que tu te reprennes, Jimmy.

Jimmy savait que travailler pour Mountain Rescue l'amènerait à prendre des hélicoptères. N'avait-il d'ailleurs pas grandi en les regardant passer dans le ciel ? Oui, mais depuis sa dernière mission au Moyen-Orient ils lui faisaient peur. Ils restaient pour lui la cause de l'explosion qui l'avait blessé et avait tué Logan.

Aujourd'hui, il s'était senti bien pendant le sauvetage, mais seulement jusqu'à l'arrivée de l'hélicoptère. Comment avait-il pu oublier qu'un sauvetage de ce genre nécessitait la présence d'un hélicoptère ? Et pourquoi n'avait-il pas réussi à surmonter son malaise ?

Lui qui avait pensé en être débarrassé...

Combien de temps avait-il passé avec Kristen, sa thérapeute, pour dépasser son traumatisme ? Quatre ans plus tôt, devant le spectacle de Candice, vivant mariée et heureuse à Jasper, il avait décidé de s'améliorer. Aussi, dès son retour à Toronto, il n'avait pas attendu pour consulter Kristen et s'attaquer au traumatisme de sa blessure.

De la mort de Logan.

De la perte de Candice. Période difficile de son existence où il admettait avoir manqué de prudence. Mais, pendant ces années, tout ne s'était pas si mal passé non plus.

Quelque chose de bien était advenu.

Marcus.

Certes, ce n'était pas ainsi que Jimmy avait imaginé sa vie, mais devenir père l'avait aidé à combler le fossé avec son propre père et sa mère, à porter sur sa relation avec eux un autre éclairage, à savoir à quel point un parent pouvait vouloir subvenir aux besoins de son enfant même si cela l'obligeait à prendre des décisions parfois difficiles. Oui, la naissance de Marcus l'avait remis sur les rails et rapproché de sa famille.

Aujourd'hui, Jimmy aurait fait n'importe quoi pour que son existence continuât à tourner autour de celle de son fils.

Mais, pour cela, il devait d'abord maîtriser sa peur des hélicoptères. Tout à l'heure, il avait regardé les soignants charger Reggie dans l'appareil sans même proposer son aide tellement il était tétanisé. Ce spectacle l'avait inquiété pour Candice et ramené au jour où Logan était mort. Un missile avait touché l'hélicoptère venu l'évacuer, et tué les passagers.

Nous ne sommes pas en guerre. Candice est en sécurité.

Quoi qu'il en soit, il y avait longtemps qu'il n'avait pas vécu un épisode aussi angoissant que celui d'aujourd'hui.

Un bruit sourd l'arracha à ses pensées. Le pick-up ralentit.

— Oh non ! s'écria Candice en allumant ses feux de détresse et en dirigeant en toute hâte le pick-up vers l'accotement.

Ce point de vue donnait sur la rivière Athabasca et sur les sommets de la Roche de Smet et de la Gargoyle. Mais le brouillard était tel que l'on ne voyait rien et que l'endroit était désert.

— Nous avons un pneu à plat ? demanda Jimmy.

— Oui, répondit Candice en arrêtant le pick-up avec un juron.

Puis, avec un soupir las, elle laissa aller sa tête contre le volant.

— Allez... Je suis sûr que tu sais changer un pneu. Je veux dire qu'avec ton frère on t'a souvent montré comment faire.

Elle le fixa.

— Je suis parfaitement capable de changer un pneu.

— Alors pourquoi avoir juré ?

— Parce qu'un pneu à plat, avec toi dans le pick-up, est bien la dernière chose que je voulais.

— Qu'est-ce que cette remarque est censée vouloir dire ? demanda-t-il en arquant un sourcil.

Sans répondre, elle détacha sa ceinture de sécurité et ouvrit sa portière pour sortir.

Jimmy se sentait confus. Qu'avait-il fait ? Cette Candice n'était pas celle qu'il se rappelait. Celle-ci était si tendue !

Et malheureuse.

Que sais-tu du bonheur ? Quand as-tu été heureux pour la dernière fois ?

Avec un soupir, il détacha à son tour sa ceinture de sécurité et alla rejoindre Candice. Elle avait déjà sorti le matériel et disposait des cônes de sécurité autour du véhicule.

— Nous nous trouvons en hauteur, dit-il. Personne ne risque de nous percuter, tu sais...

— Avec un brouillard pareil, il n'y a rien de moins sûr.

— Peut-être... Bon, je vais finir, dit-il en prenant les derniers cônes. As-tu besoin de moi pour le reste ?

— Non.

— Ah ! Tu vas changer la roue toi-même.

— Non. On ne peut pas changer une roue quand il n'y en a pas.

— Que... Que veux-tu dire ?

Elle eut un geste trahissant son exaspération.

— Qu'il n'y a pas de roue de secours.

Perplexe, Jimmy se pencha vers le pneu crevé.

— Ah ! je vois. C'était *déjà* la roue de secours.

Candice s'éloigna en pestant, le téléphone à la main.

Ils allaient devoir être remorqués et conduits à la gare.

— Et voilà, dit-elle en revenant un instant plus tard. Maintenant, à part attendre la dépanneuse, je ne vois pas ce que nous pouvons faire...

— Ont-ils précisé dans combien de temps ils seraient là ?

Jimmy avait promis à ses parents de ne pas passer trop tard pour récupérer Marcus, car le petit les connaissait mal. À Toronto, il ne les avait guère vus. Maintenant, il apprenait à les connaître, mais il était timide et préférait avoir son père dans les parages.

— Tu es pressé ? demanda Candice.

— Je dois aller récupérer mon fils.

Elle écarquilla les yeux.

— Ton… Ton fils ?

— Oui.

— Je ne savais pas que tu avais un fils.

— Normal, c'est la première fois que je t'en parle, répliqua-t-il d'un ton taquin.

Elle le rejoignit.

— Donc, ta femme t'attend chez vous.

— Ma femme ?

Il secoua la tête en riant.

— Non. Je ne suis pas marié, et la mère de Marcus ne fait pas partie de ma photo de famille.

Jennifer n'était passée, dans sa vie, que le temps d'une nuit, et il n'avait appris sa paternité que quand Marcus avait six mois, le jour où Jennifer avait déposé le couffin sur son palier. Il lui en avait longtemps voulu de lui avoir caché qu'elle était enceinte parce qu'il n'avait pas été présent à la naissance du petit. Mais, aujourd'hui, il n'y pensait plus. Marcus était comme un cadeau du ciel, et ce cadeau se trouvait avec lui !

— Où est la mère de Marcus ? Elle vit à Jasper ? s'enquit Candice en s'asseyant près de lui sur la glissière de sécurité.

— Non, elle est de Toronto et était en service hors du Canada, comme moi. Nous ne nous sommes vus qu'une fois. Elle m'a laissé Marcus six mois après sa naissance, comme si elle le rejetait. Apprenant qu'elle souffrait de stress post-traumatique, je l'ai cherchée pour tenter de l'aider, mais avant que j'aie pu faire quelque chose, elle avait trouvé la mort dans un accident. Depuis un an, Marcus et moi vivons tous les deux, et j'essaye d'être à la hauteur. Le silence de Jennifer sur sa grossesse m'avait mis très en colère, tu comprends ?

— Oui, répondit Candice en détournant le regard.

Jimmy ne pouvait croire qu'il osait faire cette révélation qui, de plus, mettait Candice visiblement mal à l'aise.

Même à ses parents, il n'avait rien révélé. Le fait qu'ils l'aient abandonné à lui-même quand il était petit pour s'occuper de leur motel l'avait empêché d'éprouver pour eux la confiance qui lui manquait encore aujourd'hui… Qui lui manquait, à vrai dire, envers beaucoup de monde.

— Je suis désolée pour la mère de Marcus, dit Candice. Quel âge a ton fils ?

Jimmy sourit.

— Il aura bientôt deux ans, et c'est un sacré numéro.

— Qui le garde en ce moment ?

— Ma mère. Elle adore son rôle de grand-mère.

Le sourire que lui adressa Candice eut quelque chose de triste.

— Elle a de la chance. Ma mère aussi aurait adoré devenir grand-mère. C'est ce qu'elle a dû espérer quand je me suis mariée. Mais cela n'est jamais arrivé.

— Pourquoi ?

Candice soupira.

— Elle est morte un an après mon mariage, mais même si elle avait vécu, cela ne se serait pas produit car Chad ne voulait pas d'enfants. Au début, il avait dit oui, mais après quelques mois de mariage il avait changé d'avis.

— Votre divorce remonte à combien de temps ?

— Trois ans. Notre mariage n'en a duré que deux. Nous nous sommes séparés quand mon père est tombé malade. Chad voulait reprendre ses études de médecine, mais il était impossible pour moi de laisser papa tout seul à Jasper.

— Désolé d'apprendre que ça n'a pas marché.

Mais, en fait, une part de lui-même, étonnamment importante, n'était *pas* désolée. Il regarda Candice, assise près de lui sur la glissière de sécurité en plein brouillard. Ses cheveux noirs et brillants avaient beau être tirés en arrière comme avant, elle était aujourd'hui une femme très différente de celle qu'il avait laissée en partant. Et pas seulement parce qu'un uniforme de secouriste remplaçait sa chemise de flanelle, son jean troué et ses Converse… C'était à travers sa voix et son regard qu'il captait ses changements les plus radicaux, ceux qu'elle lui dissimulait. À présent, au lieu de garder la tête baissée et d'avoir des mèches lui balayant le front, elle regardait droit devant elle, les bras croisés et l'air déterminé.

Non, elle n'était plus celle dont il était tombé amoureux.

Il tourna la tête pour jeter un coup d'œil, à travers le brouillard moins épais, à l'Athabasca. Elle coulait avec lenteur, ses eaux gonflées par les fontes de l'été, et était si large en cet endroit qu'elle ressemblait à un lac.

Ils se trouvaient tout près de l'endroit où ils avaient campé, le fameux soir où tout avait changé entre eux.

— Tu te rappelles la fois où Logan est allé prendre un bain de minuit ? C'était juste en face d'ici...

Un sourire étira les lèvres de Candice.

— J'essaye au contraire de ne pas trop m'en souvenir. Je veux dire que je n'étais pas précisément fière de voir mon grand frère décider de retirer tous ses vêtements et de partir en courant vers la rivière.

— Il avait trop bu.

— Je m'en souviens aussi, dit-elle avec un sourire forcé. Et c'est un souvenir pénible.

— Allez... C'était quand même drôle.

— Tu dis ça parce que tu n'as pas de frères et sœurs, et que tu ne sais pas à quel point il peut être déstabilisant de voir son frère se dénuder, comme ça, sous tes yeux.

Elle se passa une main sur le visage.

— Tous les deux, vous n'arrêtiez pas de faire n'importe quoi et de m'entraîner dans vos bêtises.

— Nous n'avions pas vraiment besoin de t'entraîner. Il me semble que tu venais de ton propre gré.

Il vit les joues de Candice se teinter de rose. Elle lui jeta un regard bref puis détourna les yeux.

— C'est surtout que... je n'avais pas beaucoup d'amis. Logan était mon frère *et* mon ami.

— Et moi alors ?

L'ombre rose s'intensifia sur les joues de Candice.

— Que veux-tu dire ?

— Est-ce que je n'étais pas ton ami ?

Qu'est-ce qui te prend, mon vieux ?

Qu'essayait-il de faire exactement ? Ne s'était-il pas promis de traiter Candice sans familiarité ? N'était-elle pas sa chef et ne lui avait-elle pas fait comprendre que leur relation devait rester purement professionnelle ?

Oui, mais chaque fois qu'il se trouvait à son côté, les sentiments qu'il avait éprouvés pour elle autrefois remontaient à la surface. Oui, malgré l'éloignement, il était clair que ses sentiments pour elle n'avaient pas faibli. Le simple fait de la sentir assise tout près de lui affolait son cœur. Il tendit la main pour lui effleurer le visage et la sentit frémir.

— Non. J'ai pensé que tu l'étais, mais tu ne l'étais pas.

Puis elle se leva et commença à s'éloigner.

Jimmy se sentit déçu, mais qu'avait-il espéré ? Après l'avoir laissée tomber comme il l'avait fait...

Il se passa une main dans les cheveux.

— Je suppose que je mérite ça, murmura-t-il.

Candice pivota sur ses talons.

— Quoi « ça » ?

— Ton rejet. J'ai beaucoup à me faire pardonner...

— En effet.

Comme il se mettait à fixer ses pieds, ne sachant que dire, Candice soupira.

— D'accord, tu étais aussi mon ami. Mais un ami pas fiable.

La sentence était dure. Il eut néanmoins un petit sourire parce qu'elle lui avait offert une porte de sortie. Pour cette fois...

— C'est-à-dire ? demanda-t-il, saisissant la perche qu'elle lui tendait.

— Tu m'as laissé voir mon frère et ses fesses nues sans faire mine d'intervenir.

Une étincelle avait brillé au fond du regard de Candice. La Candice qu'il connaissait. Celle d'avant. En ce temps-là, elle avait beau être timide, elle pouvait vous faire mordre la poussière d'un seul coup. C'était du reste l'un des nombreux côtés qu'il adorait chez elle.

— C'est vrai, ça fait de moi un ami pas fiable...

Puis il se leva de la glissière de sécurité et fixa un point droit devant lui. À travers le brouillard, il parvenait maintenant à distinguer la Gargoyle.

— On t'a probablement emmenée dans un tas d'endroits où tu ne désirais pas aller.

— Qu'est-ce qui te faire dire ça ?

— Eh bien, à l'époque, les filles de ton âge n'aimaient pas trop traîner dans les bois ou... enfin, toutes ces idioties que Logan et moi avions coutume de faire.

Candice souriait lorsqu'elle s'approcha de lui.

— Souvent, je les aimais bien, vos idioties, à Logan et à toi. Et puis, je ne m'entendais pas avec les autres filles. C'est d'ailleurs pour ça que les garçons ne me proposaient pas de sortir avec eux. Je n'étais pas assez féminine.

— Je ne dirais pas ça, répliqua-t-il en secouant la tête.

Comme elle levait vers lui un regard interrogateur, il ajouta :

— Les gars t'aimaient bien, Candice. C'est juste que tu ne le remarquais pas.

Il fit un pas vers elle tout en se retenant de lui effleurer la joue, de l'enlacer, de l'embrasser.

— *Moi*, je t'aimais bien.

Elle rosit de plus belle.

— Moi aussi.

Toutes les pensées de Jimmy convergeaient vers leur nuit passée au bord de l'eau. Son cœur battait à ses oreilles quand il s'approcha plus près.

— Celle nuit-là...

— Non..., dit-elle dans un souffle.

— Candice...

Comme elle se mordillait la lèvre inférieure, il se pencha vers elle, incapable de résister davantage.

Un coup de klaxon perçant le silence le fit se reculer. La dépanneuse venait d'arriver.

— Je ferais mieux de... d'aller parler au conducteur, dit Candice sans oser le regarder.

Puis elle s'éloigna tandis qu'il se frottait la joue, perturbé d'avoir perdu ainsi ses moyens. Après tout ce temps...

Candice dut rester tard pour achever de remplir le dossier de Reggie. Avec Jimmy, ils avaient regagné la base sans qu'ils échangent sur autre chose que le travail. Une fois leur service terminé, Jimmy s'en était allé et elle était restée seule pour terminer le compte rendu de leur journée.

Impossible pour autant de focaliser dessus son attention. Ses pensées revenaient sans cesse au baiser qu'ils avaient failli échanger et au fait que Jimmy avait un fils, nouvelle qui réveillait son chagrin d'avoir perdu leur bébé. Celui dont il n'avait rien su.

Il faut que tu lui apprennes ce qui s'est passé.

Bien sûr, mais que dirait-il, lui qui avait été si blessé par le silence de la mère de Marcus ?

La réponse lui faisait peur, à l'instar de l'effet que Jimmy exerçait sur elle.

Avec un soupir, elle se leva pour aller jusqu'à la fenêtre. Quelques mouflons déambulaient dans le parking. Alentour, tout était calme et tranquille. Sauf elle… Voir Jimmy avait réveillé des fantômes du passé qu'elle pensait depuis longtemps disparus. Quelle naïve elle avait été de les croire évanouis…

On frappa un coup à la porte.

— Entrez.

La tête de Stu apparut dans l'embrasure.

— Je rentre d'Edmonton.

— Oh ! ils ont transporté Reggie là-bas ?

— Oui, et vous aviez raison.

— À quel propos ?

— Du mal des montagnes. Reggie a un œdème pulmonaire. On lui a administré de la dexaméthasone, et il se trouve à présent en chambre hyperbare. Il a escaladé trop vite, et son corps n'a pas eu le temps de s'habituer.

— C'est tout de même un peu étrange…, dit-elle, songeuse.

Stu s'adossa à la porte.

— Qu'est-ce qui est étrange ?

— Cet œdème. Reggie s'entraîne. Il fait de l'exercice !

— C'est l'impression qu'il donne.

— Que voulez-vous dire ?

— Qu'il ne fait pas vraiment cela. Son équipier explique qu'il a perdu plus de cinquante kilos en un an. Chirurgie bariatrique… De plus, au lieu de pratiquer une activité régulière, il s'entraîne dans le but illusoire de repousser ses limites. Mais son cœur, plutôt fragile, encaisse mal tout cela.

— Et il en paye le prix aujourd'hui, conclut Candice avec un soupir. Dommage, vraiment…

— En effet. Mais il va s'en sortir. En partie parce que vous lui avez administré de l'oxygène sans perdre une seconde. L'urgentiste de l'hôpital a loué votre intervention.

— Je n'étais pas seule. Il y avait aussi Jimmy, le nouvel urgentiste.

Stu sourit.

— Oui, il a l'air d'un type bien.

— Il l'était… je veux dire, il l'est.

— Je vais rentrer, à présent. Et vous, chef, vous devriez en faire autant. Vous n'êtes pas tout à fait remise de votre mauvaise grippe, alors, ne forcez pas trop.

— D'accord, Stu. Bonne nuit.

Ce dernier s'en alla tandis qu'elle laissait échapper un soupir, heureuse de savoir que Reggie se rétablirait. Quant à l'oxygène, même si elle avait remarqué le bleuissement des doigts du blessé, c'était Jimmy le premier qui avait suggéré d'en administrer.

Oui, ils avaient effectué du beau travail ensemble.

Dix ans plus tôt, Jimmy lui avait déclaré qu'elle était trop « spéciale pour s'enterrer à Jasper ». Et il était vrai qu'elle regrettait parfois de ne pas avoir terminé ses études de médecine. L'aurait-elle fait qu'elle serait aujourd'hui diplômée. Comme Chad. Mais elle était restée avec son père malgré son insistance pour qu'elle reprenne sa médecine.

Aujourd'hui, qu'est-ce qui t'empêche de le faire ?

En dehors de son travail de secouriste, rien. Mais il était précisément si important ! Oui, chaque journée où elle sauvait une vie comme aujourd'hui la convainquait que la sienne valait la peine d'être vécue.

Mais tu es seule.

En effet. Comment le nier ? Elle était seule et quand elle

acceptait de le reconnaître, elle se demandait ce qu'aurait été sa vie si elle n'avait pas perdu son bébé.

Mais elle avait eu quelqu'un, au nom du ciel ! Jimmy !

Elle éteignit son ordinateur, attrapa son sac, sa veste, et sortit. Ce matin, à son réveil, elle ne s'interrogeait pas sur son existence… Puis Jimmy avait franchi sa porte.

Importun fantôme du passé.

Importun ? Vraiment ?

Elle secoua la tête. Il fallait qu'elle sorte Jimmy Liu de son esprit. Il s'agissait de *sa* vie. Et les fantômes n'y avaient pas leur place.

4

Au moment où elle entrait sur l'autoroute, Candice se rappela qu'elle n'avait rien à manger chez elle. Or, elle n'avait pas du tout envie de s'acheter un plat à emporter.

D'habitude, elle faisait ses courses à l'extérieur de Jasper, surtout en haute saison, quand les prix augmentaient. Mais ce soir, l'idée de rouler jusqu'à Hinton ne la tentait pas. Aussi s'arrêta-t-elle chez elle pour se changer et prendre deux sacs en toile. À peine un quart d'heure plus tard, elle avait presque couvert le kilomètre qui la séparait de sa petite épicerie.

Le centre-ville de Jasper respirait la joie de vivre sous le soleil d'été presque à son solstice. En général, Candice fuyait la cohue des touristes parfois bruyante. Mais, ce soir, la distraction tombait bien. Elle lui faisait oublier Jimmy.

— Hé ! Candy !

Elle se retourna et le vit. Jimmy... Dans ses bras, sa copie conforme en miniature, à cette différence que les lèvres du petit étaient barbouillées de chocolat. L'enfant la regarda en souriant tandis que ses joues poupines se creusaient d'une fossette. Sans crier gare, il enfouit la tête dans l'épaule de Jimmy, et son T-shirt blanc changea de couleur.

Elle eut un petit rire devant le spectacle de Jimmy qui regardait le désastre, les yeux ronds.

— Je ne m'attendais pas à te rencontrer ici, dit-il enfin.

Moi encore moins...

— J'avais quelques courses à faire et envie de me dégourdir les jambes.

Quand les yeux de Candice revinrent vers l'adorable enfant accroché à son père, elle se sentit fondre, se languissant soudain de celui qu'elle aurait pu avoir.

— Je ne crois pas me tromper en pensant que c'est ton fils.

— Oui. Voici Marcus… avec ce qui reste de sa glace.

L'enfant la considérait maintenant d'un air timide.

— Bonjour, Marcus. Comment vas-tu ? demanda-t-elle, amusée.

Le petit sourit sans retirer la tête de l'épaule paternelle.

— Voici Candy, Marcus. Elle est la chef de papa et son amie de longue date.

Sans cesser de le regarder, l'enfant lui étala doucement du chocolat sur la joue.

— Merci, mon chéri, dit Jimmy. J'apprécie beaucoup…

Candice éclata de rire.

— Je trouve que ça te va très bien !

— Merci à toi aussi, répliqua Jimmy, pince-sans-rire. Cela dit, si tu avais un mouchoir en papier ou quelque chose d'approchant… Il se trouve que j'ai les bras un peu pris…

— Bien sûr, dit-elle en sortant de son sac une lingette humide pour nettoyer le visage de Jimmy.

Quand elle eut terminé, l'enfant lui tendit ses mains potelées sans un mot tout en la dévisageant avec intensité.

— Tu veux que je les nettoie aussi ?

Marcus acquiesça de la tête et rit aux éclats lorsqu'elle lui prit les mains et commença à les frotter.

— Merci encore ! dit Jimmy. C'est ce qui s'appelle sauver une situation…

— De rien. Que faites-vous dehors à cette heure-ci ?

— J'ai emmené Marcus au parc et, là, nous avons eu envie d'une glace au chocolat. Quand tu es apparue, nous partions faire quelques courses pour *năinai* à l'épicerie.

— C'est justement là que je me rends aussi.

— Si on y allait ensemble ?

Réponds non. Réponds non !

— Bien sûr.

Ils se remirent en marche tandis que Marcus, fatigué, glissait le pouce dans sa bouche et laissait retomber la tête contre le cou de son père.

— Il est vraiment adorable, dit-elle sans pouvoir détacher ses yeux de lui.

Elle ignorait le sexe du bébé qu'elle avait perdu, mais elle avait plutôt pensé à un garçon.

— Il a presque deux ans, c'est ça ?

— Oui. Hein, petit gars ?

Marcus hocha la tête.

— Votre promenade dans le parc paraît l'avoir épuisé.

Jimmy changea son fils de bras et sourit.

— Il faut dire qu'il a beaucoup joué. À Toronto, le parc du quartier où nous vivions n'était pas un endroit très sûr, et nous ne le fréquentions pas beaucoup. J'ai bien fait de revenir ici.

— Telle que je la connais, ta mère doit être ravie.

Candice savait en effet que, malgré leurs différends, Jimmy avait manqué à ses parents dont il était le fils unique.

— Ma mère est heureuse au-delà du possible. Elle est venue passer quelque temps à Toronto à l'époque où j'ai découvert que j'étais père d'un enfant, car j'ignorais tout de ce qu'il fallait faire, et elle m'a aidé. C'est elle ensuite qui a insisté pour que je rentre à Jasper. Mais avant d'obtempérer, il a fallu que je règle quelques affaires.

— Je parie que ta mère t'a supplié de venir t'installer chez elle.

— Exact, dit-il en riant. Malgré tout, j'ai préféré louer quelque chose en bas de la rue où habitaient tes parents. C'est petit mais suffisant pour Marcus et moi.

Elle déglutit.

— Tu… Tu es donc mon voisin.

— Tu habites toujours chez eux ?

— C'est chez moi depuis qu'ils sont morts.

L'expression de Jimmy se fit plus douce.

— C'est vrai… Excuse-moi.

— Il n'y a pas de mal.

Ils étaient arrivés à l'épicerie. Marcus protesta un peu quand Jimmy l'installa dans le chariot équipé d'un petit siège, mais il sourit dès que son père engagea le Caddie dans le magasin.

— La liste de ma mère n'est pas longue, dit-il en ouvrant une feuille pliée en quatre. Et puis, dès que je lui aurai installé un siège bébé à l'arrière de sa voiture, elle se fera une joie d'aller jusqu'à Hinton en compagnie de Marcus. Mais... Où diable se trouvent les noix de muscade ? Et d'abord, c'est quoi, une noix de muscade ?

— D'abord ? Eh bien, *d'abord*, c'est une épice, répliqua Candice, amusée. Comment as-tu pu survivre tout seul à Toronto ?

— Grâce aux plats à emporter, répondit-il en prenant quelques bananes.

Comme Candice pouffait, Marcus leva la tête vers elle avec un sourire. Elle ne put s'empêcher de le lui rendre. Il était si craquant ! Et son charme valait celui de Jimmy... Mais il la ramenait aussi au bébé qu'elle n'avait pas eu, et à ce qui lui manquait le plus : une famille.

— J'ai vu Stu, tout à l'heure, reprit-elle pour ne plus y songer. Il rentrait d'Edmonton. Reggie est sauvé.

— Ravi de l'apprendre. Ont-ils diagnostiqué le mal aigu des montagnes ?

— Oui, répondit-elle en prenant un flacon de noix de muscade qu'elle lui tendit. Il l'avait.

Jimmy examina le flacon, les sourcils froncés, avant de le poser dans le chariot.

— On utilise ce produit pour quoi faire ? Il sent fort.

— Pour cuisiner des plats.

— Beurk !

Ils tournèrent dans l'allée.

— En ce qui concerne un éventuel OPHA, en sait-on plus ?

— C'était bien un œdème pulmonaire de haute altitude.

— Ah ? Reggie est pourtant athlétique.

— Il semble en fait qu'il avait perdu trop de poids trop vite et qu'il se surentraînait.

— Beaucoup de gens pensent que maigrir assure une meilleure santé, mais ce n'est pas vrai si on ne remplace pas, en partie, la graisse perdue par du muscle. En tout cas, cela explique sans doute pourquoi il est devenu un peu fou et a voulu descendre le canyon à toute vitesse.

— Je ne crois pas que l'on puisse tout attribuer au MAM, commenta-t-elle en ajoutant ses propres courses au contenu du chariot. Sans en être atteints, bien d'autres randonneurs s'attaquent à des défis dangereux.

— Oui. C'est pourtant pure stupidité de leur part.

Elle eut un petit sourire en coin.

— Bienvenue à Mountain Rescue…

Quand Jimmy lui rendit son sourire, une étincelle s'était allumée dans son regard. Celle qui lui transformait les jambes en coton. Échanger avec lui était si facile…

Vous pourriez être amis. Ne l'étiez-vous pas, avant ?

— Je suis content de faire partie de Mountain Rescue, de pouvoir mettre en application ce que j'ai appris dans les forces armées canadiennes et de pouvoir accomplir cette mission dans ma ville natale.

Candice ne put s'empêcher de songer à ce soir lointain où il lui avait annoncé qu'il quittait la ville dont il n'avait rien à attendre. Aujourd'hui, soit dix ans plus tard, il se proclamait heureux d'y être revenu.

— Aurais-tu réalisé tes erreurs de jugement d'alors ?

— Quelles erreurs de jugements ?

— À l'époque, tu m'as dit n'avoir plus rien à espérer ici.

Jimmy eut l'air confus.

— J'ai dit ça ?

— Oui.

— Quand ?

— Juste avant ton départ avec Logan pour votre formation initiale. La nuit où nous avons…

Elle se tut tandis qu'il se raclait la gorge et détournait les yeux.

— C'est vrai. Depuis, j'ai compris que j'étais un parfait crétin.

— On ne peut pas dire le contraire, murmura-t-elle en s'éloignant dans l'allée suivante.

Quand ils eurent terminé leurs achats, ils regagnèrent le

parking du centre-ville. Candice transféra leurs courses dans le coffre du véhicule de Jimmy tandis que celui-ci installait Marcus, qui s'était endormi, dans son petit siège.

— Veux-tu que je te raccompagne ? Nous sommes presque voisins...

— Merci, ça va aller.

— Il fait déjà presque nuit, et ça ne me dérange pas. Laisse-moi te raccompagner.

Elle se mordilla la lèvre inférieure, convaincue qu'elle devait refuser. Sauf qu'à chaque minute qui passait, la crème glacée qu'elle avait achetée oubliait sa condition de glace pour ne retenir que celle de crème...

— D'accord, merci, dit-elle en montant à l'avant.

Jimmy démarra.

— À présent, comment quitte-t-on ce centre-ville ?

— À gauche au bout de la rue et, ensuite, tout droit.

Dans moins de cinq minutes, elle se retrouverait tout à fait à l'ouest de Jasper, devant sa petite maison de rondins et de pierre face à la forêt et aux vastes étendues du parc national.

Jimmy s'arrêta derrière sa voiture, dans l'allée.

— Merci pour le bout de chemin, dit-elle.

Il hocha la tête.

— Avec plaisir. On se voit demain au travail.

— Oui. Il faut que l'on s'entraîne à grimper.

— J'ai hâte de m'y mettre.

— À ta place, je ne serais pas si pressé, dit-elle, taquine.

Puis elle quitta le véhicule et remonta l'allée. Elle ne se retourna pas. Elle ne voulait pas se retourner.

Avec Jimmy, ils pourraient redevenir amis, mais c'était tout. Même s'il réveillait en elle d'anciens sentiments, elle ne mettrait pas une seconde fois son cœur en danger. Bientôt, elle trouverait le courage de lui parler du bébé qu'elle avait perdu, puis elle se tiendrait à distance.

Jimmy demeura quelques instants dans l'allée de Candice pour s'assurer qu'elle rentrait en sécurité. Se trouver devant l'ancienne maison de M. et Mme Warner était un peu surréaliste. Il y avait passé tant de bons moments avec Logan. Avec Candice.

C'était souvent qu'il pensait à cette petite maison de rondins, de pierre et de bois. À toutes les fois où, avec Logan, ils baguenaudaient dans la petite pinède située à l'arrière et descendaient jusqu'à la source. À la manière dont se détachait la pointe de Whistlers Peak et à la minuscule station haut perchée où, en empruntant le téléphérique, les touristes montaient contempler Jasper d'en haut.

Combien de soirs d'été avait-il passés assis sous le porche de la maison ou à jouer au basket ?

Il était si dur de croire que les Warner avaient disparu.

Et que Candice était toute seule.

Jamais il n'aurait dû partir. Quelle idiotie d'avoir agi ainsi ! En restant, il serait devenu urgentiste à Jasper et aurait pu être avec Candice. Et les derniers instants de Logan n'auraient jamais existé.

Mais il n'aurait pas eu Marcus.

Un coup d'œil dans le rétroviseur lui montra son fils endormi. Il sourit.

Dans la chambre de Candice, la lumière s'alluma. Il remit le contact et quitta lentement l'allée vers la maison de ses parents située de l'autre côté de la ville, près du quartier des hôtels. Après avoir dirigé leur motel, ils l'avaient vendu et étaient maintenant à la retraite.

Quant à la proposition de sa mère de venir vivre chez eux, il avait préféré la décliner pour que dure leur bonne entente toute neuve. Vivre seul avec Marcus était préférable.

Sa mère le rejoignit alors qu'il coupait le contact.

— Tu es en retard.

— Désolé, j'ai rencontré Candice Warner. Elle rentrait à pied avec ses courses et je lui ai proposé de la raccompagner.

— C'est gentil de ta part…, dit-elle en le fixant.

— Elle est aussi ma chef. Je crois aussi qu'elle n'est plus Candice Warner. Elle s'appelle Lavoie maintenant.

— Oui, mais elle est divorcée, répliqua sa mère en ouvrant sans bruit une portière à l'arrière pour prendre un sac de courses.

Jimmy haussa un sourcil.

— Ça ne change rien au fait qu'elle soit ma chef.

— D'accord, mais comme tu mentionnais son changement de nom, je ne pouvais pas deviner que tu étais au courant pour le divorce.

— Savais-tu que Candice serait ma chef, maman ?

Les yeux de sa mère s'écarquillèrent.

— Bien sûr.

— Tu aurais pu me prévenir. Pourquoi ne l'as-tu pas fait ?

— Pour te dire quoi ? Tu étais juste ami avec elle et Logan. Je ne pensais pas que c'était très important. Est-ce que ça l'est ?

Eh oui…

Mais il ne pouvait pas le reconnaître. Sa mère ignorait ce qu'il avait vécu avec Candice dix ans auparavant. S'il avait su que celle-ci serait aujourd'hui sa chef, il aurait quand même accepté le poste, mais se serait préparé à la revoir. Alors que, maintenant, il allait *devoir* s'habituer à leur rencontre quotidienne au même titre qu'à l'utilisation des hélicoptères pour les sauvetages. Sauf que Candice lui était interdite et que les hélicoptères faisaient partie de son travail.

Bravo ! Comparer Candice à des hélicoptères…

— Non.

— Bien. As-tu trouvé tout ce qui était sur la liste ?

Il passa l'anse du second sac de courses sur un bras, prit Marcus dans l'autre, et suivit sa mère qui remontait l'allée.

— Oui.

— Et pourquoi mon petit-fils est-il tout poisseux ?

— Crème glacée.

Mme Liu fit la grimace en entrant dans la maison.

Avec un soupir, Jimmy alla mettre le sac dans la cuisine et déposa un instant le petit endormi sur le canapé. Puis il leva la tête vers la lune à moitié pleine, toute blanche dans le ciel presque noir. Cette pensée lui arracha un sourire. Candice, cette nuit-là, près de la rivière…

Et Candice toute seule à présent, à seulement une rue de chez lui. Mais il ne pouvait rien faire.

Avec son fils, avec le traumatisme de son enfance, il devait la tenir à distance. Juste comme Logan le lui avait demandé... Elle était libre. Pas lui.

5

Assis sur l'herbe en compagnie du reste de l'équipe de Mountain Rescue avec qui il venait de remonter le sentier Overlander, Jimmy fronça les sourcils. Ils étaient censés attendre l'arrivée de Candice. Mais comment parviendrait-elle à la prairie alors qu'aucun chemin ne permettait d'y accéder en voiture ? Aussi se préparait-il à la voir arriver en hélicoptère et, pour ne pas perdre la confiance de ses collègues, à dominer sa panique.

— Est-elle toujours aussi en retard ? demanda-t-il.

— De temps en temps, répondit Stu. Tout dépend si elle peut faire approuver son plan de vol ou si le ciel au-dessus de l'aéroport est trop bouché.

— Son plan de vol ? répéta-t-il, le cœur battant la chamade, en se redressant. Elle… Elle pilote ?

Stu hocha la tête.

— Oui. Mais aujourd'hui, je crois que c'est Nigel qui est aux manettes. Lui aussi est nouveau. Quatre mois…

Jimmy n'en croyait pas ses oreilles. Candice était pilote d'hélicoptère !

À l'idée qu'elle ait un accident, il sentit une boule d'angoisse lui nouer le ventre.

— Quand on parle du loup…, dit Stu en se levant. Voici Nigel qui arrive. Je parie que Lavoie est avec lui.

Jimmy ne parvenait plus à bouger. Il ferma les yeux, convoquant dans sa mémoire les trucs que Kristen lui avait appris pour se reprendre quand la panique menaçait.

D'abord, se rappeler qu'il se trouvait dans une prairie où il avait passé son temps avec Logan quand ils étaient enfants.

Avant qu'il parte à l'étranger.

« Aux abris ! » avait hurlé Logan pour couvrir les coups de feu.

Jimmy s'était dirigé vers l'hélicoptère, mais avant que celui-ci ait pu atterrir, il explosait dans une boule de feu qui le projeta violemment au sol. Autour de lui, les explosions s'étaient enchaînées. Comme il se protégeait, il avait vu le mur s'écrouler dans sa direction et celle de Logan…

Le cauchemar se dissipa quand les hélices de l'appareil s'arrêtèrent. Candice descendit tandis qu'il chassait de son cerveau ces dernières images atroces. Il avait un travail à accomplir, et Candice était sa chef. La voyant tendre du matériel à Stu, il réussit à se lever et à se rendre jusqu'à l'appareil. Elle lui lança un sac qu'il alla déposer là où Stu et Kate rassemblaient le matériel.

Il fallait qu'il se reprenne, qu'il…

— Ça va, Jimmy ?

Candice arrivait à sa hauteur.

— Oui.

À sa façon d'incliner la tête, il comprit qu'elle ne le croyait pas. Mais cela lui était égal. La réponse ne la regardait pas vraiment. Tout comme ne le regardait pas qu'elle prenne le risque de piloter des hélicoptères.

Tiens bon.

— On va aller tous les cinq répéter un sauvetage dans l'arrière-pays. Pour commencer, il faut lister le matériel à notre disposition et étudier les premiers secours à apporter aux blessés devant être évacués.

— Dans ces cas-là, tu te sers de l'hélicoptère, non ?

Elle plissa les yeux.

— Nous imaginons une situation où on ne peut approcher le site en hélicoptère.

— Dans ce cas, pourquoi l'avoir pris aujourd'hui ? Tu pouvais venir avec nous à pied, marmonna-t-il.

Ses nerfs craquaient. Stu, Kate et Nigel le fixèrent, choqués, tandis que Candice faisait un pas vers lui.

— Je voudrais te parler. En privé.

— Tu peux dire tout ce que tu veux devant les autres. Ça m'est égal.

Qu'est-ce qui te prend ? Reprends-toi !

— Non, je ne crois pas.

Elle se tourna vers leurs coéquipiers.

— Nigel, peux-tu commencer sans nous ?

Il acquiesça de la tête Comme il faisait signe à Kate et à Stu de le suivre. Jimmy soupira, énervé contre lui-même.

— Qu'est-ce qui ne va pas ? demanda-t-elle avec fermeté.

— Rien.

— *Rien* ?

— Je sais..., dit-il en se passant une main sur le visage.

— Tu sais quoi ?

— Ma réflexion était déplacée. Je suis désolé.

— Je n'accepterai de personne la moindre tentative pour saper mon autorité devant l'équipe. C'est moi qui suis à la tête de Mountain Rescue. J'y suis parvenue grâce à un travail acharné et à une solide expérience. Celle que tu as acquise dans les forces armées canadiennes ne vaut rien ici. Il s'agit de *mon* équipe. Et c'est *ma* montagne. Compris ?

— Oui. Compris. Ça ne se reproduira plus.

— Veilles-y.

Elle soutint longuement son regard avant de reprendre :

— À présent, j'aimerais profiter de ton expérience dans les hôpitaux de campagne pour que tu prépares un kit chirurgical simple comme celui dont nous avons parlé hier. Penses-tu pouvoir t'en occuper ?

— Oui, répondit-il en hochant la tête. Merci, chef.

— Bien, dit-elle avec douceur avant de s'éloigner

Jimmy se passa une main dans les cheveux.

Liu, tu es un gros ballot.

Il aurait voulu dire à Candice ce qui le perturbait, évoquer ce jour où l'hélicoptère... Mais cela l'aurait amené à parler de la mort de Logan. Et il n'avait pas les mots...

Il ne voulait pas non plus décevoir Candice ni qu'elle le prenne pour un faible. Rester membre de son équipe était important pour lui. Pas question, donc, qu'elle le mette sur la touche à cause de ces stupides hélicoptères et de leurs effets sur lui.

Son rêve était de faire ce qu'il aimait le plus : sauver des vies dans la région qu'il n'aurait jamais dû quitter.

Candice ignorait ce qui avait pris à Jimmy. La veille, en la reconduisant chez elle après les courses, il semblait pourtant bien, et elle avait aimé leur long moment partagé avec son petit garçon. À tel point, même, que cela l'effrayait.

Mais, apparemment, elle s'était trompée. Moins de vingt-quatre heures après son retour, elle avait déjà renoué avec certaines émotions bien trop connues : le cœur brisé, la déception... Jimmy l'avait déjà quittée une fois après lui avoir dit l'aimer. Elle ne devait pas l'oublier. De plus, il n'était pas du genre à s'installer. N'avait-il pas révélé que la mère de Marcus n'avait été que l'aventure d'une nuit ?

Pour autant, l'attitude de Jimmy concernant l'hélicoptère l'inquiétait. En femme perspicace, Candice avait tout de suite compris que Jimmy souffrait d'un syndrome de stress post-traumatique. Hélas ! Mountain Rescue recourait si souvent aux hélicoptères qu'elle ne pourrait pas écarter Jimmy à chaque fois. En même temps, c'était un urgentiste compétent dont elle avait besoin dans son équipe et qu'elle ne voulait pas perdre. De plus, pour être honnête, elle lui enviait un peu son savoir.

Pourquoi ne finis-tu pas tes études de médecine ?

Elle repoussa cette idée, pourtant si tentante. Impossible de quitter Jasper. Elle y était chez elle, et Mountain Rescue représentait sa vie.

Chacun reprenait son équipement quand elle perçut le bruit d'un moteur. Elle tourna la tête. Un véhicule tout-terrain des parcs du Canada se dirigeait vers elle.

Matt, un ranger, se gara et en descendit.

— Lavoie, content de vous trouver.

— Je mène une session de formation. Que se passe-t-il ?

Les lèvres de Matt se pincèrent sous sa moustache grise.

— Un ours a attaqué.

On aurait entendu une mouche voler.

— Je vois, dit-elle tandis que son ventre se crispait.

Le résultat de ces attaques n'était jamais beau à voir.

— Avez-vous besoin de nous ? J'ai un nouvel urgentiste avec moi.

— Très bien. Vous avez votre fusil ?

— Oui, dit-elle, parcourue par un frisson.

— L'ours est toujours dans la nature, mais la piste a été fermée. Vous et votre urgentiste pouvez venir avec moi. Il va falloir porter le blessé et faire très attention.

Candice se tourna vers son équipe.

— Très bien. Quittons cette piste. J'ai besoin d'un kit chirurgical. Jimmy, je veux que tu viennes avec moi. Ce sera un bon apprentissage. Nigel, il me faut mon arme.

Préférant ignorer l'air contrarié de Jimmy, elle prit son fusil que lui tendait Nigel et rassembla le matériel susceptible de lui servir. Avant de commencer sa formation de sauvetage en montagne, elle avait été ranger et savait comment réagir face à un animal sauvage.

Elle posa ses affaires à l'arrière du véhicule tout-terrain. Jimmy la rejoignit presque aussitôt.

— J'ignorais que tu savais utiliser un fusil pareil, déclara-t-il avec raideur.

Un Winchester Ranger assez puissant pour tuer un ours à bout portant.

— J'étais ranger, avant de venir ici et j'ai dû abattre un grizzly ou deux, répondit-elle sans ajouter que c'était l'une des tâches qu'elle avait le plus détestée.

— Cette... besogne paraît atroce.

— Nous devrons limiter les dégâts le plus possible, et dégager la victime, sans oublier que l'hélicoptère ne pourra pas se poser à l'endroit où l'ours a attaqué.

— J'ai vu tant d'horreurs sur le front que je pourrai supporter de voir celle-ci, commenta Jimmy.

Candice ne voulait pas imaginer ce que lui et Logan avaient

vu ni songer aux derniers instants de son frère. Et s'il lui arrivait parfois de vouloir les connaître, elle finissait toujours par se dire que le contraire valait mieux.

Elle se rappela la façon dont sa mère avait complètement sombré après avoir perdu Logan. Puis de toute cette force qu'elle avait dû puiser en elle-même d'abord pour aider son père à surmonter ces deux épreuves, puis pour surmonter le départ de Chad. En fin de compte, elle n'avait jamais réussi à faire le deuil de son frère ni à le pleurer comme elle en aurait eu besoin. Et, comme les autres fois, aujourd'hui non plus n'était pas le bon jour.

Elle devait rester forte et maîtresse d'elle-même.

Ainsi qu'elle s'y employait depuis dix ans.

— Il faudrait y aller, annonça Matt en revenant. Votre équipe est prête.

Avec un hochement de tête, elle grimpa dans le véhicule et s'assit à côté de lui pendant que Jimmy montait à l'arrière avec le matériel et les équipements. Matt démarra, et si Jimmy se crispa au décollage de l'hélicoptère, il se détendit à mesure que le bruit des pales s'éloignait. Pendant tout le trajet, le véhicule suivit la piste, l'attaque s'étant produite près de la route. À mesure qu'ils avançaient, Candice comprit aussi que l'attaque devait avoir eu lieu peu de temps après le passage de son équipe. Un coup d'œil à Jimmy lui apprit que la même pensée le traversait. Ses lèvres étaient pincées, et son regard grave.

Matt ralentit.

— La victime campait dans un endroit interdit et ne nous avait bien sûr pas prévenus. De son côté, l'ours manquait peut-être de nourriture. Nous n'en sommes pas sûrs.

— Vous voulez dire que vous ignorez la raison de son agression ? demanda Jimmy.

— Cela fait un moment que nous l'observons. Son comportement nous a parfois fait penser qu'il était une bête à problème, mais jamais il n'avait attaqué. Heureusement qu'un groupe de personnes est arrivé – celui qui a découvert la victime –, car l'ours a pris peur et s'est enfui. Mais ne vous y fiez pas : quand un ours découvre une source de nourriture quelque part, il y revient toujours.

Candice frissonna. En montagne, les ours étaient sa hantise n° 1. Matt ayant arrêté le véhicule pour leur permettre de descendre, elle saisit son sac à dos, son fusil, et s'engagea sur la piste avec les deux hommes.

En approchant, ils aperçurent le groupe qui avait repéré la victime. Tous semblaient sous le choc mais indemnes. Des rangers recueillaient leurs commentaires.

— Par ici, dit Matt. Quand je suis parti vous trouver, le patient était dans un état stable. Mais le spectacle est rude.

Candice déglutit pour tenter de dénouer un peu sa gorge serrée. Ils passèrent sous des branches basses. En arrivant à l'endroit de l'attaque, elle tenta de ne pas réagir au spectacle du campement détruit et des jambes mutilées de la victime.

— Waouh..., dit Jimmy dans un murmure.

Candice resta silencieuse.

— Mais j'ai vu pire, chuchota-t-il.

Ils échangèrent un regard. Jimmy avait le front plissé, et ses lèvres ne formaient plus qu'une ligne. Pour sa part, Candice peinait à retrouver son souffle.

— J'en suis sûre, répondit-elle avec calme.

— Mais nous pouvons y arriver. Ensemble.

La fermeté de Jimmy lui plut. Sa conviction la motiva.

Le voir redevenir lui-même lui faisait plaisir, renforçait sa confiance. Tout allait bien se passer.

Après avoir enfilé des gants jetables, ils s'approchèrent du patient. L'homme était à demi conscient, et cela valait mieux. Les rangers lui avaient mis un garrot qui l'avait empêché de se vider de son sang.

— Comment s'appelle-t-il ? demanda Jimmy par-dessus son épaule.

— Ryan, répondit un ranger.

Candice, trop occupée à sortir son équipement et à essayer d'oublier les lacérations sur le visage de Ryan dues aux griffes de l'ours, ainsi que ses jambes blessées, ne le regarda pas.

Pourrait-on les sauver ? Elle en doutait un peu.

— Tu as vu pire ? demanda-t-elle, tendue, à Jimmy.

— Oui. Pour le moment, tout ce que nous pouvons faire pour le stabiliser avant de le transporter dans l'ambulance, c'est l'empêcher de perdre son sang. C'est vraiment le plus important. Le garrot a été bien exécuté, mais ne tiendra plus longtemps.

— Que suggères-tu ? On ne peut pas lui recoudre les jambes ici…

— Non, mais je vais utiliser des pinces hémostatiques. Et si ça ne suffit pas pour arrêter le sang, on lui installera une gouttière le temps de son transport. Avant tout cela, je veux mettre en place une voie veineuse centrale.

— Ici ? dit-elle en écarquillant les yeux

— Oui, ici.

— Dis-moi ce que je peux faire, répondit-elle, avide d'apprendre.

Ils posèrent la voie veineuse centrale puis Jimmy sortit une poche de solution saline, et Candice donna de l'oxygène à la victime. Quand Jimmy fut sûr que tout était au point, ils immobilisèrent les jambes de Ryan et le posèrent avec beaucoup de précautions sur le brancard.

— Il est stable, déclara-t-il. On peut le transporter.

Des rangers se présentèrent pour aider. Ils soulevèrent le brancard et emmenèrent Ryan à l'endroit où l'ambulance de l'hôpital l'attendait.

— Vas-y, Jimmy, dit Candice quand ils eurent terminé.

— Et toi ?

— Je dois partir à la recherche de l'ours avec les rangers.

Un éclair de panique traversa le regard de Jimmy.

— Tu vas aller chasser cet ours ?

— Je suis un ranger expérimenté et je connais ces bois, répondit-elle avec un sourire rassurant. Toi, tu t'occupes de Ryan. Je ne risque rien. Tu as fait du bon travail, Liu.

Comme Jimmy hochait la tête sans conviction, elle se demanda, gênée, s'il ne la considérait pas toujours comme la timide et vulnérable petite sœur de Logan.

Mais non, ce temps-là était révolu. Retenant les larmes qui

menaçaient, elle ferma la porte de l'ambulance, fit signe au conducteur d'y aller et regarda le véhicule s'éloigner.

Dans le passé, Logan l'avait mise en garde contre Jimmy.

Aujourd'hui, celui-ci possédait les connaissances qu'elle voulait, la famille qu'elle voulait, tandis que, de son côté, elle restait telle qu'elle avait toujours été : effrayée et perdue.

6

Qu'est-ce que tu fabriques là ?

Jimmy n'en était pas sûr.

En regagnant la base après avoir convaincu Ryan que son état était stable et qu'il se trouvait entre de bonnes mains, il avait constaté que Candice n'était pas rentrée de sa chasse à l'ours. Cette découverte l'avait aussitôt angoissé.

La voir avec son fusil lui avait déjà semblé si irréel ! Il avait eu tant de mal à se rassurer...

À la fin de son service, il était retourné chez ses parents pour passer un peu de temps avec Marcus. Comme il était d'astreinte pour la nuit, le petit dormirait chez ses grands-parents. Quand son fils fut installé pour la nuit, il sortit faire un tour en voiture... qui aboutit à la maison de Candice.

Il s'assit sous le porche pour l'attendre. Au moins, les voisins se souvenaient de lui et ne s'inquiéteraient pas de le voir guetter le retour Candice dans la nuit tombant doucement.

Des phares éclairèrent le coin de la rue. *Le 4x4...* Il se leva pour que Candice le reconnaisse et n'ait pas peur.

Son cœur cognait dans sa poitrine. Il se sentait nerveux, anxieux et... Quoi d'autre ? Il ne le savait pas vraiment, mais ce ne fut que lorsqu'elle quitta son véhicule qu'il put prendre une profonde inspiration et que son cœur recouvra son rythme normal.

Candice s'arrêta en bas de l'allée, paraissant étonnée.

— Jimmy ?

— Hé ! répondit-il avec un petit signe de la main.

— Qu'est-ce que tu fais là ?

— Je voulais être sûr que tu allais bien. Tu n'es pas repassée à la base avant la fin de mon service et...

— D'un point de vue formel, ton service n'est pas terminé puisque tu es d'astreinte cette nuit, dit-elle, moqueuse.

— Je sais, mais quand même... Tu traquais un ours. Un ours ! Avez-vous fini par le trouver ?

— Non. Notre espoir est qu'il ait gagné l'intérieur des bois. Il faut maintenant installer des avertissements pour les touristes et surveiller les sentiers de l'arrière-pays.

Elle semblait fatiguée.

— Je suis content que tu ailles bien. Cet ours n'avait pas ménagé Ryan...

— Comment va-t-il ? demanda-t-elle en venant s'installer sur la marche qu'il avait quittée.

— Il vivra, dit-il en s'asseyant près d'elle. Pour ce qui est de ses jambes, je ne sais pas, mais les chirurgiens sont confiants. Comme ils étaient impressionnés que j'aie si bien utilisé mes pinces, je leur ai dit où j'avais appris à le faire.

— Moi aussi, je suis impressionnée, dit-elle. Et pour tout dire, un peu envieuse aussi.

— *Envieuse* ? répéta-t-il, déconcerté.

— Oui... Toutes ces compétences que tu as acquises et que je pouvais acquérir aussi, mais auxquelles j'ai dû renoncer...

— Pourquoi ?

Elle pencha la tête sur le côté.

— Tu sais bien pourquoi. J'ai eu mes parents dont je devais m'occuper, et le bon moment ne s'est jamais présenté.

— Je pourrais te montrer.

— Vraiment ? demanda-t-elle en se redressant.

— Bien sûr, si tu en as envie...

— J'aimerais beaucoup.

Un silence embarrassé tomba entre eux. Toujours assis sur leur marche, ils contemplaient le ciel qu'illuminaient de plus en plus d'étoiles.

— Est-ce que tu as faim ? demanda-t-il soudain.

— Oui. J'allais entrer me cuisiner quelque chose.

— Si on allait au resto, plutôt ? Je ne pourrai pas boire parce que je suis d'astreinte, mais on pourrait prendre un burger avec des frites, ou quelque chose comme ça.

Tu te mets vraiment à divaguer, là...

— D'accord. C'est une super idée.

— On prend ma voiture car je suis de garde.

— Je sais. C'est moi qui ai fait le planning.

Il eut un petit rire.

— C'est donc toi que je dois remercier ! Je vois...

Candice éclata de rire comme avant, quand ils étaient ensemble, quand ils étaient plus jeunes et n'avaient pas de soucis en tête. Cela le rendit heureux. Il avait l'impression qu'on lui retirait un poids des épaules. Soudain, il se sentait libre, et cette sensation aussi lui plaisait.

Le chemin jusqu'au petit restaurant auquel il avait pensé, situé à l'écart du centre touristique, ne fut pas long. Seules deux voitures étaient garées dans le parking. Et Jimmy, qui s'était demandé s'il retrouverait ce lieu, était ravi.

— Candice ! Quel plaisir de vous voir ! s'écria Kelsey, la serveuse, quand ils entrèrent.

Ses yeux s'écarquillèrent en reconnaissant Jimmy.

— Mon Dieu ! Est-ce bien là Jimmy Liu ?

— Ravi de vous revoir, Kelsey. Ça fait longtemps.

Celle-ci fit une petite grimace.

— Comme vous dites ! Je me rappelle quand vous veniez tous, étant enfants.

Jimmy eut un grand sourire. Cette proximité entre les êtres, propre aux petites villes, lui avait manqué.

— Asseyez-vous où vous voulez, dit la serveuse en disparaissant dans la cuisine. Je reviens tout de suite.

Il suivit Candice dans le coin qu'elle choisit, un peu à l'écart.

Rien n'avait changé.

Mêmes sièges rembourrés en vinyle bleu et rouge, mêmes dessus de table en faux marbre et, flottant dans l'air, même odeur de bacon grillé et de café. Ils fixèrent un instant la rangée d'arbres de l'autre côté de la route où passait de temps à autre une voiture ou un camion.

La nuit était maintenant tombée. Pistes et campings fermaient, les touristes regagnaient leur logement.

Jimmy se prit à espérer que la nuit serait tranquille.

— Marcus est chez ta mère ? demanda Candice.

— Oui. J'aimerais tant ne pas recevoir d'appel de la base..., dit-il en croisant les doigts. Je pourrais enfin dormir !

— Espérons-le, oui, car ta première journée a vraiment été mouvementée. L'été, c'est toujours un peu comme ça, car les touristes sont nombreux. Sans parler des accidents dus aux bêtes sauvages. L'hiver est plus calme, encore qu'il faille compter avec les avalanches et d'autres problèmes.

Jimmy haussa les épaules.

— Je ne me souviens pas de pareilles attaques d'ours quand nous étions petits.

Candice sourit.

— Nous ne travaillions pas dans le secourisme, et elles ne font pas toutes l'objet de médiatisation. Et puis, quand on est très jeune, on ne s'intéresse guère à ce qui nous entoure.

— Ma mère m'aurait mis en garde contre un ours en colère, remarqua-t-il. Même en travaillant tout le temps, elle était surprotectrice. Elle l'est toujours d'ailleurs, et pas seulement avec moi.

— Ma grand-mère disait toujours que ses petits-enfants étaient sa joie et sa fierté, dit Candice dont le sourire se fit plus doux. De fait, ma mère se sentait écartée.

— C'était peut-être le cas.

— Pour en revenir aux ours, le problème est qu'à cause des selfies les touristes sont tentés de prendre plus de risques. Parfois, j'aurais tellement envie de calme et de paix ! Si je n'étais pas aussi attachée à Jasper, je crois que je monterais plus au nord.

Il pencha la tête sur le côté.

— Vraiment ?

— Disons que j'y ai déjà pensé. Mais non... C'est chez moi, ici. J'y suis heureuse et je ne veux pas en partir.

Il eut envie de la questionner davantage. Elle qui gardait l'espoir de reprendre ses études pour devenir chirurgienne, elle dont les parents étaient morts, pourquoi restait-elle ici ? Qu'est-ce qui la retenait à Jasper ?

— Que puis-je vous apporter à boire ? demanda Kelsey, interrompant le fil de ses pensées.

— Un café pour moi, répondit-il.

La serveuse le fixa comme s'il avait perdu la raison.

— Je suis d'astreinte cette nuit, expliqua-t-il.

— D'accord. Et vous, Candice ?

— La même chose. Je suis aussi d'astreinte.

— Je vous apporte ça tout de suite, dit Kelsey en s'éclipsant.

— J'ignorais que tu étais de garde, remarqua Jimmy.

— Tu es nouveau chez Mountain Rescue et à l'essai. Ce qui signifie que quand tu es d'astreinte, je le suis aussi.

Elle sourit.

— Alors, qu'est-ce que ça te fait d'être de retour ?

— Ça fait drôle… Je ne pensais pas que je reviendrais un jour ici. Mais, pour Marcus, c'est mieux.

— Et pour toi ? demanda-t-elle avec douceur.

— Pour moi aussi. J'ai été idiot de partir.

Oui, idiot. Pourtant, avec Logan, ils avaient été si sûrs de conquérir le monde, puis de revenir à Jasper en héros ! Au lieu de quoi, il était rentré vaincu, et Logan dans une boîte.

Son cœur se serra. L'émotion montait. Dans sa tête, explosions, coups de feu et cris retentissaient.

— Ça va ? demanda Candice.

— Bien sûr répondit-il très vite en chassant la vision de Logan de son esprit. Pourquoi ça n'irait pas ?

— Tu semblais ailleurs.

— Je vais bien.

Menteur.

— Voici vos cafés. Voulez-vous commander votre repas ?

Kelsey les considérait, le sourire aux lèvres.

— *Banquet burger* ! dit aussitôt Jimmy. Avec des frites !

Pas besoin, en effet, de consulter le menu pour savoir qu'il désirait ce burger lourd et gras que Logan commandaient toujours tandis que, de son côté, Candice dégustait un cheeseburger en les regardant, l'air un peu dégoûté, ajouter des frites entre la viande et le pain,

— Un *chicken burger* pour moi, s'il vous plaît, dit Candice. Avec une salade.

— Je vous apporte ça tout de suite.

Kelsey pivota sur ses talons.

— *Chicken burger* et salade ? reprit Jimmy.

— Eh bien, quoi ? Je n'ai pas très faim ni envie de ton affreux burger tout graisseux.

Elle secoua la tête.

— Tu as vieilli, Jimmy Liu, et tu pourrais bien ne pas supporter ce burger et le reste aussi bien qu'avant.

— *Et le reste* ? Tu parles des frites qu'on glissait dedans avec les sauces ? demanda-t-il non sans provocation.

— Oui. Vous étiez si dégoûtants, Logan et toi !

Il éclata de rire.

— Ça ne t'empêchait pas de traîner avec nous.

— Je te l'ai déjà dit : je n'avais guère le choix. Et puis, j'aimais bien mon grand frère ainsi que...

Sa voix mourut tandis que ses joues rosissaient.

— Que moi ? dit-il avec un grand sourire.

— Parfois...

Elle avait répondu avec calme, mais quelque chose de plus se lisait au fond de son beau regard noisette. De la douleur ?

— Merci, dit-il.

— De rien, répliqua Candice avec un sourire. C'est la vérité.

— Je vais donc essayer de ne pas être trop dégoûtant.

— Bonne idée. Je sens que je vais apprécier...

Il y eut un silence amusé. Puis Jimmy reprit en jetant un regard mélancolique autour de lui :

— Je n'arrive pas à croire que cet endroit existe toujours. Je me rappelle... Je devais avoir six ans, et nous arrivions de Toronto. J'étais éreinté, la nuit était tombée, et ce petit resto était le seul ouvert. Je crois même que Kelsey était déjà là.

Candice lui sourit avec chaleur.

— Sûrement. Et, oui, ce petit resto existait bien. C'était déjà une institution. Tout le monde venait y déjeuner le dimanche

— Sauf mes parents... Ils passaient leur temps au motel.

— Je crois que tu es quand même venu parfois avec nous.

Jimmy acquiesça avec un grand sourire.

— Tes parents se montraient si gentils avec moi ! Je leur étais tellement reconnaissant de m'inviter ! Ils n'étaient pas obligés.

— Ils t'aimaient beaucoup, dit Candice, les yeux brillants.

Jimmy serra les mâchoires. M. et Mme Warner lui manquaient, tout comme Logan, et il se sentait très mal de ne pas avoir été là quand ils avaient eu besoin de lui.

— Si j'avais pu..., commença-t-il en baissant la voix. Pour Logan. Et si j'avais su... pour ton père.

— Tu étais blessé. Et puis, tes parents ont été là. Ils ont assisté à l'enterrement de ma mère, de mon père, de Logan.

Candice marqua une pause.

— Au moins, mes parents ont retrouvé Logan, à présent...

— Et voici le *banquet burger*, la frite, le *chicken burger* et la salade ! annonça Kelsey sur un ton triomphant en déposant le tout devant eux.

— Mmm ! s'exclama Jimmy. Ça a l'air bon, Kelsey ! Autant que dans mon souvenir !

Sans attendre, il souleva le pain du dessus pour ajouter des sauces.

— Vous voilà vraiment revenu parmi nous ! commenta Kelsey en s'éloignant avec un rire.

Jimmy prit la bouteille de ketchup.

— Et moi, j'apprécie que tu n'aies pas fourré tes frites à l'intérieur de ton pain ! déclara Candice d'un air taquin.

— Qui te dit que je ne m'apprêtais pas à le faire ?

En fait, il n'avait pas prévu d'agir ainsi, mais puisque Candice faisait remonter les souvenirs... Prenant quelques frites, il les posa sous le pain de son burger, conscient que Candice faisait la grimace.

— Mmm..., fit-il en écrasant le pain et les frites, ce qui eut pour effet de faire sourdre moutarde et sauce sur les bords.

Puis il mordit dedans à pleines dents.

— Mmm… Délicieux !

— Pouah ! Dégoûtant !

Ils éclatèrent de rire en même temps.

Cela faisait tant de bien.

Ils finirent de dîner, réglèrent l'addition puis sortirent dans la nuit belle et paisible. Dans le ciel, les étoiles scintillaient comme dix ans auparavant, au bord de la rivière, et Candice aurait voulu que tout dure ainsi.

Jamais elle n'aurait imaginé qu'à cause d'un ours dangereux Jimmy serait d'astreinte dès sa première soirée, ni qu'elle aurait passé des heures en 4x4 à traquer l'ours en question. Quitter ce véhicule moins que confortable pour retrouver son lit avait été tout ce à quoi elle avait aspiré !

De même elle n'aurait pas pensé trouver Jimmy l'attendant sous son porche. Mais elle était contente qu'il l'ait fait. C'était curieux de l'avoir à son côté. À certains moments, ils riaient ensemble comme si le temps n'avait pas de prise sur eux et que les choses étaient restées les mêmes. Mais l'instant d'après toute la souffrance endurée lors de son départ lui revenait.

— Je dois rentrer chez moi pour me changer avant de regagner la base, dit-elle.

— Je te raccompagne.

Dis non. Dis non.

Impossible. Il était normal que Jimmy la raccompagne.

— D'accord.

— Je ne veux pas passer par chez mes parents. Marcus a le sommeil léger, et je préfère qu'il s'habitue à l'idée de se réveiller parfois chez eux. Quand je serai de garde, en fait…

— Où iras-tu ces soirs-là ?

Il haussa les épaules.

— Chez moi ou à la base. Je n'ai pas encore décidé.

— Pour ce soir, pourquoi ne pas venir me tenir un peu compagnie à la base ?

Impossible de croire qu'elle ait dit cela. Sans doute parce qu'elle était seule aussi et qu'ils passaient un bon moment.

— Avec plaisir. Si cela ne te dérange pas.

— Pas du tout. Comme ça, si nous recevons un appel, nous pourrons nous déplacer ensemble.

— Bien vu.

Après quelques minutes de route, Jimmy se garait devant chez elle. Candice se sentit gagnée par une nervosité qu'elle ne s'expliqua qu'après réflexion : c'était la première fois que Jimmy revenait à Jasper. Or, si elle avait ajouté sa touche personnelle à la maison, celle-ci restait pour l'essentiel celle de ses parents. Manière simple de demeurer proche d'eux. Et surtout, elle se sentait chez elle ici. Et en paix.

— Entre, dit-elle après avoir ouvert la porte.

— Eh bien… Ça n'a pas beaucoup changé.

— Pourquoi aurait-il fallu que ça change ?

— Je ne sais pas. Histoire de mettre ton empreinte.

— J'ai peu de temps pour moi. La disparition de mon père date de l'année dernière, et je n'ai pas été bien pendant longtemps. Je me sens chez moi comme ça, c'est tout.

Jimmy acquiesça de la tête en souriant.

— Pour être honnête, je suis content que tu aies conservé les choses presque telles quelles.

— Parfait…

Après avoir ôté ses chaussures, il traversa le salon, les mains dans les poches de son jean, en observant les boiseries que le père de Candice avait découpées avec minutie, puis teintes et installées quand les Warner avaient acheté la maison avant la naissance de leur fille.

— Ça non plus, ça n'a pas changé, commenta-t-il ensuite en regardant la rue sombre par la baie vitrée avec un plaisir visible.

— Mets-toi à l'aise, répondit-elle avant de se diriger vers l'escalier. Je vais me changer. Je ne serai pas longue.

Seule la chambre principale, qui était devenue la sienne, s'était vraiment modifiée. Les dernières années de sa vie, son père étant devenu trop faible pour monter à l'étage, la salle à manger du rez-de-chaussée était devenue sa chambre.

Après s'être rafraîchie et changée, Candice redescendit.

Pas de Jimmy dans le salon. Ce fut à l'arrière de la maison, dans une salle où lui et Logan jouaient aux jeux vidéo, qu'elle le trouva. La pièce comportait une porte-fenêtre ouvrant sur un solarium donnant lui-même sur un jardin.

Jimmy fixait la forêt obscure. Candice mit sa tristesse sur le compte des photos de Logan disposées dans la pièce que ses parents avaient transformée en une sorte de sanctuaire à la mémoire de leur fils au fils des années.

— Ça va ? demanda-t-elle sur un ton tranquille.

— Oui, répondit-il en tournant à peine la tête. Mais je ne m'attendais pas à voir ici tant d'affaires à Logan.

— Ce sont mes parents qui...

Le sourire et l'air heureux de son frère sur les photos lui donnaient envie de pleurer.

— J'aurais pourtant dû m'y attendre, reprit Jimmy. Il vivait aussi ici.

— Est-ce qu'il te manque ?

— Oui. C'était mon meilleur ami.

— Il me manque aussi.

Jimmy se passa une main dans les cheveux.

— Je sais. J'aurais tant voulu être là...

— Nous savions que tu étais blessé, Jimmy, et que tu te trouvais en Allemagne, à l'hôpital.

Pourquoi n'es-tu pas revenu après ta guérison ? Pourquoi es-tu resté éloigné si longtemps ?

Mais elle fut incapable de poser ces questions.

— Un autre café ?

Jimmy sortit de l'ombre en souriant.

— Super...

Elle se dirigea vers la cuisine, et Jimmy lui emboîta le pas. Quand elle alluma la lumière, il alla s'asseoir à la place qui était la sienne quand il venait dîner ici, le dimanche soir. L'espace d'une seconde, elle eut l'impression de voir aussi Logan. Et ses propres parents. Elle se sentit heureuse.

On aurait dit que le temps faisait un bond en arrière.

Mais ce n'était pas vrai.

De même que ce n'était pas parce que Jimmy était revenu dans sa vie que la douleur allait disparaître. Entre elle et lui, tant d'eau avait coulé ! Il ne fallait pas l'oublier.

Elle tendit la main vers la cafetière.

— Comment aimes-tu ton café, à présent ?

— Noir.

— Je vois..., répondit-elle avec un petit sourire.

— Comme celui de ton père, oui, dit-il, souriant aussi. Il était si serré qu'il nous faisait nous dresser les cheveux sur la tête ! Un jour où ton père et le mien devaient aller pêcher ensemble, ils nous avaient emmenés, Logan et moi. C'était l'une de ces fois où mon père se décidait à participer à quelque chose en rouspétant. Aujourd'hui, je me demande d'ailleurs si ce n'était pas surtout grâce à ton père que le mien arrivait à se bouger un peu en dehors de son motel. Il en parlait comme de quelqu'un capable de persuader n'importe qui de faire à peu près n'importe quoi...

Jimmy eut un rire amusé, imité par Candice.

— Oui, c'était un beau parleur.

— J'adorais ces week-ends...

— Moi, la pêche m'intéressait peu.

— Nos pères adoraient ressembler à des sportifs. Cela devait leur paraître viril : marcher jusqu'à un lac, monter les tentes, pêcher... sans jamais attraper un seul poisson. En tout cas, le café que concoctait ton père semblait venir d'une huile de moteur ou quelque chose comme ça. Après, plus besoin de dormir pendant trois jours !

Elle sortit deux tasses du placard en riant.

— Je crains que mon café à moi ne soit pas pareil. Papa a emporté sa recette avec lui.

— Dommage parce qu'avec une seule tasse l'astreinte ne nous poserait plus de problème.

Leurs rires redoublèrent tandis que Candice remplissait les

tasses. Jimmy souffla sur la sienne tandis que Candice prenait le siège d'en face.

— Et l'ours, jusqu'où l'avez-vous suivi ? demanda-t-il après un temps en recouvrant son sérieux.

— Fort loin de la piste. Notre espoir est qu'il ait sa tanière dans les parages, mais j'en doute. Cet ours bizarre devient de plus en plus audacieux. Je suis sûre qu'il va revenir et que nous devrons l'abattre, c'est juste une question de temps.

— Dommage…

— Oui, dommage… Dis-moi, ne m'as-tu pas dit que Marcus allait bientôt fêter son anniversaire ?

— Si. Son deuxième.

— Sais-tu comment tu veux le fêter ?

— D'après toi, il faut un thème ?

Jimmy semblait embarrassé. Elle hocha la tête.

— Oui. Je trouve ça mieux.

— Je crois que ma mère a voulu aborder le sujet, mais je n'ai pas vraiment cherché à comprendre de quoi elle parlait.

Candice sourit.

— Que t'a-t-elle demandé exactement ?

— Si Marcus appréciait les spectacles loufoques avec des cochons ou s'il préférait ceux avec des chiens.

— Choisis plutôt les chiens. C'est moins ennuyeux.

— Va pour les chiens ! conclut-il avec un rire.

— Bravo !

— Tu devrais venir, tu sais. Il n'y aura que mes parents, lui et moi, mais il s'est pris d'affection pour toi, et j'aimerais que tu sois là.

Le cœur de Candice se gonfla de joie.

— Tu veux que je sois là ?

— Oui, répondit-il avec un sourire.

Elle ne sut que répondre. L'invitation la flattait. De plus, Marcus était mignon, et Jimmy si tendre avec lui ! Le voir tenir son fils contre lui, lui caresser le dos et embrasser sa tête avec douceur l'avait fait fondre.

Jimmy était un bon père, et elle lui enviait sa chance.

Oui, elle avait envie de se rendre à cette petite fête. Néanmoins, une part d'elle-même lui conseillait de ne pas y aller. Que ce serait une erreur de s'impliquer, de s'attacher, qu'elle risquait de mettre son cœur en danger. Et si Jimmy rencontrait quelqu'un d'autre ? Elle ne pourrait, alors, s'intégrer à leur vie. Non, elle ne voulait plus souffrir.

Mais tu désires avoir une famille.

— Bien sûr, répondit-elle en espérant qu'il ne remarquerait pas que sa voix s'était cassée. Je serais ravie. Et si ta mère a besoin d'aide ou veut que je lui rapporte quelques courses de Hinton, je peux m'en occuper.

— Je te préviens qu'elle va en profiter tout de suite.

— Je n'en doute pas..., répliqua-t-elle avec un sourire.

— Cela représente beaucoup de choses à mes yeux que tu viennes. Tu es importante pour moi, Candice. L'une des rares personnes sur qui je peux compter.

Il se tut, et une expression passa sur son visage, qu'elle ne put déchiffrer. Confusion ? Hésitation ? On aurait presque cru qu'il était en train de prendre une décision.

— Je veux te parler de mes blessures et de la raison de mon absence à l'enterrement de Logan. Il s'agit d'une chose que même mes parents ignorent. Mais je te dois la vérité.

— Très bien, répondit-elle, le ton calme, mais le cœur battant la chamade.

— Il m'a fallu un an pour me remettre de mes blessures.

— Un an ! répéta-t-elle, visiblement stupéfaite.

— Mes jambes avaient été brisées, et j'avais un éclat d'obus niché dans la hanche. Recouvrer la santé a été long, autant que pour réapprendre à marcher. De temps en temps, il m'arrive encore d'avoir mal.

— Ce qui explique le délai qui a précédé ton retour à Jasper...

Il confirma de la tête.

— Je voulais que tu le saches. Après tout, tu es ma chef.

— Est-ce la seule raison ?

Ses yeux noirs la perçaient, l'envoûtaient, la tenaient en leur pouvoir.

— Non, mais je ne voulais pas non plus que tu découvres la vérité par un autre biais.

Elle se mordilla la lèvre inférieure.

Tu dois lui dire.

— Il y a quelque chose que, de mon côté, je veux aussi que tu saches.

Quittant brusquement son siège, elle se mit à arpenter la pièce tout en s'exhortant au calme.

— Cette semaine que nous avons passée… il y a dix ans.

— Je m'en souviens, dit-il d'une voix rauque.

— Après ton départ, j'ai découvert que j'étais enceinte.

Il écarquilla les yeux, sous le choc.

— Que s'est-il passé ? demanda-t-il après un instant de silence.

Elle sentit sa gorge se serrer. Sur sa joue, une larme roula.

— Je l'ai perdu. Je suis désolée. Impossible ensuite de te joindre pour te prévenir. J'étais, de plus, si blessée.

Et tu m'avais brisé le cœur.

— Seuls mes parents étaient au courant. Logan n'a pas su.

Jimmy se leva pour venir l'entourer de ses bras.

— Je suis désolé !

Elle posa les yeux sur lui, frémissante, adorant se sentir si bien en sécurité contre lui. Tellement en confiance.

Il lui effleura le visage.

— Je suis désolé, Candice. Je n'étais pas là…

Avant de comprendre ce qu'elle faisait, elle se haussa sur la pointe des pieds et l'embrassa.

Retrouver ses lèvres fut si bon ! Une douce chaleur irradia en elle tandis que leur baiser se faisait plus profond.

Tu dois arrêter.

Elle ne pouvait pas. Elle ne voulait pas.

Dans sa poche, son téléphone se mit à vibrer. Impossible de l'ignorer. S'écartant, elle saisit l'appareil et aperçut un texto en lettres capitales. Une urgence… Son cœur sembla s'arrêter dans sa poitrine : l'ours était réapparu. Le message contenait aussi les coordonnées d'un terrain de camping.

— À nous de jouer.

— Qu'est-ce qui ne va pas ?
— L'ours est revenu.

Sur le trajet jusqu'au camping, dans le véhicule tout-terrain à l'arrière duquel se trouvaient tous les équipements nécessaires, Candice se sentait paniquée.

Pour sa part, Nigel les avait rejoints avec l'ambulance. Même si, au téléphone, les rangers lui avaient assuré que les campeurs ne souffraient que de blessures mineures et que l'ours était suivi à la trace, il n'en restait pas moins que c'était à son équipe d'assurer le bien-être de tous.

Le camping attaqué était plein. À leur arrivée, ils trouvèrent une foule en grande discussion et la police s'appliquant à garder la situation sous contrôle.

Jimmy ne disait rien. Avec sérieux, il avait sorti sa trousse de secours, mais, à en croire l'agent Bruce que Candice avait eu au téléphone, on ne pourrait probablement rien entreprendre d'important dès ce soir.

— Les blessés sont dans le fond, dit Nigel. Ils souffrent de légères lacérations, et l'un d'eux a une entorse. Par chance, l'ours s'est plus attaqué à leur tente qu'à eux.

— Je vais aller les voir, déclara Jimmy. Si l'animal leur a lacéré le visage il faudra les emmener à l'hôpital pour leur donner des antibiotiques.

Nigel hocha la tête tandis que Jimmy se dirigeait vers un couple assis à une table de pique-nique pliante. La jeune femme saignait au niveau du front..

— Bonjour, je suis Jimmy Liu, le médecin urgentiste. Comment vous appelez-vous ?

— Traci, répondit la jeune femme en rougissant.

Cela n'étonna pas Candice. Elle avait remarqué que Jimmy faisait parfois cet effet aux femmes.

— Joli prénom. Pouvez-vous me dire ce qui s'est passé ?

Il sortit sa lampe frontale et ses gants jetables de son sac.

— Nous allions nous mettre au lit quand l'ours a essayé

d'entrer à l'intérieur de la tente. En nous enfuyant, je me suis cogné la tête contre une branche tandis que Derek, mon mari, glissait et se tordait le poignet.

— Ce n'est donc pas l'ours qui a causé votre coupure, dit Jimmy en examinant la blessure avec attention.

— Non, répondit-elle, tremblante. Il était bien trop occupé à saccager notre tente...

— Y gardiez-vous de la nourriture ? demanda Candice.

Derek secoua la tête.

— Non. Nous sommes d'Edmonton et savons comment faire quand il y a des ours dans les parages.

— Tu as entendu, Jimmy ?

— Oui. Je vais nettoyer cette coupure et la suturer. Elle est superficielle. Puis j'examinerai le poignet de votre mari.

Candice acquiesça de la tête et retrouva Matt qui avait essayé de la joindre au téléphone. Il discutait avec Bruce

— Nous avons eu l'ours, dit-il aussitôt. J'étais en train de patrouiller quand il est apparu. La police passe parmi les campeurs qui sont sous le choc.

Candice aperçut à cet instant une bâche dissimulant une forme massive. Triste fin pour l'animal. Mais cela avait été la seule façon de mettre les campeurs hors de danger.

— Merci, Matt ! Je préviens mon nouvel urgentiste.

Hochant la tête, Matt s'éloigna avec l'agent. Une camionnette attendait pour emporter la dépouille de l'animal.

Candice rejoignit Jimmy, penché sur le poignet de Derek.

— Comment ça se passe pour eux ? demanda-t-elle.

— Bien. Leurs blessures ne requièrent pas une visite à l'hôpital. Ils partent avec la police et seront hébergés en ville.

— Parfait.

— Derek, si votre poignet est plus douloureux demain, allez sans attendre aux urgences de Jasper.

— Entendu, dit celui-ci en entourant sa femme de son bras valide tandis que Jimmy lavait son matériel et se débarrassait de ses gants dans la poubelle de l'ambulance.

— Candice, si nous allions directement rédiger notre rapport à la station ? demanda-t-il.

— Ça me va.

Comme elle se dirigeait vers le 4x4, elle entendit soudain quelque chose éclater tandis qu'une douleur se propageait dans sa jambe. Elle s'écroula à terre et perdit connaissance.

7

La douleur irradiait dans sa cheville, son coude et son visage. De manière curieuse, Candice avait aussi la sensation de flotter dans l'air. Ouvrant les yeux, elle vit tout flou et comprit qu'elle avait perdu une lentille. Puis, très vite, elle comprit aussi que… quelqu'un la portait.

Et que ce quelqu'un était Jimmy.

— Jimmy ?

— Tu es tombée, dit-il d'une voix qui tremblait un peu.

— Comment ? C'est tout plat, ici.

— En tout cas, tu t'es tordu la cheville. Peut-être te l'es-tu cassée. Il faut t'emmener à l'hôpital.

Un gémissement échappa à Candice. Sa nuque et le côté droit de son visage la faisaient souffrir. De toutes les blessures qu'elle aurait pu se faire dans l'exercice de son métier, il avait fallu qu'elle se torde la cheville et tombe, visage contre terre, dans un camping.

Et elle se sentait aussi humiliée qu'embarrassée que Jimmy soit là. Elle garda les yeux fermés tandis qu'il la portait et l'installait sur le brancard.

— Que se passe-t-il ? demanda-t-il sans qu'elle pût dire si sa voix grave recelait de la panique, de l'inquiétude ou de la colère. Pourquoi n'ouvres-tu pas les yeux ?

— Parce que je vois double : j'ai perdu une lentille et j'y vois d'autant plus mal que l'autre est maintenant rayée.

— Peux-tu la retirer ?

— À condition d'avoir mes lunettes. Or, elles sont dans la boîte à gants de mon 4x4.

— Je comprends… Pour le moment, le plus urgent est ta cheville. Laisse-moi la regarder un peu mieux…

— Je vais vous les chercher, chef, dit Nigel. Dans la boîte à gants, c'est ça ?

— Oui, merci, Nigel ! répliqua-t-elle avant de retenir son souffle, car Jimmy commençait à lui palper la cheville.

— Elle est gonflée. Il faut retirer cette botte.

Il commença à lui ôter. Malgré ses précautions, Candice gémit de douleur. Quand il lui eut retiré son bas, elle constata que sa cheville était à la fois rouge et enflée, et que le simple fait de bouger les orteils déclenchait une douleur intolérable.

— Il faut une radio, dit Jimmy. Et puis ta vision double me tracasse.

— C'est peut-être dû à la lentille qui me manque.

— J'en doute.

— Voici vos lunettes, chef, déclara Nigel en entrant dans l'ambulance et en les lui tendant.

Elle le remercia, retira sa seconde lentille rayée et la jeta.

— Bon sang ! marmonna-t-elle, ne parvenant à chausser ses lunettes.

Les lui prenant des mains avec douceur, Jimmy l'aida. Tout redevint clair… Mais la vision double persistait.

— Je crois que je vais me sentir mal, gémit-elle.

Jimmy fut près d'elle en un instant. Son malaise se dissipa, mais sa tête tournait de plus en plus.

— Hé ! Ne t'endors pas !

Un tissu frais lui recouvrit le front.

— Je ne me sens pas bien. Ça fait trop mal…

— Je sais, l'entendit-elle murmurer. Je sais…

Jimmy ne supportait pas de voir Candice dans cet état. Un peu plus tôt, en la voyant perdre l'équilibre, il s'était précipité pour la rattraper, mais trop tard. Elle était tombée sur le ventre, dans le gravier. Depuis, il ne cessait de s'adresser des reproches.

Quant à sa cheville, elle était violette, et il craignait une fracture Pourquoi ne s'était-il pas trouvé près d'elle quand il l'aurait fallu ? Une fois encore, il l'avait délaissée.

À présent, la priorité était de s'occuper d'elle. Certes, dix ans auparavant il n'avait pas été là. Mais il pouvait l'être aujourd'hui. Culpabilité et panique s'emparèrent de lui. Il *voulait* s'occuper de Candy, la débarrasser de sa douleur.

— Nigel, pourriez-vous nous conduire à l'hôpital ? demanda-t-il en sanglant Candice sur le brancard.

— Bien sûr !

En un clin d'œil, celui-ci avait fermé les portières de l'ambulance et démarré.

— Où allons-nous ? murmura Candice.

— À l'hôpital.

Se penchant vers elle, Jimmy sourit. Comme elle était belle ! Avant de mourir, Logan lui avait demandé de veiller sur elle, et c'était ce qu'il allait faire maintenant.

— Je suis là, murmura-t-il d'une voix douce en touchant le visage de Candice avec douceur. Je ne m'éloignerai pas.

Dès que l'ambulance s'arrêta, Jimmy se leva et rassembla ses affaires tandis que Nigel ouvrait la portière arrière. Les deux hommes portèrent le brancard à l'intérieur de l'hôpital. Par chance, il y avait peu de monde, et Candice fut emmenée dans la salle des urgences où Jimmy aida à la transférer dans l'un des lits.

— Vous restez ? demanda Nigel.

— Oui. À sa sortie, nous appellerons un taxi. Vous pouvez retourner à la base, si vous voulez.

— D'accord. La prochaine relève va arriver, et je serai libre de mon temps. Mais si vous êtes d'accord pour rester…

— Tout à fait. Candice n'a personne d'autre.

Quand Nigel fut parti, Jimmy prit place sur une chaise à côté du lit, attendant qu'un médecin vienne ausculter Candice.

— Où est mon 4x4 ? demanda-t-elle soudain.

— En sécurité dans le parking du camping. Nous le récupérerons demain. Matt est au courant de la situation.

Candice s'assit et se toucha la tête avec une grimace.

— Que se passe-t-il ? Où suis-je ?

— Aux urgences. Ta cheville a flanché, et je crois que tu t'es fait une commotion en tombant. Il te faut un examen approfondi.

Elle le considéra avec incrédulité, ses grandes lunettes noires glissant sur l'arête de son nez.

— Tu me racontes des histoires, là…

— Non, c'est vrai.

Et si la commotion cérébrale se confirmait, il faudrait du temps à Candice pour guérir. Ce qui le préoccupait, car elle vivait seule.

Un homme en blouse blanche pénétra dans la pièce.

— Je suis le Dr Zwart. Que se passe-t-il, ici ? demanda-t-il en levant les yeux de son bloc-notes. Oh ! Lavoie, j'ignorais que c'était vous !

— Bonjour, répondit Candice sur un ton enjoué avant de se laisser aller en arrière, visiblement étourdie.

— Je suis Jimmy Liu, urgentiste à Mountain Rescue.

— Heureux de vous rencontrer. Pouvez-vous me dire ce qui s'est passé ?

Le médecin s'était approché de Candice et lui palpait la cheville qui était d'un vilain bleu peu rassurant.

— Lors d'une chute dans un camping attaqué par un ours, Candice s'est cogné la tête. Elle voit double, est nauséeuse, et a des étourdissements.

— Il faut vérifier qu'elle n'a pas de commotion cérébrale, conclut Zwart. Et sa cheville ?

— Elle a beaucoup gonflé. J'ai surélevé sa jambe, mais je me demande s'il n'y a pas une fracture.

— La radio nous le dira, répondit Zwart. Merci, Liu, on s'occupe d'elle. Vous pouvez regagner votre ambulance.

— Vous voudrez bien m'excuser, mais Candice n'est pas seulement ma chef, c'est aussi une amie d'enfance, et j'aimerais rester avec elle.

— Pas de problème. Je vais lui faire passer des examens et

demander à l'infirmière de désinfecter les écorchures. Elles semblent superficielles, mais salies avec du gravier, il vaut mieux faire très attention.

— Merci, doc.

Jimmy se leva, prit son téléphone et appela sa mère.

— Jimmy ? dit-elle sur un ton où perçait la panique quand elle décrocha. Il est presque minuit. Est-ce que tout va bien ?

— Moi, ça va, mais Candice est à l'hôpital. Il se peut qu'elle ait une commotion cérébrale et une fracture. Je vais donc rester avec elle pendant les prochaines vingt-quatre heures. Si ses examens ne sont pas mauvais, l'hôpital ne la gardera pas.

— Je comprends... Reste avec elle et ne t'inquiète pas pour Marcus. Sa *năinai* va le dorloter.

Il raccrocha et revint vers le lit protégé par des petits rideaux. Une infirmière nettoyait le visage de Candice.

— Vous êtes un proche de Candice Lavoie ?

— Oui. Jimmy Liu.

— Bien... Pour la radio, il faut lui retirer son uniforme qui contient du métal. Merci de nous laisser, le temps que je lui enfile un peignoir.

Quand les examens de Candice furent terminés, l'hôpital leur appela un taxi. En l'aidant à s'habiller, Jimmy remarqua que si ses vertiges s'estompaient, elle paraissait complètement épuisée. De son côté aussi, lui aussi se sentait fatigué.

Son soulagement fut grand quand Zwart annonça que Candice souffrait d'une grosse entorse qui serait guérie dans une quinzaine de jours. Quant à la commotion, elle nécessitait une surveillance permanente de deux jours à l'issue desquels il reverrait la patiente.

À leur arrivée chez elle, il souleva Candice dans ses bras et franchit le seuil avec elle avant de refermer derrière lui de la pointe de sa chaussure.

— Où sommes-nous ? demanda-t-elle d'une voix faible.

— Tu es chez toi, répondit-il en cherchant un endroit où la déposer.

Voyant une chambre, il se rappela qu'elle avait été la salle à manger grâce aux explications de Candice sur son père.

— Je te dépose sur le canapé et je monte te prendre quelques affaires ?

— D'accord.

Après l'avoir installée avec soin, il monta l'escalier. Dans le placard, toujours à la même place, il prit deux draps, puis pénétra dans la chambre de Candice pour chercher des coussins. Vide... Il se rappela alors qu'elle avait emménagé dans la chambre principale.

Cette pièce, comprit-il en ouvrant la porte, portait l'empreinte de Candice et lui allait bien. Moderne, claire, décorée de couleurs douces, elle dégageait une impression de calme et de confort.

En prenant oreillers et coussins, la chaude fragrance vanillée de Candice lui parvint. Il prit, un peu au hasard, quelques affaires de toilette. Ce fut ainsi, avec sa pile en équilibre entre les mains, qu'il parvint en bas sans avoir rien fait tomber. Il fit le lit du mieux qu'il put et revint chercher Candice dans le salon.

— Puis-je dormir à présent ? demanda-t-elle.

— Pas avant d'avoir retiré ton uniforme.

Elle pouffa.

— D'accord, sauf qu'en général avant de me demander ça les hommes m'offrent un verre.

Dieu du ciel...

— Pourrais-tu juste coopérer ? demanda-t-il avec fermeté.

Elle se mordilla la lèvre inférieure.

— Entendu.

Ce n'est pas comme si je lui demandais de se dénuder. Il s'agit juste de la débarrasser de son uniforme.

Ce fut ce qu'il ne cessa de se répéter tout le temps qu'il l'aida à ôter sa chemise... et que ses longs cheveux lui effleurèrent la joue.

Exactement comme dans son souvenir.

Le moment délicat finit par arriver. Celui où il allait devoir lui enlever son pantalon.

— Penses-tu pouvoir te mettre debout ?

— Non, mais je peux essayer.

— Passe ton bras autour de mon cou.

Quand elle se fut exécutée, il baissa les mains pour lui dégrafer sa ceinture et sentit son sang se rugir dans ses veines quand il lui frôla la peau.

Elle souffre d'une commotion. Alors, tiens-toi !

À présent, Candice se balançait d'avant en arrière en riant, l'air franchement amusée.

— Qu'y a-t-il de si drôle ? demanda-t-il, dérouté.

— Jimmy Liu me retire mon pantalon !

Il leva les yeux au ciel.

— À présent que ton pantalon est à terre, quitte-le, mais ne tombe pas, par pitié !

Alors qu'elle soulevait sa seconde jambe, il aperçut la petite plume. Le tatouage le plus sexy qu'il ait jamais vu. Non, c'était plutôt l'endroit du tatouage, tout en haut de la cuisse gauche qui l'était. Le plaisir qu'il avait eu à l'embrasser lui restait en mémoire.

Il l'aida ensuite à enfiler sa chemise de nuit, à se mettre au lit, et glissa un coussin sous son pied enflé. Pendant qu'elle l'observait, il ne pouvait s'empêcher de lui sourire.

— Merci, dit-elle quand il eut fini.

— De rien.

— Tu t'en vas, à présent ?

— Non.

Il ne la quitterait pas ce soir. Une partie de lui-même avait même envie de ne jamais la quitter.

— Cette nuit, je dormirai sur le canapé.

— Peux-tu rester encore un peu avec moi ? demanda-t-elle en tapotant le drap du plat de la main.

Il s'installa à l'endroit indiqué.

— Merci d'être avec moi ce soir, Jimmy.

— Je t'en prie.

— Tu sais ce que je ressens pour toi.

Il sentit son cœur s'accélérer.

— Pardon ?

— Je t’aimais, et tu es parti. Ça m’a fait mal.

— Je tenais à toi, dit-il avec douceur. Logan ne voulait pas que je te retienne.

— Que tu me retiennes ? répéta-t-elle, déroutée.

— Oui. Que je t’éloigne de l’école de médecine. Mais j’ai toujours tenu à toi.

Levant une main, il lui caressa la joue de ses doigts repliés.

Candice se pencha vers lui pour l’imiter.

— Je voulais que tu sois mon premier, tu l’as été, et j’en suis contente

Avant qu’il ait pu l’arrêter, elle l’embrassait avec ardeur, avec de plus en plus de passion. Lui prenant le visage entre les mains, il se délectait du goût de ses lèvres quand, soudain, Candice se laissa aller en arrière, s’abandonnant au sommeil.

Le sang de Jimmy bouillait dans ses veines Si seulement elle pouvait se souvenir, demain, de leur baiser.

De son côté, en tout cas, il n’oublierait rien.

8

Candice se réveilla en sursaut. Elle venait de faire un rêve délicieux : elle embrassait Jimmy. Du reste, le goût de ses lèvres chaudes demeurait contre les siennes. Mais cette sensation s'évanouit tandis que la douleur reprenait ses droits dans sa tête et sa cheville. Comme ses yeux s'habituaient à la lumière, elle réalisa qu'elle se trouvait dans sa chambre, au premier, et que si elle était bien en chemise de nuit, elle portait toujours son slip et son soutien-gorge.

Que s'est-il donc passé ?

Elle tenta de rouler sur le côté pour se lever. En vain.

Avisant ses lunettes, elle les saisit et les chaussa. Près de la fenêtre, un peu tassé dans le vieux fauteuil inclinable de son père, Jimmy dormait. Ses doigts effleurèrent ses lèvres. Avait-elle rêvé ou ce baiser avait-il bel et bien existé ?

— Jimmy ?

Il ouvrit aussitôt les yeux.

— Hé ! Est-ce que tu vas bien ? Tu veux quelque chose ?

— Des réponses aux questions que je me pose, répondit-elle en se raclant la gorge. Et de l'eau.

— Oui, avec du paracétamol. Attends, je reviens !

Ce qu'il fit, tenant une carafe d'eau, un grand verre et deux comprimés.

— Voilà ton traitement. Le Dr Zwart a diagnostiqué une commotion cérébrale qui prendra quelque temps pour guérir.

Candice hocha la tête. Cela expliquait ses souvenirs brumeux et ses rêves bizarres. Quant au baiser, si Jimmy ne le mentionnait pas, c'était qu'elle l'avait rêvé. Ou alors...

— Une commotion ? Je ne peux pas m'arrêter pour ça. Ce week-end, j'ai prévu de faire le tour de l'arrière-pays.

— Avec ton entorse de la cheville, je ne te vois pas bien partie pour l'exercice, dit-il sur un ton neutre.

Candice se pencha vers sa cheville tuméfiée.

— Que s'est-il donc passé ?

— Tu as dû perdre l'équilibre. Ta cheville a cédé, et tu es tombée, tête la première.

Elle le fixa.

— Tu es sérieux ?

— Oui. Nous avons d'ailleurs déjà eu cette conversation.

Elle fronça les sourcils. Quelques bribes de souvenirs diffus remontaient à la surface.

— Où est ma voiture ?

— Matt l'a garée dans les locaux de la police, juste en bas de la rue. J'irai la chercher plus tard.

— Tu as passé toute la nuit ici ?

— Oui, dit-il en hochant la tête.

Elle se sentit rosir.

— Et tu m'as... déshabillée ?

— Oui. Après ta chute, ton uniforme était sale.

Elle se laissa aller contre son oreiller.

Imaginer Jimmy en train de la dévêtir la contrariait. Si seulement elle pouvait se rappeler ! Soudain, son esprit dériva vers l'idée de déshabiller Jimmy, de le sentir contre elle. En fin de compte, la situation la troublait autant qu'elle l'embarrassait.

Ne pense pas à lui de cette manière. À moins que tu désires te retrouver de nouveau blessée.

— Où est Marcus ? demanda-t-elle, changeant de sujet.

— Chez ma mère. Je lui ai expliqué ce qui s'est passé, et elle le garde. Il va bien. Toi, tu as besoin d'une présence à ton côté pendant quelques jours, ce que je peux faire.

— Mais... Marcus...

— Il peut venir ici.

Candice sourit.

— Oui, j'aimerais bien que tu amènes Marcus ici.

Sa phrase la ramena aussitôt à la réalité de sa vie. La solitude… Même si elle ne s'était jamais autorisée à le reconnaître, elle avait préféré se noyer dans le travail.

— Merci de prendre soin de moi, dit-elle, ébranlée au plus profond d'elle-même.

Jimmy se pencha légèrement vers elle.

— Hé ! Il n'y a pas de problème.

— Désolée, dit-elle en essuyant une larme.

— Entre ta commotion cérébrale et ton entorse, tu as eu ton content depuis hier. Alors, même si la période n'est pas idéale pour t'arrêter, surtout avec un nouvel employé un peu casse-pieds, sache que je suis là pour toi. D'accord ?

Elle hocha la tête.

— Merci, Jimmy, je suis vraiment touchée.

— De rien. Essaye de t'installer le plus confortablement possible et de te détendre.

Puis il se leva et posa deux béquilles près du lit.

— À cause de ta commotion, tu ne pourras sans doute pas regarder la télévision tout de suite, ni lire un livre ou beaucoup utiliser ton téléphone. Aimerais-tu écouter des podcasts ou un livre audio ?

— Non, merci. Pour le moment, je préfère essayer d'aller dans la salle de bains toute seule puis revenir me reposer un peu.

— Très bien. Je vais récupérer ton 4x4 en bas de la rue. Je devrais rester absent une vingtaine minutes. Ça te va ?

— Parfait. Tu peux y aller.

Elle regarda Jimmy emprunter son allée à longues foulées. Libérant un long soupir, elle bascula la tête en arrière contre les coussins.

Difficile de ne pas pleurer. Tant d'émotions se bousculaient en elle ! Mais au moment où elle se maudissait de sa maladresse, elle laissa échapper un petit rire. Elle devait être la seule personne capable de se faire une entorse, doublée d'une commotion cérébrale, en tombant sur un sol plat ! Revigorée, elle empoigna ses béquilles. Si elle eut un peu de mal à s'extirper de son lit, atteindre la salle de bains de son père lui fut facile.

Après s'être lavée et changée, elle revint sur ses pas. Elle se trouvait dans le couloir quand Jimmy réapparut.

— Où en es-tu ? demanda-t-il avec un grand sourire.

— Au bout du couloir menant à la cuisine. La faim me taraude !

— C'est bon signe ! s'écria-t-il, ravi.

— Et mon mal de tête s'apaise. Deux ou trois jours de repos, et je devrais être remise.

— Oui, mais tu n'as pas encore le droit de conduire. Et le Dr Zwart veut te revoir dans quarante-huit heures.

— Je sais, je m'en souviens.

Jimmy la suivit dans la cuisine et la fit s'asseoir à table.

— Qu'est-ce qui te ferait plaisir ?

— Juste un toast. Autant que je reprenne doucement.

— Allons-y pour un toast ! dit-il en prenant du pain dont il coupa deux tranches qu'il glissa dans le grille-pain.

— Et la petite fête pour l'anniversaire de Marcus ?

— Je vais prendre un peu la relève de ma mère. Elle a d'ailleurs promis de venir te voir.

Comme il la fixait avec intensité, elle lui jeta un regard interrogateur.

— Je n'arrive pas à croire que tu portes toujours les mêmes lunettes, dit-il en riant.

— Ce genre de monture est redevenu très à la mode, et ce sont les mêmes, en effet. Mais les verres, eux, ont changé.

Jimmy sourit

— En tout cas, elles te vont très bien. Je les ai d'ailleurs toujours aimées Elles font très « libraire sexy ».

Elle sentit le rouge lui monter aux joues tandis que son rêve lui revenait en mémoire. *Un rêve ? Vraiment ?*

— Jimmy... À propos d'hier... Est-ce que nous avons... Après l'hôpital, ai-je fait une chose... sortant de l'ordinaire ?

Derrière lui, les toasts venaient de jaillir du grille-pain.

— Que veux-tu dire ? demanda-t-il en se tournant.

Il avait un ton bizarre. *Oh non !*

Quelque chose s'était passé...

— Disons que quand j'essayais de te mettre ton pyjama, tu m'as suggéré de te payer un verre..., répondit-il, espiègle.

— Je veux dire : nous sommes-nous embrassés ?

— Avant ou après ta commotion ?

Elle gémit, de plus en plus gênée.

— Jimmy..., je sais que nous l'avons fait avant. Mais je ne suis pas sûre pour après.

— Tout va bien, dit-il en riant. Comme je te l'ai dit, tu étais un peu dans les vapes.

Elle se sentait très embarrassée. En tant que chef de Jimmy, l'avoir embrassé une fois était non professionnel. Mais si elle avait recommencé, cela devenait... inexcusable.

Jimmy posa le pain grillé devant elle et sortit le beurre du réfrigérateur sans la quitter des yeux.

— As-tu l'intention de passer toute la journée à m'observer ? demanda-t-elle.

— Quelque chose comme ça.

— J'apprécie ta sollicitude, mais je pense pouvoir me débrouiller.

Il secoua la tête.

— À quoi bon t'entêter ? Zwart a insisté sur la nécessité de t'entourer pendant quarante-huit heures, et c'est ce que je fais. Bien sûr, je vais devoir te quitter un peu pour aller voir Marcus, mais, comme annoncé, ma mère veut te voir. Même si, telle que je la connais, elle en profitera pour m'apporter des habits de rechange...

— Je suis désolée de te priver de Marcus, dit-elle, sincère.

— Ça va aller. Il est jeune et, pour ta part, tu as besoin d'aide. C'est le moins que je puisse faire, donc. Enfin, tu es mon amie, et Logan l'était aussi.

L'atmosphère avait changé. La tristesse s'installait, comme souvent lorsqu'ils évoquaient Logan. Candice posa son toast qui avait pris un goût de sciure et se leva.

— Je retourne m'allonger. Ma tête me fait de nouveau mal. Merci pour le toast et le café.

— Je t'en prie. Appelle-moi si tu as besoin de quoi que ce soit.

— Entendu, dit-elle par-dessus son épaule en regagnant l'ancienne chambre de son père.

Pour l'heure, elle avait surtout besoin de garder un peu de distance avec Jimmy.

Lorsque Candice eut regagné son lit, Jimmy sortit et emprunta le pont menant à la forêt. Escorté par le bruit de l'eau, il se dirigea vers la petite clairière menant à la source où Logan et lui se retrouvaient souvent.

Les deux souches qui leur avaient servi de sièges pendant des années étaient toujours là. À peine plus moussues. Jimmy s'assit sur l'une, puis sur l'autre, et regarda autour de lui.

— Je sais que tu ne voulais pas que je commence une histoire avec elle, Logan, mais ce n'est pas facile. C'est une adulte aujourd'hui.

Il se passa une main sur le visage, gêné de s'entendre parler tout seul.

Les choses se seraient déroulées d'une autre façon si, avant son départ, il avait su Candice enceinte. Et quand le rêve s'était brisé, il l'aurait serrée contre lui.

Au lieu de quoi il se trouvait alors à des milliers de kilomètres, ignorant tout de la situation. Mais peut-être était-ce mieux ainsi. En restant, qui sait s'il n'aurait pas bridé Candice dans ses rêves comme l'avait craint Logan et si, aujourd'hui, elle ne lui en voudrait pas...

Prenant une profonde inspiration, il regagna la maison de Candice qu'il trouva réveillée et vêtue des habits qu'il lui avait pris pour remplacer son uniforme. À moitié étendue sur le canapé, elle buvait du café.

— Te voilà..., dit-elle en souriant. Où es-tu allé ?

— Croyant que tu dormais, je suis parti marcher dans les bois et j'ai retrouvé les souches près de la source ou nous venions prendre le frais, Logan et moi.

— Contente que tu les aies vues. Mon père a toujours refusé de s'en débarrasser.

— Bravo à lui ! Je suis ravi qu'il les ait gardées ! Maintenant, dis-moi comment tu t'es procuré ton café…

— Mais… en me le faisant !

— Tu es censée te reposer, Candice.

— Écoute, Jimmy, je ne suis pas devenue infirme et, de ton côté, tu ne vas pas rester là éternellement. Il faut que je me débrouille toute seule.

— Je n'ai pas l'intention de m'installer, mais Zwart veut que tu te reposes et que tu aies quelqu'un près de toi pendant quarante-huit heures.

— Tu as ton fils à voir. Moi, je sais me débrouiller seule.

Et depuis si longtemps que ta présence n'est pas nécessaire !

— C'est en ce moment que tu as besoin de moi, Candice. Hier, quand tu es tombée, tu me l'as fait comprendre.

Candice ouvrit de grands yeux et rosit. Avant de s'asseoir.

— Quoi ?

Il s'agenouilla devant elle.

— Je suis heureux d'être ici, Candy. J'ai fait une promesse à Logan. Avant sa mort, il m'a demandé de m'occuper de toi.

Ses yeux noisette se mouillèrent de larmes, et il eut envie de les sécher avec des baisers.

Lui prenant le visage entre les mains, il se pencha vers elle.

— Jimmy ? Candice ?

Il fit un bond en arrière, et Candice s'essuya les yeux. Mme Liu venait de passer le seuil, un sac de courses à la main.

— Maman… Qu'est-ce que tu fais là ?

— Tu m'as demandé de venir à 13 heures, et il est 13 heures.

Le regard de sa mère passa de lui à Candice, puis de Candice à lui. Il aurait juré y déceler un petit sourire.

— J'ai apporté de quoi déjeuner à Candice. Avec un peu de soupe faite maison.

— Merci, madame Liu ! Votre attention me touche.

— Appelez-moi Liena… Je pose ça dans la cuisine ? ajouta-t-elle en levant le sac de victuailles.

— Tout à fait, Liena.

— Je reviens, Candice, dit Jimmy en suivant sa mère. Marcus est avec son grand-père, maman ?

— Oui, Il adore être avec son *yéye*, et *yéye* adore être avec lui. Mais tu lui manques tout de même. Va donc passer un peu de temps avec lui. Moi, je m'occuperai de Candice.

Ayant autant envie d'être avec Marcus qu'avec Candice, Jimmy hésita. De plus, la perspective de laisser Candice avec sa mère l'effrayait un peu. Mais elle l'avait toujours appréciée et était la seule à avoir proposé son aide. Quant à lui, cela lui permettrait de se laver, de se raser et de se changer...

— D'accord, on fait comme ça. Je serai là dans la soirée.

— Vas-y. Je prendrai soin de Candice comme de ma fille.

Sans rien savoir de précis, Jimmy était à peu près sûr que sa mère complotait quelque chose. Savoir ce qu'elle avait en tête était d'ailleurs toujours très compliqué.

Il alla rejoindre Candice qui avait retrouvé la position allongée.

— Et cette cheville ?

— La surélever fonctionne bien. Elle est moins gonflée.

— Attends que je vérifie avant de partir.

Il se pencha en avant puis se redressa en hochant la tête.

— C'est en effet beaucoup mieux.

— Je pensais prendre une douche. Crois-tu que je puisse ôter mon bandage pour l'occasion ?

— D'accord, je le referai en rentrant.

— Parce que tu reviens ?

— Je sais que tu peux te débrouiller seule, mais je m'en tiens aux conseils de Zwart. Donc, je passe quelques nuits ici et je te laisse tranquille ensuite.

— Très bien, dit-elle avec un sourire. À présent, va retrouver ton fils. À plus tard.

— J'y vais. Euh..., je crois que ma mère est en train de réapprovisionner ta cuisine. Désolé...

— Pas de problème. Je suis contente de passer l'après-midi avec elle.

Il partit, un peu inquiet de laisser les deux femmes ensemble. Mais il n'avait pas le choix. Prendre du recul s'imposait. Avant de tenter quelque chose qu'il risquerait de regretter. Comme embrasser de nouveau Candice…

9

Autant Candice s'était d'abord opposée à Jimmy pour qu'il ne s'occupe pas d'elle, autant elle lui était ce soir reconnaissante de l'avoir fait, ainsi qu'à Mme Liu de lui avoir octroyé un peu de temps pour qu'il puisse en passer avec son fils.

Candice fit au mieux pour aider Liena à planifier la petite célébration des deux ans de Marcus, mais il lui sembla quand même avoir beaucoup somnolé au cours de l'après-midi.

Quand Jimmy rentra, elle parvint à le persuader de dormir en haut, dans sa propre chambre, plutôt que sur le canapé.

Il lui amena Marcus le lendemain, et elle savoura le spectacle du bambin jouant avec son père ou courant partout dans son jardin. La cour de la location de Jimmy n'était en effet pas très grande, et Marcus ne se priva pas pour dégourdir ses petites jambes.

Si seulement elle avait pu se joindre à eux !

Quarante-huit heures après sa chute, elle se déplaçait seule et, à l'issue de son rendez-vous de contrôle, le Dr Zwart l'avait autorisée à reprendre ses activités habituelles à condition de procéder en douceur et par étapes. Mais il lui avait aussi ordonné une semaine de repos avant de reprendre son travail. Jimmy, en revanche, avait dû retourner à la base, et elle essayait de veiller à ce que Nigel et Stu le prennent sous leur aile. En tout état de cause, elle se sentirait mieux quand elle reprendrait son activité et constaterait les progrès de Jimmy de ses propres yeux.

Dès qu'il terminait son service de nuit, Jimmy rentrait et s'assurait qu'elle allait bien. Très vite, elle s'était habituée à voir quelqu'un qui tenait à elle. En même temps, elle ne voulait pas s'habituer à cet arrangement, car si Jimmy se liait avec une femme, il ne trouverait sûrement plus de temps pour la petite sœur de son meilleur ami de jeunesse...

Qui a dit que Jimmy allait avoir une liaison ?

La réponse s'imposait. Un homme comme Jimmy Liu ne devait pas rester longtemps seul. Depuis l'école, elle avait remarqué la réaction des filles. Beau, charmant et intelligent... Comment résister ? Et aujourd'hui, il avait encore plus de charme, plus de fougue et était parfait avec son fils.

Mais il n'était pas pour elle. Le perdre une seconde fois lui arracherait définitivement le cœur.

— Candice ? dit-il, ce matin-là, en fermant sa portière et en s'avançant dans l'allée.

Il venait de la voir assise sur une marche du porche. Après quelques pas, il s'arrêta net.

— Que t'arrive-t-il ? Tu as l'air bien en colère.

— Je vais devenir folle. Mon pied est encore trop enflé pour entrer dans mes sneakers, mais je ne peux pas conduire en tongs jusqu'à Hinton.

— Pourquoi veux-tu aller à Hinton ?

— Pour faire les grosses courses.

— Tu as le droit ?

— Zwart a dit que je pouvais. C'est moi qui attendais le moment de pouvoir rentrer dans mes sneakers. Mais visiblement...

Elle envoya valser celui qu'elle portait à son pied valide avec un gros soupir.

— En fait, je voulais trouver un cadeau pour Marcus.

— Et si je t'accompagnais, moi, à Hinton ?

— Tu viens de terminer ton service, un quart de nuit... .

— Je ne suis pas fatigué. De plus, ma mère m'a chargé de lui faire quelques courses. On pourrait prendre Marcus au passage et l'emmener déjeuner. Ou au parc. Et surtout... tu pourrais garder tes tongs !

Dis non.

Sauf que cela faisait une semaine qu'elle ne travaillait plus et que voir souvent Jimmy et Marcus l'enchantait. Oui, elle adorait qu'ils habitent dans sa rue.

— D'accord, dit-elle avec un sourire.

— Alors, allons-y.

Après avoir verrouillé sa porte, Candice s'affola de sa démarche hésitante. Ce n'était pas son habitude de boitiller ainsi de son perron à la rue. Sa vie était faite de longues marches, de randonnées, d'hélicoptères, de secours en montagne. Cela l'empêchait de penser à autre chose. Or, depuis une semaine, elle restait presque sans arrêt assise chez elle et avait renoué avec des pensées qu'elle croyait définitivement sorties de sa tête. Aussi, même si ces courses à Hinton l'exposaient à une peine de cœur, elles lui permettaient de s'évader un peu.

Jimmy glissa la main dans la sienne pour descendre l'allée.

— Tu marches beaucoup mieux, dit-il.

— J'y travaille avec assiduité pour être de retour dans mes montagnes dès la semaine prochaine.

— Belle ambition...

— J'ai une boucle à réaliser dans l'arrière-pays qui m'attend depuis le week-end dernier. Je t'en avais parlé.

— Oui. Et Stu attend de moi que je t'accompagne.

— Parce qu'il doit toujours rester deux urgentistes à Jasper. Voilà pourquoi vous ne pouvez y aller ensemble.

— Tu veux dire qu'un débutant ne l'intéresse pas.

— Un blanc-bec..., renchérit Candice en riant.

— Mais je connais bien ces montagnes. Même si je n'y suis pas venu depuis longtemps, j'y suis né ! Stu aussi ?

— Non. Je crois qu'il est de Canmore. Des montagnes aussi, donc, mais différentes.

— En effet.

Jimmy hocha la tête.

— Et toi, tu es notre chef à tous les deux. Apparemment, il préfère que le blanc-bec fasse équipe avec la chef... qui me semble d'ailleurs très en forme. Es-tu bien sûre d'avoir eu une commotion cérébrale ?

Il la taquinait, les yeux brillants. Elle sourit.

— Tout ce qu'il y a de plus sûre...

S'installant sur le siège passager, elle attacha sa ceinture pendant que Jimmy s'installait au volant. Quand ils eurent traversé la ville, il se gara devant chez ses parents pour aller prendre Marcus. Candice patienta à l'intérieur du véhicule. Ils ne se trouvaient qu'à une heure de Hinton en voiture, mais pour un petit c'était beaucoup. Difficile de tout concilier. Et elle en savait quelque chose... Elle-même ne désirait-elle pas fonder une famille, avoir deux enfants et devenir chirurgienne ?

Jimmy sortit de la maison avec un sac en bandoulière et son fils dans ses bras.

Il ouvrit la portière arrière et installa Marcus dans son siège.

— Coucou, Marcus ! dit-elle avec un large sourire.

Le petit garçon lui sourit sans lâcher sa tasse à bec et battit des paupières en guise de bonjour.

Quand Jimmy eut fini d'installer son fils, il passa le sac en bandoulière à Candice par-dessus le siège avant.

— Tiens, regarde à l'intérieur. Il y a différentes choses dont des goûters. Mais si je le laisse à l'arrière, Dieu sait dans quel état on le retrouvera. N'est-ce pas, Marcus ?

L'enfant sourit sans cesser de boire dans sa tasse à bec.

— As-tu tout ce dont tu as besoin ? demanda Candice.

— Oui. Plus la liste de ma mère concernant notre petite célébration. Tout est dans le sac, y compris deux ou trois bricoles pour occuper Marcus. Mais c'est l'heure de sa sieste. Avec un peu de chance, il dormira jusqu'à Hinton.

— Il dort bien en voiture ?

— Oui. Nous avons fait de longs voyages depuis Toronto, avec ma mère et lui, et tout s'est toujours très bien passé. Pourtant, la route du lac Supérieur dans une caravane, avec un bébé, n'est pas forcément une partie de plaisir. La présence de ma mère me rassurait, mais Marcus n'a posé aucun souci. D'une manière générale, son apparition dans ma vie m'a d'ailleurs éclairé sur bien des choses, et ma relation avec mes parents n'a jamais été meilleure. Sans parler de la leur avec lui.

Candice sourit.

— Ta mère doit l'adorer.

— Parce que je ne l'aime pas, moi ?

— En l'occurrence, il ne s'agit pas de toi, mais de Liena.

— Je sais, dit-il en riant. Et tu as raison. Il est la lumière de ses jours.

Ainsi que Jimmy l'avait prévu, Marcus s'endormit vite, sa tasse à bec serrée dans sa menotte.

— Il est adorable, dit Candice, tout sourire.

— Je trouve aussi, répliqua Jimmy en cherchant son regard.

— Je ne comprendrai jamais comment les jeunes enfants peuvent s'endormir dans presque n'importe quelle situation.

— Les plus grands aussi, parfois. Je me rappelle que, vers dix ans, je m'endormais dans les espaces les plus exigus, surtout après les fêtes champêtres.

— Je m'en souviens, dit Candice avec une petite moue. Avec Logan, vous étiez insupportables, ces soirs-là.

Il arbora un air offusqué qui la fit rire.

— Quoi ? Dis plutôt que nous t'apprenions à apprécier la nature !

— Mais oui, répondit-elle, moqueuse. Ce qui explique que j'aime encore Jasper aujourd'hui.

Et que Chad l'ait quittée... Il ne voulait pas passer sa vie à Jasper. Et il n'avait pas voulu s'occuper de son beau-père quand celui-ci était tombé malade.

Il n'avait pas voulu fonder une famille.

C'était à l'université qu'elle l'avait rencontré, à l'époque où toute sa famille allait encore très bien. Chad était tombé sous son charme. Puis elle avait perdu Logan et sa mère pendant que son père se repliait un peu sur lui-même, et Chad était devenu sa bouée de secours. Elle s'était accrochée à lui. Pour ne pas être seule.

— Et que mon mariage ait pris fin, ajouta-t-elle.

— En fait, tu ne m'as jamais parlé de... Comment s'appelait-il ?

— Chad.

— Quel prénom affreux ! s'écria Jimmy en faisant la grimace. Comment peut-on appeler son garçon Chad ?

— Ce n'est pas un prénom affreux, et il n'explique de toute façon pas l'échec de notre mariage...

— Bien. À cause de quoi avez-vous divorcé, alors ?

— Nos aspirations étaient différentes. Lui ne voulait rester à Jasper qu'à condition de pouvoir louer une maison où nous organiserions des fêtes sélectes. Quand mon père est tombé malade, Chad n'a pas voulu rester pour m'aider à m'occuper de lui. En fait, il ne supportait de s'investir que dans des projets socialement porteurs.

Jimmy arqua un sourcil.

— Que lui trouvais-tu dans ce cas ?

— Il était gentil, et nous nous étions bien amusés, ensemble, à l'université. Je l'aimais, et nous étions tous les deux très focalisés sur la médecine. Pour être honnête, il m'a soutenue quand Logan a été tué puis quand ma mère a commencé à lâcher prise. Pour autant, il tenait à poursuivre ses études et à mener la grande vie à la ville tandis que je voulais rester à Jasper.

— Vraiment ?

— Oui, répondit-elle en souriant. Arrêter l'école de médecine n'a pas été facile, et j'en ai souffert, mais, à ce moment-là c'était la seule chose envisageable. Chad, qui n'était attaché ni à mon père ni à Jasper, est parti.

Leur rupture lui avait fait plus mal que ce qu'elle avait imaginé. Elle qui croyait avoir élevé autour d'elle des murs protecteurs les avait vus s'écrouler avec une facilité déconcertante. Après avoir failli ne pas survivre au décès de Jimmy, ce second abandon lui avait fait comprendre que la seule façon de ne plus souffrir était de ne plus laisser personne devenir prioritaire dans son existence. Fermant alors son cœur, elle s'était consacrée à son père, puis à son travail à Mountain Rescue, et tout s'était bien déroulé.

Jusqu'à ce que Jimmy revienne bouleverser son existence si bien orchestrée.

— Maintenant que je t'ai parlé de Chad, si tu me parlais un peu de la mère de Marcus ? Elle est morte, alors ?

— Oui, répondit Jimmy avec un soupir. J'ai rencontré Jennifer après mon retour d'Allemagne. Elle souffrait de stress post-traumatique, mais ne s'en était jamais vraiment occupée. À l'époque, je n'ai rien vu. J'étais encore trop dans ce qui était arrivé à Logan.

Elle et moi nous sommes rapprochés et avons passé une nuit ensemble. Puis elle est partie. Je n'étais pas amoureux d'elle, mais c'était mon amie. Jusqu'à ce que, six mois après la naissance de Marcus, elle le dépose devant ma porte. Apprendre son existence après tout ce temps m'a rendu fou, mais je voulais quand même aider Jennifer à se soigner. Ensuite, j'ai compris qu'elle ne voulait pas de Marcus. Qu'il n'y avait rien à faire.

— C'est terrible, commenta-t-elle en songeant au bébé de Jimmy qu'elle avait perdu.

— C'est très grave, oui. Elle n'avait personne et, une nuit, elle a trop bu...

— Je suis désolée. Et désolée aussi pour Marcus qui ne connaîtra pas sa mère.

Jimmy eut un sourire triste.

— Moi aussi. J'ai contacté le père de Jennifer, mais il n'a pas voulu entendre parler de lui. Ni de moi. Il m'a juste donné une photo de sa fille que j'ai mise de côté pour le jour où Marcus voudra en savoir un peu plus sur elle.

— As-tu pensé à te marier un jour ?

— Jamais... Je voulais juste regagner Jasper pour permettre à Marcus de grandir dans un bel endroit et se rapprocher de ses grands-parents. Après quelques années difficiles, j'essaye de me reconstruire, et le mariage est la dernière chose que j'ai à l'esprit.

Candice ne comprit pas pourquoi elle se sentit si déçue. Non qu'elle eût envie de se remarier. Simplement, la hâte de Jimmy à repousser cette idée la rendait triste pour lui et pour Marcus qui méritaient tout le bonheur du monde. Bien qu'elle ne pût le leur apporter – car jamais elle ne risquerait son cœur une seconde fois –, elle aurait aimé les voir heureux !

Si le reste du trajet n'eut rien d'exceptionnel, elle contempla sans se lasser le paysage ; des montagnes, des arbres et, parfois, des animaux défilaient derrière sa vitre.

Marcus poursuivit sa sieste et ne se réveilla que quand Jimmy se fut garé sur le parking du supermarché. Candice attrapa le sac de courses pendant que Jimmy fermait le véhicule et installait Marcus sur le petit siège du Caddie.

— Je vais le changer dès que nous serons à l'intérieur, dit-il. C'est… impératif.

Éclatant de rire, elle posa le sac des courses dans le Caddie.

— Pendant ce temps, je pourrai peut-être lui trouver un cadeau sans qu'il s'en aperçoive.

— Ne t'inquiète pas. De toute façon, à son âge, il oublie très vite. Quant aux cadeaux, à partir du moment où ils sont dans une boîte immense ou dans un sac aux couleurs bien criardes qu'il pourra saccager, il sera ravi !

— Si je comprends bien, c'est du papier d'emballage qu'il faut lui acheter… Et puis… de la glace au chocolat !

— Glace au socolat ! dit Marcus en claquant des mains.

— Bravo, mon fils ! Mais avant, on fait les courses pour *năinai*. D'accord, champion ?

Marcus hocha la tête en direction de Candice et lui sourit.

— Glace au *socolat*, Candy !

— Tout à fait, répliqua-t-elle, attendrie par l'adorable petit garçon.

— Tu comprends maintenant pourquoi je lui ai pris quelques habits de rechange…

— J'ai des amis qui ont des enfants. Je connais…

Jimmy ne perdit pas de temps pour aller changer Marcus tandis que Candice commençait à s'occuper de la liste de Liena. Le père et le fils la rejoignirent un peu plus tard. Comme Candice s'accroupissait pour être à sa hauteur, Marcus s'élança vers elle et l'entoura de ses bras potelés. Elle le souleva en le pressant contre elle.

Jimmy s'approcha, presque sous le choc.

— Je ne l'ai jamais vu s'entendre si vite avec quelqu'un.

— Parce qu'il sait que Candy est super, répondit-elle, facétieuse. N'est-ce pas, Marcus ?

Il hocha la tête en souriant tandis qu'elle le posait dans le Caddie, ravie de l'entendre pousser des petits cris de joie quand elle s'engagea dans une allée.

La situation semblait telle qu'elle aurait dû toujours être, la réjouissant et l'effrayant en même temps. Pour la seconde fois, son cœur se retrouvait entre les mains de Jimmy Liu.

Et elle détesta que cela sonne si juste.

Elle détestait son envie qu'il en soit ainsi.

Quand ils eurent tout trouvé, Candice acheta à Marcus la glace au « socolat » prévue avant de s'éclipser pour choisir son cadeau.

— Beau temps…, commenta-t-elle un peu plus tard en regagnant la voiture.

Il y avait sûrement un monde fou en montagne… Cette pensée la ramena aussitôt à ce qui devait se passer, en ce moment, à Mountain Rescue.

— Où es-tu ? demanda Jimmy en se penchant vers son fils pour nettoyer ses menottes pleines de chocolat.

— Que veux-tu dire ? Je suis là…

— Tu pensais à ton travail, n'est-ce pas ?

— Peut-être, répondit-elle en haussant une épaule. Ou que le parc devait être bondé, des choses comme ça.

— Il est quand même terrible que tu songes aux secours que tu ne pourras pas effectuer, juste parce que la journée est radieuse…, dit-il avec un clin d'œil en soulevant Marcus.

— Ce n'est pas vraiment ça.

— Ah non ?

— Disons que ça l'est en partie, si tu préfères… Cela fait trois ans que je dirige Mountain Rescue, il est normal que je me demande comment ils se débrouillent sans moi.

— Tout va bien se passer. Stu sait faire.

— Quoi ? dit-elle en lui jetant un regard noir.

Jimmy leva les mains.

— Mais vous êtes la meilleure, chef. C'est évident.

Elle eut un soupir amusé.

— Ça va vraiment me faire du bien de retourner au travail, la semaine prochaine. J'ai hâte de retrouver pistes et sentiers.

— Moi aussi, dit Jimmy. Tout ce temps passé sans faire la moindre balade dans l'arrière-pays…

— Justement, la piste Skyline sera au programme, et c'est l'une des plus fréquentées et des plus problématiques. Ce ne sera pas une partie de plaisir de grimper là-haut avec tout notre matériel de sauvetage.

— Espérons que nous n'aurons pas à nous en servir. À présent, que dirais-tu de déjeuner puis de descendre au Beaver Boardwalk et d'y flâner un peu ? Ne serait-ce que pour tenter d'apercevoir quelques castors...

— L'idée me paraît sympa, répondit-elle en se demandant à quand remontait sa dernière incursion dans les terres humides.

Mais elle ne s'en souvenait plus. Quand elle se rendait à Hinton, c'était en général juste pour faire ses courses.

Ils achetèrent des sandwichs pour eux, du fromage grillé pour Marcus et roulèrent jusqu'à parc. Puis ils se mirent en marche, laissant Marcus avancer à sa guise, ce qui revenait à devoir s'arrêter toutes les trois minutes, chaque fois qu'il s'accroupissait pour contempler l'eau et le marais.

Ils n'eurent pas à cheminer longtemps avant de trouver un joli endroit, près du lac Maxwell, où pique-niquer. Tant mieux pour Marcus et pour Candice dont la cheville commençait à protester. En rentrant, elle serait bonne pour l'entourer de glace et poser la jambe à l'horizontale.

— J'avais oublié cet endroit, dit-elle. Mes parents m'y emmenaient parfois avec Logan. Combien de fois m'a-t-il menacée de me jeter en pâture aux castors !

Jimmy pouffa.

— Il aimait bien emmener ses conquêtes ici pour...

— Dégoûtant...

— Quoi ?

— J'ai parfois vu mon frère avec des filles, et je n'ai vraiment pas besoin de savoir où il les emmenait.

— Désolé, dit Jimmy sans cesser de rire.

— D'abord, pourquoi les amener au bord d'un marais ?

— Je croyais que tu ne voulais pas savoir, commenta-t-il, amusé.

— Je reste curieuse sur le choix du lieu.

Jimmy haussa les épaules.

— Peut-être parce que l'endroit est joli et qu'il change des montagnes. Et puis ce n'était pas le seul endroit où Logan…

Jimmy s'interrompit en mettant sa main sur sa bouche d'un air si désolé que, cette fois, elle rit de bon cœur. Son frère était quelqu'un de bien que tout le monde avait aimé. Et qui lui manquait. C'était même le meilleur grand frère qu'une fille pût espérer avoir, et le fait qu'ils aient eu deux caractères opposés n'y changeait rien. Il était si injuste que son existence se soit interrompue si tôt !

— Moi, je n'amenais pas de filles ici, reprit Jimmy avec un léger sourire. J'étais trop classe…

— Où les amenais-tu ?

Elle se demanda en même temps comment elle pouvait lui poser une question pareille.

— En général, au bord de la rivière. Mais en toute franchise, je ne multipliais pas les conquêtes comme Logan. Peut-être une ou deux, mais pas plus.

— Ça me semble dur à croire, dit-elle après un moment.

— C'est la vérité.

— Tu avais toujours une fille à ton bras.

Il lui jeta un regard si intense qu'elle sentit son cœur s'emballer.

— Le fait d'avoir des filles à mon bras ne signifiait pas qu'il se passait quelque chose. Il n'y a jamais eu qu'une fille avec qui j'ai désiré sortir…

Il marqua un silence avant d'ajouter :

— Tu as aussi été ma première fois, Candice.

Elle sentit son visage s'empourprer.

— Je sais.

— Tu es la seule que j'aie jamais désirée, murmura-t-il.

À cet instant, un cri strident résonna, et ils tournèrent la tête en même temps. Marcus venait de renverser le ketchup.

— Papa ! Macus bêtise…

— On ne peut pas dire le contraire…, remarqua Jimmy devant le désastre.

— En effet, ajouta-t-elle, réprimant un rire.

— Je l'emmène aux lavabos pour le nettoyer, dit Jimmy qui s'empara du sac en bandoulière.

— Entendu. Moi, je ramasse ici. As-tu fini de manger, Marcus ?

— Oui, Candy.

Jimmy prit son fils par la main, et elle les regarda s'éloigner, le cœur battant très vite.

Cela peut être à toi.

Oui. Elle n'avait qu'à faire le plongeon. Mais elle craignait tant d'être blessée et de tout perdre.

— Vous avez une bien jolie famille.

Elle se retourna pour découvrir un couple âgé qui passait devant la petite table de pique-nique qu'elle débarrassait.

— Pardon ? demanda-t-elle, un peu perdue.

La femme sourit.

— Votre famille. C'est une jolie famille. Quel âge a votre fils ?

— Bientôt deux ans, répondit-elle, ébahie.

— Eh bien, bonne continuation !

Sur un nouveau sourire, la femme poursuivit sa promenade en compagnie de son mari.

Candice demeura un instant sans bouger avec, dans les mains, les couverts qu'elle venait de ramasser. Elle n'avait pas corrigé la femme. Pourtant elle aurait dû.

Jimmy et Marcus n'étaient pas sa famille.

Mais elle désirait qu'ils le deviennent. Si elle se montrait assez audacieuse pour saisir sa chance...

10

Le trajet du retour fut tranquille. Marcus, épuisé, dormait dans son siège, et Candice sommeillait, la tête posée contre la vitre.

Cette scène fit sourire Jimmy. Elle était si paisible et juste. Si elle avait pu ne jamais finir ! Toute sa vie, il n'avait voulu que Candice, et il en allait toujours ainsi.

Elle se réveilla quand il ralentit avant le péage du parc.

— Nous sommes arrivés ?

— Non, c'est le péage. Si tu veux te rendormir, tu peux...

— Justement non. Difficile pour moi de dormir en voiture.

Jimmy présenta son passe et repartit. Il y avait très peu de monde sur la route : eux trois, les montagnes et une chèvre qui déambulait le long de l'autoroute en broutant de l'herbe.

— Quelle belle journée..., dit Candice.

— Très.

— Et Marcus dort bien, ajouta-t-elle en se tournant.

— Oui, répondit Jimmy avec un petit rire. Les voyages en voiture semblent exercer sur lui un effet magique.

Mais, soudain, il fronça les sourcils. À côté d'un chemin de terre menant à l'une des aires de loisirs de l'autoroute Yellowhead, des feux de détresse clignotaient, et une femme agitait les bras.

— Que se passe-t-il ? murmura-t-il.

Il quitta la route, s'arrêta près du van de la femme et baissa sa vitre. L'inconnue, à l'évidence enceinte, s'élança vers lui, la main posée sur son ventre.

— Dieu merci, vous êtes là. J'ai besoin d'aide.

— Quel est le problème ? s'enquit-il en coupant le contact.

— Mon mari conduisait quand il s'est évanoui ! Je ne sais pas ce qui s'est passé. J'ai déplacé la voiture comme j'ai pu sur le bas-côté, mais il ne se réveille toujours pas.

— Avez-vous appelé une ambulance ?

— No… Non, je ne…

— Ne vous inquiétez pas. Je suis médecin urgentiste. Je vais vous aider.

Jimmy se tourna vers Candice qui appelait déjà les secours de Hinton, plus proches que ceux de Jasper.

— Reste avec Marcus, dit-il en lui tendant la clé de la voiture.

Elle hocha la tête tout en continuant à préciser leur position à son correspondant au téléphone.

Jimmy descendit, prit son kit médical dans le coffre, enfila ses gants jetables et suivit la femme vers le van.

— Comment s'appelle votre mari ?

— Steve.

— Et vous ? demanda-t-il en prenant le pouls de l'homme évanoui.

— Mary

— Mary, je vais sortir votre mari du van pour examiner ses voies respiratoires. D'accord ?

Pour ne pas l'inquiéter, il préféra taire qu'il trouvait à son mari un pouls à la fois faible et lent. La perte de conscience pouvait venir d'une simple hypoglycémie comme d'une attaque cardiaque. Pour commencer, il fallait le mettre sur le dos et lui surélever les jambes.

Candice vint le retrouver.

— L'ambulance sera là dans environ une demi-heure.

Jimmy dégagea Steve du siège conducteur, l'étendit sur le sol, puis lui détacha son ceinturon et ouvrit sa chemise. Un premier examen permit de constater que rien ne bloquait ses voies respiratoires.

— Steve ? Est-ce que vous m'entendez ?

N'obtenant pas de réponse, il souleva les jambes de l'homme.

Sans succès. Il allait devoir procéder à une réanimation cardio-respiratoire.

Avant de se diriger vers Mary, Candice répondit d'un discret hochement de tête au regard qu'il lui lança.

— Bonjour, je m'appelle Candice. Pouvez-vous me dire ce qui s'est passé ?

— Il me conduisait à l'hôpital, car je venais de perdre les eaux. C'était il y a environ une heure.

Une petite grimaça de douleur l'interrompit.

— Le travail a donc déjà commencé ! s'exclama Candice, abasourdie.

Jimmy tourna la tête dans leur direction.

— Vos contractions sont espacées de combien de temps ?

— Je ne sais pas, répondit Mary en haussant les épaules. Moins de quatre minutes. C'est mon quatrième bébé.

— Candice, il faut que tu sortes la couverture de survie du coffre et que tu aides Mary à s'installer.

— Ressentez-vous le besoin de pousser, Mary ?

— Oui ! Je n'y ai pas prêté trop attention jusqu'ici mais... Oui, j'ai très envie de pousser.

Candice s'approcha du coffre de la voiture.

— Je n'ai jamais fait naître de bébé avant...

— Tu vas y arriver, dit Jimmy à voix basse. C'est son quatrième. Essaye de te rappeler ta formation de base.

Elle hocha la tête. Jimmy, toujours occupé par la réanimation cardio-respiratoire de Steve, la regarda rejoindre Mary en espérant que l'ambulance arrive au plus vite. De longues minutes s'écoulèrent avant qu'elle annonce enfin :

— Je commence à voir la tête du bébé.

Steve se mit à haleter au même moment. Jimmy le mit sur le côté.

— Respirez, Steve. Respirez !

Au loin, le son d'une sirène se rapprochait, et Jimmy poussa un soupir de soulagement.

— Tout va bien, Steve. Je suis Jimmy Liu, urgentiste. Vous vous êtes évanoui.

— Et Mary ? demanda Steve d'une voix cassée.

— Elle va bien aussi.

L'ambulance arrivait, sirène à présent éteinte mais gyrophare tournoyant. Jimmy jeta un regard vers l'intérieur de son véhicule. Bien à l'abri, Marcus dormait toujours comme un ange.

Les portières de l'ambulance s'ouvrirent. Jimmy se hâta vers les urgentistes pour leur fournir toutes les informations recueillies sur Steve pendant l'examen.

— Jimmy, j'ai besoin d'aide, dit alors Candice.

Il se dirigea vers elle.

— Le bébé ne sort pas, expliqua-t-elle sans perdre son calme. J'ai l'impression que son buste est coincé.

— Dystocie des épaules, dit Jimmy. Nous allons procéder à la manœuvre de Mac Roberts. Mary, vous allez ramener les cuisses vers votre ventre. Pendant ce temps, Candice, essaye de bouger très légèrement le bébé pour lui permettre de passer son épaule.

Elle hocha la tête tandis que Jimmy se plaçait derrière Mary et la tenait pour l'aider.

— Très bien, Mary. Dès que vous sentirez la prochaine contraction, vous pousserez.

Quand Mary gémit, Candice dégagea aussitôt le bébé. Une seule poussée avait suffi ! Candice le récupéra entre ses mains gantées.

— C'est une fille ! annonça-t-elle d'une voix émue.

Celle-ci poussa alors son premier cri, et Jimmy félicita la mère tandis que Candice lui posait son enfant sur le ventre.

Ce fut alors qu'arriva une seconde ambulance dont sortirent quatre urgentistes. Jimmy quitta le van et remarqua que, cette fois, Marcus s'était réveillé et suivait des yeux l'éclat du gyrophare. Pour protéger mère et enfant, Candice les couvrit d'une couverture supplémentaire non sans poser sur elles ce que Jimmy crut être un regard d'envie… qu'il partagea en songeant au bébé qu'ils avaient perdu. Jamais ils n'auraient le bonheur de le voir grandir. Son émotion était grande, mais il se ressaisit car son fils avait besoin de lui. Et lui aussi avait besoin de son fils.

Il retira ses gants qu'il jeta dans le conteneur de l'ambulance réservé à cet effet puis se désinfecta les mains. Ensuite il alla sortir Marcus du véhicule et le tint serré contre lui.

— Papa, regarde !

Les urgentistes étaient en train d'étendre Mary et son bébé sur une civière pendant que Candice leur expliquait les conditions exactes de l'accouchement.

Avant de les rejoindre, elle ferma le hayon du van.

— On a appelé, dit-elle. La dépanneuse arrive.

— Candy, regarde !

Marcus pointait un doigt vers les deux ambulances.

— Oui, j'ai vu, répondit-elle en souriant. Tu vas aussi voir une dépanneuse !

Marcus s'assit par terre en écarquillant déjà les yeux.

Jimmy lui ébouriffa les cheveux.

— Au moins, tu es au spectacle, toi !

Puis il réinstalla son fils dans son siège avec, à portée de main, sa tasse pleine de jus de fruits ainsi qu'un petit livre qu'il plaça consciencieusement devant lui… à l'envers.

— Ça a été quelque chose…, dit Candice.

— Effectivement. J'ajouterai que tu as fait du bon travail.

— Jamais je n'avais fait accoucher une femme.

— Oui, mais à te voir on ne l'aurait jamais cru.

— Merci… Toutefois, il est rare que les femmes enceintes pratiquent l'escalade en montagne. Pour ta part, tu t'es aussi bien occupé de Steve. Avec calme…

— Comme toi. Nous formons une bonne équipe.

Une expression étrange passa sur le visage de Candice.

— C'est vrai.

— Mais ?

— Eh bien, mon rôle auprès de Mary me donne envie de reprendre mes cours de médecine. Qu'est-ce qui m'empêche de quitter Jasper ? Plus rien ne m'y retient… Si ?

Le cœur de Jimmy se serra.

Tu ne peux pas être ce qui la retiendra.

— Tu as raison. C'est ce que tu devrais faire, dit-il en tournant la tête vers la dépanneuse qui arrivait.

— Je vais voir le conducteur, et nous rentrerons.

Jimmy resta seul avec Marcus. Candice était intelligente et talentueuse. Il n'avait pas le droit de la retenir.

Non, il ne pouvait l'empêcher de réaliser son rêve. Même si la voir rester avec lui était ce qu'il désirait le plus au monde.

11

— Va ouvrir, Jimmy ! cria Liena depuis la cuisine.

— J'y vais, répondit-il en espérant que la voix de sa mère n'avait pas réveillé Marcus.

La préparation de la petite fête pour l'anniversaire de son fils n'était pas terminée. Heureusement que les parents des jeunes voisins conviés n'étaient pas encore arrivés.

Car il était lui-même très en retard. Ouvrant la porte, il découvrit Candice. Depuis leur sortie à Hinton, il ne l'avait pas revue, gardant ses distances maintenant qu'elle avait annoncé vouloir reprendre ses études de médecine. Mais tout de même, quel soulagement de la voir ! Elle lui avait tant manqué, et il la trouvait si jolie dans son chemisier à fleurs et son jean.

— Dieu merci, c'est toi, dit-il tandis que le ballon qu'il essayait de nouer se dégonfla avec un bruit horrible.

Elle jeta un coup d'œil autour d'elle.

— Il y a un problème ?

— Marcus n'a presque pas dormi de la nuit, j'ai dû assister à un sauvetage et j'ai du retard avec mes ballons. Bref, ça ne va pas fort.

— Ta mère m'a appelée pour me demander d'arriver tôt.

Candice lui tendit un paquet très coloré.

— Pour Marcus !

— Merci pour lui. Comment vas-tu ?

— Bien, répondit-elle en le regardant à peine.

— Sûre ?

— Tout à fait ! Pourquoi n'irais-je pas bien ?

— Disons que tu as l'air d'être à cran, expliqua-t-il en fermant la porte d'entrée.

— Puisque tu veux tout savoir, l'idée de retourner au travail demain m'inquiète. Je me demande ce que je vais trouver en arrivant et la quantité de paperasse qui m'attendra.

— Alors donne-moi ton avis sur la déco... Ça t'aidera à penser à autre chose qu'au bazar horrible que Stu a dû te laisser, ajouta-t-il pour plaisanter et, peut-être, pour reprendre leur relation où ils l'avaient laissée.

Leur relation ? Quelle relation ? Il n'avait pas de relation avec Candice, et il ferait bien de s'en souvenir.

— Candice ! s'écria Liena en sortant, rayonnante, de la cuisine. Je suis contente de vous voir ici !

— Et je suis tout aussi contente d'y être, madame Liu.

— *Liena*... Pourriez-vous m'aider à décorer le gâteau ?

— Bien sûr.

— Mais, maman... Elle m'aide déjà pour les ballons !

— Je ne vois pas pourquoi tu t'embêtes avec ça...

M. Liu, qui lisait son journal dans le salon, se mit à rire. Jimmy lui lança un regard féroce.

— Tu pourrais aider, papa, tu sais...

Son père remonta aussitôt son journal devant ses yeux.

— Tu te débrouilles très bien, mon garçon.

Soupirant, Jimmy retourna à ses ballons sans insister, avec l'idée d'en finir au plus vite pour pouvoir parler à Candice avant l'arrivée des autres invités.

La voir si bien s'entendre avec sa mère et les écouter rire en décorant le gâteau lui faisait du bien.

Si elle voulait reprendre ses études, il devait la laisser faire.

C'était son rêve qu'il ne devait pas briser.

Il devait la laisser partir.

Une nouvelle fois.

Quand Marcus se réveilla, son grand-père alla le chercher, tandis que Jimmy mettait un point final à la décoration et que le premier invité arrivait.

Jamais Jimmy n'aurait pensé que cela lui occasionnerait tant de travail. Mais Marcus s'était fait plein d'amis parmi ses voisins, et ses grands-parents avaient insisté pour lui organiser une vraie petite fête.

La moitié des personnes présentes lui étaient inconnues, mais toutes connaissaient ses parents ainsi que Marcus, et certaines semblaient connaître Candice.

En passant au milieu des convives, il ne put s'empêcher de la regarder. Et plus il la regardait, plus il la désirait, plus le souvenir de leur baiser qui avait précédé l'accident revenait.

— À présent, déclara Liena en interrompant le cours de ses pensées, il est temps de souhaiter un bon anniversaire à notre petit garçon, mais... avec une chanson !

Jimmy se leva pour aller chercher son fils qu'il trouva dans la cour au milieu d'autres enfants. Candice était là aussi, en pleine discussion avec un voisin, un père célibataire de leur âge. Un brusque accès de jalousie lui griffa le cœur.

Il saisit Marcus par le poignet.

— C'est l'heure du gâteau !

Marcus tapa dans ses mains, et Jimmy s'assit près de lui à la table de jardin, regardant Liena qui arrivait avec un gâteau ayant la forme du chien le plus laid que Jimmy ait jamais vu. Il ravit cependant Marcus qui souffla ses deux bougies avec l'aide de son père tandis que sa grand-mère aveuglait l'assistance avec le flash de son téléphone.

— Viens t'asseoir près de ton *yéye*, lui dit son grand-père. On va manger le gâteau ensemble.

Marcus alla le rejoindre tandis que Liena découpait le gâteau. Voyant Candice pénétrer dans la maison, Jimmy lui emboîta le pas.

— As-tu besoin d'aide ? demanda-t-il en entrant.

Elle sursauta, interdite, puis se ressaisit.

— Je cherche les coupelles pour les glaces. J'ai trouvé le plateau, les petites cuillères... Mais pas les coupelles !

— Elles sont dans le salon. Attends.

Une minute plus tard, il revint avec les coupelles dans un carton.

— Super, dit Candice en le lui prenant des mains.

— Est-ce que tu m'évites ?

— Je ne vois pas de quoi tu parles. C'est plutôt *toi* qui m'évites depuis quelques jours !

Jimmy ferma la porte de la pièce.

— Je ne t'évite pas.

Il mentait et le savait.

— Vraiment ? dit-elle, sceptique, en avançant d'un pas. Quelque chose a changé après ce sauvetage.

— Non, rien n'a changé, sauf...

Il s'interrompit. Son cœur battait à ses oreilles. C'était elle qu'il voulait. Le baiser qu'ils avaient partagé le rendait fou.

— Sauf quoi, Jimmy ? Qu'est-ce qui ne va pas ?

— Candice...

Sans réfléchir, il la prit dans ses bras et l'embrassa comme il en rêvait depuis la dernière fois.

Le carton tomba par terre, et les bras de Candice se refermèrent autour de lui. Son corps brûlait de désir. Il ne voulait qu'elle. Toucher chaque parcelle de sa peau. S'y perdre.

— Candice ? Avez-vous trouvé les coupelles ?

Elle interrompit leur baiser, haletante.

— Cela n'aurait pas dû se produire. Je suis ta chef... Je...

Ramassant le carton, elle se rua dehors, le laissant sonné.

Il n'aurait pas dû l'embrasser. À quoi avait-il pensé ? Sa bêtise le rendait furieux. Au plus profond de lui-même, il savait pourtant qu'il ne devait pas la retenir. Pour ne pas lui briser ses rêves. Que c'était à lui de mettre un terme aux siens.

Candice ne parvenait pas à effacer de sa mémoire son baiser avec Jimmy. Ni son corps à l'oublier. Comment avait-elle pu se laisser aller ainsi ? Pour faire le point, elle devait d'abord recouvrer sa maîtrise. Certes, elle désirait reprendre ses études, mais elle voulait aussi Jimmy dans son existence. Avec Marcus. Pourrait-elle mettre de nouveau son cœur en jeu ? Un amour incertain avec Jimmy valait-il la peine d'oublier la médecine ? Elle craignait tant de tout perdre à présent, de tout rater. De se retrouver seule encore une fois.

Quand Marcus eut fini d'ouvrir ses cadeaux, elle s'esquiva, prétextant une migraine et demandant à Liena de ne rien dire à son fils.

Il fallait qu'elle réfléchisse à tête reposée. Loin de Jimmy.

Quand elle retourna au travail le lendemain, la paperasserie avait bel et bien envahi son bureau. Aussi s'y attaqua-t-elle tout de suite. De toute façon, elle ne pouvait pas encore reprendre les commandes de l'hélicoptère et ne voulait pas non plus retourner sur le terrain avant d'avoir fait le tour de l'arrière-pays. Quant à Jimmy, Stu l'accaparait tant qu'elle n'eut guère l'occasion de lui parler. Mais c'était parfait ainsi.

Vraiment ?

Jimmy lui manquait. Leurs conversations aussi. Avant qu'il entre dans son existence, elle se sentait seule et s'en accommodait. Mais à présent elle ressentait douloureusement sa solitude et son isolement.

C'était avec l'espoir d'oublier tout cela qu'elle s'était jetée dans la paperasse. En vain. Pis, elle avait tellement conscience de se raconter des histoires que, la veille de leur départ pour faire le tour de l'arrière-pays, elle décida de présenter ses excuses à Jimmy.

Elle se mordilla la lèvre inférieure avant d'appuyer sur le bouton de l'Interphone des ambulances.

— Jimmy, peux-tu venir dans mon bureau ?

— Bien sûr, chef.

Chef ?

Eh bien, oui ! N'était-ce pas ainsi qu'il l'appelait ? Comme beaucoup d'autres. Si, mais...

Il frappa et entra.

— Tu veux me voir ?

Elle le trouva mal à l'aise.

Et si beau dans son uniforme.

— Es-tu prêt pour notre excursion dans l'arrière-pays, demain ?

— Oui. J'ai déjà préparé ma trousse de secours.

— Sache que la plupart des blessures que l'on rencontre sont mineures. Et que, pour les plus graves, nous appelons l'hélicoptère. La piste Skyline est tellement fréquentée !

— Je me rappelle, dit-il en hochant la tête.

— Stu nous déposera au début du sentier Maligne. De là, nous rallierons Signal Mountain où quelqu'un nous attendra.

— Ne prends-tu pas la piste dans l'autre sens, en général ?

— Non, je préfère comme ça. Démarrer de Maligne nous permet de partir de beaucoup plus haut et de pouvoir donc ensuite descendre la montagne au lieu de la monter.

— C'est intelligent..., commenta-t-il en souriant.

— Écoute, les choses ont été un peu étranges entre nous, mais...

— C'était ma faute, et j'en suis désolé. Je veux que tu saches que cela ne se reproduira plus, et que nous devenions amis, Candice.

La déception la poignardait, et elle s'en voulut. Si Jimmy pouvait s'éloigner d'elle, elle devait pouvoir s'éloigner de lui.

— C'est aussi mon souhait.

— Bien... As-tu besoin de moi pour autre chose ?

— Non. On se retrouve donc demain à 7 heures. Cela nous permettra d'arriver à Snowbowl dès le premier jour.

— À demain matin donc.

Ce ne fut que lorsqu'il fut sorti qu'elle laissa échapper le soupir qu'elle retenait. Mieux valait que les choses se passent ainsi, se dit-elle en tentant d'ignorer la voix qui lui disait de saisir sa chance comme elle le désirait.

Mais son désir la terrifiait. Après Jimmy et Chad, elle ne pouvait risquer de voir encore son cœur se briser.

Ces quatre jours allaient être longs...

12

Le lendemain, Stu conduisit Candice et Jimmy au sentier Maligne. Ils n'étaient pas les seuls randonneurs prêts à entamer un long périple. Beaucoup se trouvaient déjà à pied d'œuvre. Tout était loué jusqu'à fin août, car à Jasper c'était la randonnée la plus populaire.

À la moitié du chemin, le lendemain soir, le lodge où les randonneurs fortunés pouvaient se restaurer et dormir recevrait Candice et Jimmy, car c'était prévu dans leur contrat. Pour cette nuit, ils camperaient.

Candice avait la liste de tous les randonneurs inscrits et espérait ne pas en rencontrer sans laissez-passer.

Avec Jimmy, leur perspective était d'atteindre le camping de Snowbowl avant la tombée de la nuit. Tout se passait bien, surtout quand Candice s'arrêtait de penser à son compagnon de route, pour se concentrer sur son travail. Après ce premier périple, rien ne l'obligerait plus à partir en randonnée avec lui si tel était son souhait.

Stu gara le 4x4.

— Avez-vous tout ce dont vous avez besoin, Lavoie ?

— Oui. Ainsi que mon téléphone satellite au cas nous devrions appeler un hélicoptère. Mais j'espère que non.

Stu hocha la tête.

— Quand j'ai fait la piste Tonquin que vous deviez faire, nous n'avons pas rencontré de problème vraiment inquiétant. Juste quelques soucis aux pieds à cause des tourbières humides, et quelques blessures sans gravité.

— Espérons que nous aurons autant de chance, commenta Jimmy, assis à l'arrière.

— Merci, Stu, dit Candice. On se revoit donc dans quatre jours à Signal Mountain.

Elle descendit du 4x4 et glissa les bras dans les lanières de son sac à dos contenant tout son équipement. Jimmy ferma le sien avant de lui tendre ses bâtons de randonnée. Avec tout ce qu'elle transportait et sa cheville encore fragile, elle était heureuse de les avoir.

— Que de monde ! s'exclama Jimmy tandis que Stu quittait au pas le parking bondé.

— Oui. Cela dit, sur la piste, l'accès est réglementé. Il n'y en aura donc pas autant. Du moins, je l'espère pour que nous n'ayons pas à distribuer d'amendes.

Elle ouvrit le chemin. Elle aimait bien Skyline, et c'était une bonne façon de tester Jimmy, même si elle se rappelait qu'avec Logan il l'avait parcourue plusieurs fois.

Mais c'était autrefois. Aujourd'hui, après tout ce temps passé loin de Jasper, n'allait-il pas souffrir ? Ses jambes et sa hanche ne gardaient-elles pas de séquelles de ses blessures ?

Elle se retourna plusieurs fois pour constater qu'il suivait bien.

Une heure et demie plus tard, ils avaient rallié le camping Evelyn Creek.

— Nous n'avons pas énormément avancé, commenta Jimmy en s'asseyant à l'une des tables de pique-nique.

— Non, mais nous n'allons rester ici qu'une demi-heure pour contrôler les campeurs présents ou de passage, et remplir nos gourdes d'eau, puis nous repartirons.

Jimmy posa son sac en hochant la tête.

— J'ai toujours trouvé étrange qu'un camping soit installé aussi près du début du sentier.

— Quand on lève le camp très tôt ou que l'on arrive très tard, cela peut être bien pratique.

Il s'assit près d'elle.

— Comment va ta cheville ?

— Bien, répondit-elle, ne mentionnant pas qu'elle lui faisait un peu mal.

Inquiéter Jimmy alors qu'il n'y avait rien à faire aurait été stupide. Ce soir, en arrivant au camping de Snowbowl, elle referait son bandage en le serrant davantage. Mais, en fait, elle avait envie d'être au lendemain pour dormir au lodge.

Avoir un vrai lit, même pour une nuit, serait divin.

— Veux-tu que je démarre les rondes ? demanda-t-il.

— Oui. Pendant ce temps, je reste ici surveiller la piste.

Jimmy se leva et s'éloigna vers les campements. Si, comme Candice le pensait, il ne trouvait rien d'anormal, ils pourraient repartir sans attendre.

Il revint un peu plus tard, marchant à grandes enjambées.

— J'ai trouvé un campeur avec la main enflée. Une entorse, sans doute. J'ai dit que j'allais regarder.

— Très bien, répliqua-t-elle en se levant. Allons-y.

Ils rassemblèrent leurs affaires et se dirigèrent vers le campement du randonneur blessé.

Candice vérifia son laissez-passer. Il le lui montra en lui expliquant qu'il venait de Signal Mountain quand, la veille au soir, il avait dérapé et s'était retenu avec la main.

Joshua Mooney, qui était de Jasper, aimait faire la piste Skyline au moins une fois par an.

Jimmy lui examina la main.

— Quelqu'un pourrait-il venir vous chercher à Maligne ? demanda Candice. Vous ne pouvez pas conduire comme ça...

— Oui. J'ai déjà prévenu que je m'y trouverai dans quelques heures. Mais avant, il faut que j'aie rassemblé toutes mes affaires.

— Nous pouvons vous aider, déclara-t-elle.

— Il se peut que vous vous soyez luxé le poignet, intervint Jimmy. De retour à Jasper, je vous conseille de vous rendre à l'hôpital. Pour le moment, je vais vous bander la main, mais vous devrez faire une radio et porter une attelle.

— C'est la première fois que je me blesse de manière un peu sérieuse sur une piste, dit Joshua. Merci à vous deux !

— Contents de vous avoir aidé, répondit Jimmy en échangeant un sourire avec Candice.

Quand ils eurent rassemblé ses affaires, ils lui rappelèrent de remplir le registre au bureau en sortant.

— Je vérifierai auprès d'eux par téléphone dans une quinzaine de minutes, dit Candice.

— D'accord, ne vous inquiétez pas, je ne vais pas oublier.

Candice et Jimmy regardèrent le jeune homme s'éloigner.

— Eh bien, si c'est le pire que nous ayons à affronter, je m'estimerai heureux, dit Jimmy.

— Moi aussi. À présent, achevons le tour du campement. Si tout va bien, nous poursuivrons vers Snowbowl. Il nous reste deux ou trois heures avant la tombée de la nuit.

Jimmy acquiesça de la tête.

Au cours de leur dernière ronde, Candice vérifia que Joshua avait bien enregistré sa sortie avant de s'en aller, puis, après s'être assurés de n'avoir rien laissé traîner derrière eux, ils reprirent leur parcours sur la Skyline.

Jimmy marchait derrière Candice, s'efforçant de lui prouver que l'exercice n'était pas si difficile et que, bientôt, il saurait gérer n'importe quel sauvetage en montagne. Mais le temps où il s'élançait sur les pistes avec Logan était révolu. Du reste, il ne se rappelait pas avoir trouvé l'effort à fournir aussi rude. Sans doute parce qu'il était plus jeune. Aujourd'hui, il s'essoufflait plus vite, et sa hanche lui faisait un peu mal au point qu'il appréciait leurs petites haltes. Il aimait aussi croiser des randonneurs et, jusqu'ici, toutes les personnes contrôlées étaient en règle. À la demande de Candice, ils avaient aussi marqué des arrêts non prévus comme lorsqu'elle avait voulu observer un ours aux jumelles.

L'une des choses que Jimmy avait oubliées et retrouvées avec bonheur était la vue époustouflante d'un pic couvert de neige. De hauts sommets et des arbres élancés, des lacs glacés... Granit et terre, blanc et or, tout était somptueux. En comparaison, le reste paraissait si petit ! Même les horreurs qu'il avait découvertes pendant son séjour dans l'armée.

Avant d'arriver à Snowbowl, ils durent aussi contrôler le campement de Little Shovel, et leur trajet dépassa les deux ou trois heures prévues par Candice.

Arrivés à Snowbowl, l'un des campings les plus importants de la piste, ils contrôlèrent tous les campements avant d'établir le leur. Ce fut à ce moment-là que Jimmy réalisa que Candice et lui allaient partager la même tente. En la voyant se mordiller la lèvre inférieure, il en déduisit qu'elle non plus n'y avait pas pensé.

— Veux-tu que je dorme dehors ?

Il l'avait fait avec Logan.

— Non. Nous sommes adultes, et nous allons nous arranger.

— Très bien, dit-il, ne la sentant pas vraiment convaincue.

Ils dressèrent leur tente, et Jimmy alluma un petit feu avec de l'herbe séchée et les allume-feu qu'il avait emportés. Pour sa part, Candice fit sa ronde dans les autres campements.

Jimmy ne s'habituait pas à voir tant de monde. Mais n'était-ce pas ainsi chaque été ? Sûrement. De plus, ce soir, la nuit était belle, avec peu de moustiques, et un vent presque inexistant. Seule la température était un peu fraîche, et il se réjouit d'avoir emporté des vêtements chauds ainsi qu'un sac de couchage.

Candice revint alors que le feu venait de prendre.

— Tout s'est bien passé ? demanda-t-il.

Elle hocha la tête et rapprocha sa petite chaise de la chaleur des flammes.

— Très bien. De plus, le voisinage d'un urgentiste rassure toujours les campeurs. En cas de problème durant la nuit...

— Parfait, dit-il en prenant les petits sachets de plats lyophilisés auxquels ils allaient ajouter de l'eau chaude.

Faciles à transporter et... horriblement mauvais. Mais ce régime ne durerait que quelques jours.

Quand le soleil fut presque couché, Jimmy comprit que la nuit s'annonçait belle avec un ciel étoilé. Hélas ! il ne pourrait en profiter tant la randonnée l'avait épuisé.

— Demain soir, ce sera bien, au lodge, dit Candice. C'est ce que je préfère quand je suis la Skyline…

— Pourquoi ?

— Parce que je dors dans un lit, qu'il y a de l'eau courante et de la vraie nourriture.

Jimmy sourit.

— Je vois. À propos, ton poulet lyophilisé est chaud…

Elle esquissa une grimace qui le fit rire.

— C'est une bonne chose que tu ne fasses pas cette piste durant l'hiver.

— Elle est fermée pendant cette saison. Mais certaines personnes se débrouillent quand même pour passer, ce qui nous oblige à faire des sauvetages… Il y a des gens qui ont vraiment de drôles d'idées.

— En effet ! dit-il en s'asseyant devant le feu pour manger son poulet avec l'air de se régaler. Quel a été ton sauvetage le plus difficile depuis que tu travailles ici ? Cela m'aidera à apprendre plus vite. Je ne suis encore qu'un blanc-bec, moi.

Candice eut un petit rire.

— Les avalanches sont toujours des moments difficiles. Ainsi que les glissements de terrain.

— T'es-tu déjà trouvée au milieu d'une avalanche ?

— Je secourais un jour quelqu'un parti skier sur un pic. Nous allions commencer à le dégager, et l'hélicoptère descendait quand une avalanche s'est déclarée. J'étais attachée aux gens de mon équipe, et nous avons juste eu le temps de nous rabattre sur le côté. Mais nous avons perdu le skieur hélas ! J'ai vécu là mon moment le plus dur, et il a fallu longtemps pour que ce souvenir se dissipe. Je m'en suis énormément voulu.

— Tu t'en es voulu !

— Bien sûr. Je n'avais pas encore compris qu'il est impossible de tout contrôler. Ce qui m'a obligée à apprendre à improviser. Pour les autres fois… Et le tien ?

— Pardon ?

— Tu as servi dans les forces armées canadiennes en tant qu'urgentiste. Quel a été ton moment le plus difficile ?

— Ma perte la plus dure a été… celle de Logan.

Son seul nom lui fut difficile à prononcer.

Elle le fixa à travers les flammes.

— Raconte-moi.

Bien qu'il détestât évoquer ce moment, Jimmy sut qu'il ne ferait pas machine arrière. Sa présence avec Candice en ce lieu qui avait représenté tant de choses pour elle et son frère venait de débloquer quelque chose au fond de lui. Il y avait longtemps qu'il portait ce fardeau, et il voulait s'en libérer.

— Notre unité assistait une patrouille à terre. Logan en était le commandant, et nous essayions d'exfiltrer ses hommes. Mais il y a eu une frappe aérienne, et l'hélicoptère qui venait pour emporter les blessés a été abattu. L'explosion nous a soufflés, Logan et moi. Quand j'ai repris connaissance, il avait les jambes coincées sous un mur écroulé non loin de moi. Je… J'ai… tout essayé pour le tirer de là, hélas…

Candice resta silencieuse. Les seuls sons qu'il percevait étaient celui de son cœur qui battait à ses tempes et les coups de feu qui déchiraient l'air, ce jour-là.

— Tu ne pouvais rien faire, dit-elle enfin sur un ton doux.

— Rien, en effet. Sa vie m'a filé entre les doigts…

Il luttait pour retenir ses larmes.

— Je sais, Jimmy. Nous ne t'avons jamais rien reproché, et j'espère que tu n'en doutes pas.

— Oui, merci. Ça a été si dur de le voir disparaître ainsi.

— Tu l'as assisté pour ses derniers instants, et je suis sûre que cela l'a aidé, lui a donné le sentiment que les choses allaient bien se passer. Tu étais la personne sur qui il pouvait le plus compter… son meilleur ami.

Jimmy jeta un regard vers le ciel en essayant de ne pas perdre le contrôle de ses émotions devant Candice. L'une après l'autre, les étoiles se montraient dans leur bel écrin de velours noir.

— Je ne me lasse jamais de contempler ce spectacle, chuchota Candice en fixant l'immensité sombre.

Il baissa les yeux pour l'observer. Elle était si douce, si

compréhensive ! Et le fait qu'elle ne lui reproche pas la mort de son frère représentait tant pour lui !

Il l'aimait. Même après tout ce temps passé.

De longues minutes s'écoulèrent.

— Je crois que je vais rejoindre mon sac de couchage, annonça-t-il en débarrassant les reliefs de leur repas pour ne pas commettre un acte qu'il regretterait ensuite.

Elle se dirigea vers le feu pour l'étouffer avec de la terre.

— Bonne idée, dit-elle. Je suis moi-même épuisée.

Jimmy observa en silence la traînée de fumée qui s'élevait lentement vers le ciel.

À peine sa tête eut-elle touché son minuscule oreiller que Candice sombra dans le sommeil. Elle n'entendit pas Jimmy pénétrer dans la tente et se glisser dans son sac de couchage.

Ce fut son murmure qui la réveilla plus tard.

Elle s'assit et regarda sa montre. Quand ses yeux se furent habitués à l'obscurité, elle vit qu'il se débattait et transpirait dans son sommeil.

Son récit de tout à l'heure et la souffrance inscrite sur ses traits l'avaient terriblement touchée. Car si ses parents lui avaient appris, dévastés, que Logan était mort au combat, elle ignorait que Jimmy s'était trouvé là, avec lui.

Tout comme ce qui concernait l'hélicoptère. Cela expliquait la raison de l'aversion de Jimmy à leur égard et pourquoi il avait agi de manière si étrange en en voyant un. À dire vrai, la douleur que la mort de Logan causait encore à Jimmy la brisait. Elle ouvrit son sac de couchage et en sortit, saisie par le froid.

— Jimmy…, murmura-t-elle en le voyant, en sueur, continuer à se débattre dans son cauchemar.

— Candy…, dit-il sans se réveiller.

— Je suis là.

— Je suis désolé, Logan, reprit-il. Pardon de t'avoir laissé tomber.

— Chut ! non. Tu n'as rien fait de tel. Je suis là, je suis là.

En parlant, elle lui repoussait les cheveux du front.

— Candy ? dit-il de nouveau, à présent à moitié réveillé.

— Oui, je suis là…

— Reste avec moi. Je suis… tellement désolé.

Leurs visages étaient maintenant tout proches.

— Ne t'inquiète pas. Tout va bien.

Demain il aurait heureusement tout oublié. Comment avait-elle pensé pouvoir s'éloigner de lui ? Bien sûr, le risque qu'elle prenait était grand, mais elle ne pouvait plus revenir en arrière.

Aujourd'hui encore, elle était amoureuse de Jimmy Liu et le serait toujours.

Il avait toujours possédé son cœur.

Toujours.

13

Le chemin jusqu'au lodge serait long, au moins quarante-six kilomètres, et Candice avait hâte d'y arriver pour avoir un bon repas et une vraie nuit de sommeil. Ils prirent un petit déjeuner rapide, remplirent leurs gourdes à la source puis s'engagèrent sur la piste. Les autres randonneurs étaient déjà partis, certains se dirigeaient vers Signal Mountain, les autres vers Maligne. Eux poursuivraient leur ascension jusqu'au col où ils amorceraient la descente.

Ils étaient donc bien partis pour terminer les quarante-six kilomètres dans les temps et espéraient que rien de grave ne les en empêcherait. C'était en tout cas le vœu de Candice.

Après une nuit presque blanche, passée pelotonnée contre le dos de Jimmy, elle était éreintée, mais un bon repos l'attendait.

Jimmy tenait bien le coup. Tous deux portaient de larges lunettes de soleil pour se protéger des ultraviolets. Pour la même raison et malgré la chaleur, ils portaient des chemises à manches longues qui protégeaient leur peau du soleil. Plus fort que la veille, celui-ci ralentissait d'ailleurs un peu leur progression.

Seuls sur la piste au milieu des montagnes et du ciel, ils s'arrêtèrent au bout de quatre heures pour boire à une source et se restaurer un peu.

— Je vois le col, dit Jimmy en prenant une longue inspiration. Ce n'est plus très loin.

— Tu respires fort, remarqua Candice. Tu te sens bien ?

Il acquiesça de la tête.

— Je me réhabitue doucement à l'altitude, c'est tout. Ne t'inquiète pas, je n'ai aucun symptôme physique. Ma hanche est un peu raide, mais je me sens bien.

Elle arqua un sourcil.

— Montre-moi tout de même tes mains. Au cas où tu serais en train de délirer, ajouta-t-elle en souriant.

Il s'exécuta, souriant aussi.

Soulevant ses lunettes de soleil, elle scruta le pourtour de ses ongles à la recherche d'une éventuelle cyanose.

— Tout va bien, en effet. Mais préviens-moi si tu sens quelque chose. D'accord ?

— Je n'ai pas de problème, Candice, je te le jure.

Mordant dans sa barre chocolatée, il regarda la prairie.

— Je n'ai pas encore vu un seul ours, aujourd'hui.

— Ils stockent de la graisse à grand renfort de pousses, de pissenlits et d'herbes. Je crois que c'est aussi la saison où les caribous mettent bas, donc nous les trouverons à proximité.

Elle scruta les alentours avec ses jumelles.

— Rien à signaler. C'est bon.

— J'ai cherché des traces, mais rien. Combien de temps, à ton avis, avant d'atteindre le lodge ?

— Je dirais quelques heures. On ne voit aucun randonneur à l'horizon...

— Tu veux dire que nous pourrons *vraiment* nous détendre au lodge, ce soir ? demanda-t-il, un peu railleur.

— Tu exagères. Nous nous sommes détendus hier soir. Aucun blessé et personne sans laissez-passer

— Justement, hier, j'ai oublié de te demander si Joshua avait bien regagné Jasper.

Elle hocha la tête.

— Tu te trouvais aux sanitaires quand Stu m'a appelée pour m'apprendre que Joshua s'était rendu à l'hôpital.

— Les sanitaires..., répéta Jimmy avec un ricanement. Si on veut...

— Ils ne sont pas ce qui se fait de mieux, ni très privés, dit-elle en riant. Ils sont même assez rustiques.

— *Rustiques* ? Je crois que le mot que tu cherches est « primitifs ».

— Que veux-tu... Il s'agit d'un camping se trouvant dans un parc national. Pour disposer de vrais sanitaires, il faut avoir un camping-car ou louer un cabanon.

— Ne crois pas que je n'y ai pas pensé. J'estime en effet avoir passé l'âge de dormir par terre.

— À peine... On y va ?

— Oui, en route pour le lodge !

Ils récupérèrent leur sac à dos et retrouvèrent le sentier. Le lodge, à l'instar du camping Curator, avait bonne presse et se situait un peu hors-piste.

En chemin, ils vérifièrent les laissez-passer de randonneurs. Puis Jimmy intervint sur un mollet légèrement infecté.

Enfin, ils parvinrent au lodge où les attendait le dernier petit cabanon.

Candice sentit son cœur se serrer quand elle aperçut le lit double. La pensée de devoir partager le même lit que Jimmy la faisait tout à coup respirer plus vite.

Ce n'est pas si différent que de dormir près de lui à l'intérieur de la tente.

Bien sûr... En rationalisant et se répétant que ce n'était que l'affaire d'une nuit, elle s'y ferait peut-être.

— Pas très grand..., commenta Jimmy.

— Effectivement...

— Mais ça va aller. En ce qui me concerne, je suis content d'avoir un vrai lit et d'oublier nos sacs de couchage. J'ai aussi vu la bouteille de propane en entrant. Ça signifie « chaleur », ça, non ?

Le rire de Candice brisa la tension qu'elle seule, apparemment, ressentait. Cela la soulagea beaucoup.

— Bonne déduction, répondit-elle en posant son sac contre le mur. À présent, on se rafraîchit et on file dîner !

— Bonne idée !

Candice versa l'eau de la cruche dans la bassine et se pencha en avant pour se les laver les mains.

À un moment, elle ne put s'empêcher de jeter un coup d'œil par-dessus son épaule. Jimmy était en train de changer de chemise. Ravalant son émotion, elle se brossa les cheveux et, pour gagner du temps, les tressa en deux nattes.

Une fois qu'ils s'estimèrent présentables, ils quittèrent le cabanon pour rejoindre le bâtiment abritant la salle à manger.

Ils dépassèrent les étables où les animaux étaient rassemblés et rejoignirent un groupe de quinze randonneurs qui allait, comme eux, déguster la cuisine faite maison.

Jimmy se glissa au milieu des conversations, retrouvant certaines personnes qu'ils avaient rencontrées la veille au camping de Snowbowl.

Le dîner fut simple et nourrissant, et quand ils regagnèrent leur petit cabanon, le soleil se couchait derrière la montagne. Ils s'assirent sur leur terrasse privée pour profiter du spectacle.

— Je pourrais rester ici pendant des jours, dit Jimmy avec un soupir. Quel endroit idéal pour clore une randonnée !

Elle sourit.

— C'est vrai.

Se trouver assise avec lui ici était si agréable ! Pendant toutes ces années, elle n'avait pas réalisé à quel point elle était seule. Mais le retour de Jimmy lui révélait le vide de sa vie. Même avec Chad, elle avait été seule.

Malgré tout, depuis le baiser que lui avait donné Jimmy à l'anniversaire de Marcus, elle le tenait à distance.

— Quoi ? dit Jimmy.

— Pardon ?

— Tu me regardes en souriant.

— Il ne faut pas ?

— Si. Simplement, je trouve cela un peu étrange. Nous ne nous sommes pas quittés en très bons termes après la petite fête organisée pour Marcus...

— C'est vrai, dit-elle en poussant un soupir. En ce qui me concerne, plusieurs choses m'avaient bouleversée.

— Je l'avais senti. Mais tu m'as manqué, les jours d'après.

— Toi aussi.

Elle se leva, les joues toutes roses, et quitta la terrasse.

— Je vais me changer.

Fermant la porte, elle fit deux pas, aussi stupéfaite qu'émue d'apprendre qu'elle avait manqué à Jimmy.

Derrière elle, la porte s'ouvrit de nouveau et se referma.

— Candice, jamais je n'ai cessé de tenir à toi. Sache que je suis revenu une fois à Jasper. Tu étais mariée et semblais si heureuse que, pour ne rien perturber, je suis reparti.

— Tu es venu à Jasper ! s'écria-t-elle, saisie, en se retournant.

— Tu paraissais si bien avec ton mari.

Jimmy avait attrapé son sac dont il sortit une photo. Très abîmée. Comme s'il l'avait regardée mille fois.

— Logan me disait que ton accomplissement personnel dépendait de mon départ, aussi ai-je fini par partir. Mais je n'ai cessé de penser à toi.

Candice n'en croyait pas ses oreilles. Il lui prit la main qu'il posa sur la sienne.

— Cette photo de toi m'a sauvé, Candice. Tant de fois !

Elle retira la main.

— Si cela n'avait pas été pour Logan, serais-tu resté à Jasper ? demanda-t-elle, submergée par l'émotion.

— Oui.

Jimmy n'arrivait pas à croire qu'il avait dit cela. Mais comment faire autrement ? Il aimait Candice, et cela le terrifiait. Mais il voulait être avec elle. Fût-ce pour un simple instant. Une nuit.

— Je ne peux pas y croire, murmura-t-elle.

— Quoi ?

— Que tu aies gardé tout cela en toi.

— Bien sûr que je le gardais en moi. Je te voulais aussi, Candice.

— Et aujourd'hui ?

— Je tiens à toi et tiendrai toujours à toi, mais je ne veux pas t'empêcher de t'épanouir.

— Ce n'est pas le cas.

Il lui effleura la joue du bout des doigts et descendit le long de son cou.

— Jimmy..., murmura-t-elle d'une voix brisée.

Il lui prit le visage entre ses mains en coupe et la serra contre lui. Il aurait tant voulu l'embrasser comme la dernière fois !

Leurs baisers comme autant de preuves de la passion qu'il éprouvait pour elle et qu'il voulait infinie.

— Candice, je ne sais pas si nous devons..., dit-il malgré son désir fou.

— Me veux-tu maintenant ?

— Oui.

— Alors, faisons-le car, moi aussi, je te veux.

Que Jimmy l'emporte dans ses bras ! Même si elle n'était pas totalement certaine qu'il ne la blesserait pas, elle se sentait prête à prendre le risque. Comme cette nuit-là, dix ans auparavant, quand ils avaient fait l'amour pour la première fois.

Réparer les torts.

Jamais elle n'avait ressenti pour aucun homme ce qu'elle ressentait à présent pour Jimmy : ce sentiment sauvage et impérieux. Après autant de temps, la force de tout cela l'effrayait. Jimmy l'avait réveillée alors qu'elle ne savait même pas qu'elle dormait.

— Candice, si tu es certaine...

— Je le suis.

Elle retira sa chemise par la tête et murmura :

— Touche-moi.

— Mon Dieu, Candice...

Jimmy la souleva dans ses bras et la déposa sur le lit en lui couvrant tout le corps de baisers.

— Tu me fais me sentir de nouveau vivant, murmura-t-il avant de chercher ses lèvres.

Leurs langues se mêlèrent. En hâte ils se débarrassèrent de leurs vêtements. Candice posa les mains sur ses cicatrices, les caressa.

— Je suis bien, maintenant, dit-il. Je suis ici.

— Je sais, répondit-elle en ouvrant les jambes pour l'accueillir, humide de désir.

Elle voulait qu'il la touche et la prenne. Le sentir en elle.

— Je n'ai pas de préservatifs, murmura-t-il.

— Je prends la pilule.

Jimmy l'embrassa de nouveau. Chacun de ses baisers enflammait son corps.

— Tu es si belle..., gémit-il en glissant une main entre ses cuisses, ses caresses la rendant folle de désir.

— Je te veux en moi.

— Mon amour...

Se couchant sur elle, il la pénétra. Enivrée, Candice gémit et commença à bouger les hanches pour qu'il la prenne, la possède. Lui, seulement lui. Elle s'accrochait à lui tandis que le plaisir montait. Fermant les yeux, elle succomba dans un spasme tandis que Jimmy s'abandonnait un instant plus tard, foudroyé à son tour.

Il roula sur le lit, et elle se pelotonna contre lui, savourant ce moment.

Pourtant, cette sécurité l'épouvantait. La dernière fois qu'elle s'était sentie ainsi, toute sa famille était encore en vie.

— Candice ? Tu pleures ?

— Non, je me sens bien

C'était un mensonge. Encore une fois, elle risquait son cœur.

Et alors ? De toute façon, ne le lui avait-elle pas déjà donné ?

14

Un tambourinement à la porte l'arracha à sa somnolence.

À quel moment s'était-elle endormie ? Elle l'ignorait, mais elle était plaquée contre Jimmy, et ils étaient tous les deux nus.

— Lavoie !

Candice sauta du lit et se jeta sur ses lunettes. 5 heures. La lumière commençait à poindre.

Le tambourinement ne cessait pas.

— Que se passe-t-il ? demanda Jimmy, endormi.

— Lavoie !

— J'arrive ! cria-t-elle en s'habillant à la vitesse de l'éclair.

Elle ouvrit la porte.

— Qu'est-ce qui ne va pas ?

— Une randonneuse est tombée dans le lac. Comme nous ignorons depuis combien de temps elle s'y trouvait, nous pratiquons une réanimation cardio-respiratoire.

— Nous arrivons tout de suite, dit-elle avant de refermer la porte pour prendre son téléphone satellite.

— Que se passe-t-il ? demanda Jimmy.

— Une randonneuse est tombée dans le lac. J'appelle l'hélicoptère.

Une expression étrange passa sur le visage de Jimmy.

— Quoi ?

— Ils pratiquent une réanimation cardio-respiratoire au bord du lac. Va voir ce que tu peux faire.

— D'accord, dit-il en s'équipant de son matériel et en rejoignant le responsable du lodge à l'extérieur.

— Ici, Mountain Rescue, annonça la voix de Stu dans le téléphone.

— Stu, c'est Lavoie. Il me faut un hélicoptère à Shovel Pass.

— Je vous envoie ça immédiatement.

Le lodge était connu, et là-bas l'appareil aurait toute la place pour se poser.

Après avoir enfilé ses bottes, Candice se dirigea vers le lac. L'épaisseur du brouillard expliquait la chute de la randonneuse dans ce lac que Candice connaissait si bien et qu'elle longea.

— Besoin d'aide ? demanda-t-elle en s'agenouillant de l'autre côté de la randonneuse que Jimmy tentait de réanimer.

— Oui, le défibrillateur que j'ai apporté.

Jimmy alternait compressions thoraciques et bouche-à-bouche quand elle revint en toute hâte avec l'appareil. Déjà, on entendait l'hélicoptère approcher.

— Continue les compressions à ma place, dit Jimmy tout en posant les électrodes.

Candice prit sa suite auprès de la femme inanimée.

— C'est bon, Candice, je choque.

À peine se fut-il exécuté que la femme battit des paupières puis toussa, essayant de régurgiter l'eau qu'elle avait avalée.

Ils la mirent en position latérale de sécurité.

— C'est bon, madame, dit Jimmy. Ça va aller.

Candice sortit une couverture de son sac, dont ils l'enveloppèrent pour éloigner tout risque d'hypothermie.

— Elle va bien, maintenant ? s'enquit le mari.

— Oui, répondit Candice. Nous allons l'emmener à l'hôpital en hélicoptère. Vous pouvez venir.

L'homme acquiesça de la tête. Jimmy, pour sa part, avait les sourcils froncés. Sa hantise de l'hélicoptère le reprenait, mais il avait un travail à accomplir et ne pouvait s'y arrêter.

L'hélicoptère médical se posa sans que ses pales s'arrêtent de tourner, et Stu en sortit avec un brancard. Ils y étendirent la randonneuse et pénétrèrent dans l'appareil avec son mari qui la suivait. Candice se retourna. Immobile, comme pétrifié, Jimmy suivait la scène de loin.

— Nous devons y aller, Jimmy.

— Je ne peux pas.

— Tu le dois. Tu le peux. Malgré ta peur.

Il plissa les yeux.

— Que sais-tu de ma peur ? Rien. Tu n'étais pas là. Tu ignores ce que je ressens.

— C'est vrai, je ne peux pas savoir, mais… Jimmy, nous devons y aller *immédiatement*.

Lèvres pincées, il hocha la tête et monta à bord. Mais en le voyant prendre le casque antibruit et boucler sa ceinture, Candice vit qu'il était à cran.

— C'est bon, Nigel ! cria-t-elle.

Celui-ci leva le pouce. L'hélicoptère s'éleva au-dessus de la montagne et prit la direction de Jasper.

En arrivant, Candice appellerait les rangers pour qu'ils achèvent, entre le lac Curator et Signal, le travail entrepris avec Jimmy deux jours plus tôt et interrompu ce matin.

Jimmy ne la regardait pas. Elle savait qu'il vivait un moment difficile et essaya d'attirer son regard. Mais il ne put – ou ne voulut – pas tourner les yeux vers elle.

Son cœur se serra. Cette tension lui rappelait ce qui s'était passé dix ans auparavant, avant que Jimmy parte. Il était devenu distant. Froid. Hermétique.

Et voilà qu'elle retombait dans les mêmes affres. À cause de lui… Encore une fois. Quelle erreur… Elle détestait cela.

Ne s'était-elle pas juré de ne plus jamais laisser quiconque la plonger dans cette situation ? Pourtant, elle l'avait fait.

L'appareil atterrit sur l'héliport où les médecins attendaient la patiente pour l'emmener en ambulance à l'hôpital. Elle respirait sans assistance, mais il fallait vérifier l'état de ses poumons et une possible hypothermie. Jimmy leur fit son rapport, et Candice quitta l'appareil avec le matériel. D'ici, ils pourraient rejoindre leurs demeures pendant que Nigel et Stu rallieraient l'aérodrome.

Ils se dirigèrent en silence vers le parking tandis que Nigel reprenait les commandes de l'hélicoptère.

Quand celui-ci se fut éloigné, Jimmy se tourna vers elle, visiblement en colère.

— Je n'ai pas apprécié

— Quoi ? demanda-t-elle sèchement.

— Que tu m'ordonnes de monter dans l'hélicoptère. Surtout après ce que je t'ai raconté.

— Tu es l'urgentiste. Tu devais venir.

— Stu aussi est urgentiste.

— La victime était ta patiente, pas celle de Stu. Essaye d'entendre raison, Liu. Tu devais monter dans cet hélicoptère. Ce n'était plus le moment d'avoir peur.

Il la fusilla du regard tandis qu'ils continuaient à s'éloigner de l'hôpital.

— La peur n'a rien à voir là-dedans, Candice. Je souffre de stress post-traumatique. Je ne *pouvais* pas monter.

— Ce syndrome va-t-il continuer à affecter ton travail ? demanda-t-elle, consciente de la dureté de sa question.

— Sauf erreur de ma part, c'est la chef qui parle là...

— C'est important, Jimmy. Si on ne veut pas qu'il devienne un obstacle, tu dois te faire aider.

— J'ai déjà reçu de l'aide, je sais quoi faire avec le stress post-traumatique et j'avais donné cette information avant d'être choisi pour ce poste. Enfin, je suis monté dans l'hélicoptère, non ?

— Oui, mais il a fallu que je me batte pour cela. Je suis inquiète pour toi, Jimmy.

— Ce n'est pas utile, répondit-il très vite. Ou ça ne l'est plus. Je ne te retiendrai pas. Il est clair que tu peux vivre ta vie sans moi.

Elle resta abasourdie. Exactement ce qui s'était passé la dernière fois...

Jimmy la laissait tomber. De nouveau.

— Tu ne me retiens pas...

— En effet. Je n'en ai pas besoin. Tu le fais très bien toute seule.

— Qu'est-ce que ça veut dire ?

— Pourquoi être restée à Jasper, Candice ? Va ! Réalise tes rêves ! N'aie donc pas si peur de partir !

Ce fut comme si elle avait reçu une gifle.

— Tu es là, Jimmy. Et si je veux rester ?

— Ne reste pas pour moi, dit-il en secouant la tête.

— Je ne suis pas la seule au monde à me dissimuler ! rétorqua-t-elle d'une voix qui tremblait un peu. T'es-tu occupé un seul instant de la mort de Logan depuis que tu es arrivé ? Tu dis que tu n'es pas libre, mais, si, tu l'es ! Même si tu as un enfant, rien ne t'empêche d'aller où tu veux !

— Oui, j'ai un enfant. Et j'en avais un autre, mais tu ne t'es pas souciée de me le dire, n'est-ce pas ? Tu as eu peur de me parler de notre bébé. Pourtant, j'avais le droit de savoir.

Une larme roula sur la joue de Candice.

— Tu avais le droit de savoir, oui. Comme, moi, j'avais le droit de savoir pourquoi tu m'avais quittée ! Logan a pensé bien faire en te disant de partir, mais il s'est trompé. Et, de toute façon, il s'agit de mes choix. De ma vie.

— Alors, va la vivre, Candice, va.

— Je te vois plus tard au travail, dit-elle en tournant les talons, écœurée, furieuse et triste à pleurer.

Elle avait donné une nouvelle fois son cœur à Jimmy. Et il l'avait brisé. De nouveau.

Jimmy regarda Candice s'éloigner sous la pluie qui commençait à tomber. Il fut vite mouillé, mais cela lui était égal. Il se détestait pour ce qu'il avait fait.

Pour n'avoir pas tenu sa promesse à Logan en tombant amoureux de Candice. Pour avoir tout gâché avec elle une seconde fois. Il ne courut pas à sa suite, mais rentra chez lui pour prendre une douche et se changer.

Sa mère fut très surprise de le voir.

— Tu es trempé !

— Oui, répondit-il, épuisé. Où est Marcus ?

— Il fait sa sieste. Tu n'étais pas censé rentrer si tôt.

— Il a fallu transporter une randonneuse par hélicoptère.

Liena l'observa.

— Tu es monté dedans ?

— Oui.

— Tu progresses.

— J'ai failli ne pas le faire, maman.

— Mais tu l'as fait. Va prendre une douche. Les choses s'éclairciront d'elles-mêmes ensuite.

— Tu crois ça ?

— Oui, répondit-elle avec un sourire.

Loin d'en être aussi sûr, il se rendit dans la salle de bains.

Tandis que l'eau coulait sur sa peau, Jimmy ne pensait qu'à Candice, ne parvenait à penser qu'à elle et à ce qu'elle lui avait dit.

La voix de Logan résonna dans sa tête : « Promets-moi une chose. Prends soin de Candy pour moi. »

Il sortit de la douche et se sécha. Aller trouver Candice et faire les choses bien s'imposait. Impossible de la quitter à nouveau. Elle comptait trop pour lui. Pour fonder une famille avec elle, il irait n'importe où, ferait n'importe quoi.

Candice avait toujours été là pour lui. Avec sa famille, c'était la personne dont il était le plus proche, qui lui était la plus chère. Il ne pouvait pas vivre sans elle.

Son téléphone vibra alors qu'il finissait de s'habiller. Il regarda l'écran.

Mountain Rescue

— Candice ? dit-il en décrochant.

— Non, c'est Stu. Il y a eu un glissement de terrain, et l'hélicoptère que Candice pilotait s'est écrasé.

— Quoi ?

— Je passe te chercher. Tout le monde est concerné.

— Je suis prêt, répondit-il, le cœur battant la chamade.

Puis il raccrocha en priant pour qu'elle soit saine et sauve.

Je ne peux pas la perdre. Pas une seconde fois.

Quand Stu arriva, l'air inquiet, Jimmy était prêt et équipé de son matériel médical.

— Que s'est-il passé exactement ?

— Il y a eu un glissement de terrain sur l'autoroute, et Candice est allée voir. Personne ne se trouvant sur cette portion de route au moment critique, elle a décollé pour rentrer. C'est alors que le contact a été coupé avec moi.

— Était-elle partie seule ? demanda-t-il, la gorge serrée.

— Non. Avec Nigel. Kate aussi se trouvait à bord.

Il leur fallut une vingtaine de minutes pour atteindre le lieu d'où s'échappait une longue colonne de fumée.

Dieu du ciel…, se dit Jimmy tandis qu'ils approchaient.

Au sortir d'un virage, il vit l'autoroute barrée. Puis il repéra Nigel et Kate.

Pas de Candice.

— Non…, murmura-t-il.

Il n'arrivait plus à respirer, il suffoquait.

Stu s'arrêta. Sautant de l'ambulance, Jimmy se précipita, pris de panique, vers les débris de l'hélicoptère et la fumée.

Blessé à la tête, Nigel saignait. Des urgentistes s'affairaient autour de lui et de Kate, étendue sur une bâche.

— Elle est là-bas, dit Nigel en voyant son expression.

Aussitôt, Jimmy se rua à travers les secouristes dans la direction indiquée.

Enfin, il la vit, trempée de pluie, une écharpe de fortune autour du cou, parlant à un policier.

— Candice !

Elle se retourna. Son visage était griffé.

— Jimmy ?

Il s'arrêta devant elle, résistant à son besoin de la prendre dans ses bras.

— Comment te sens-tu ?

— Ça pourrait être pire. Tu devrais aller t'occuper de Nigel. Où est ta sacoche ?

— Stu s'occupe de lui et de Kate. J'étais inquiet pour toi.

Elle sourit, même s'il la sentit sur ses gardes.

— Tu aurais pu mourir, dit-il.

— Mais je ne suis pas morte. Après avoir décollé de l'autoroute, dès que j'ai compris que mon moteur avait un problème, je me suis posée. C'est pendant que nous évacuions l'appareil qu'il a pris feu et que s'est produit un léger glissement de terrain. À présent, il faut aller à l'hôpital. Nigel souffre d'une blessure à la tête.

— Dieu merci, tu vas bien..., murmura-t-il.

— Je dois m'être foulé un poignet, mais, oui, je vais bien. Tu n'as pas répondu, tout à l'heure, au téléphone, ajouta-t-elle en souriant.

— J'étais sous la douche. Pour le bien que cela m'a fait...

— Ne laisse pas cet accident gâcher ton travail. Je sais que nous avons eu des mots, mais tu es un bon urgentiste, et je ne veux pas te perdre.

— Je m'inquiétais à ton sujet.

— Pourquoi ?

— Parce que je t'aime, Candice Lavoie. Quand j'ai appris que ton hélicoptère s'était écrasé, j'ai pensé t'avoir perdue. Quel idiot j'ai été ! Je ne peux pas vivre sans toi. Non, sans toi, je n'irai nulle part, je ne ferai rien. Pardonne-moi !

Elle recula d'un pas, le souffle coupé, les larmes aux yeux, incapable de croire ce qu'elle venait d'entendre.

— Tu... Tu quoi ?

— Je t'aime. Je t'aime depuis le début. Mais que devais-je faire pour être sûr de ne pas étouffer tes ambitions ? Aujourd'hui, j'ai la réponse. Je ne m'éloignerai plus. Je veux que tu fasses partie de ma famille. Pour moi et pour Marcus.

Un nœud se forma dans la gorge de Candice.

— Je t'ai toujours aimé aussi. Je ne veux plus te perdre.

— Jamais tu ne me perdras. Je serai toujours à toi si tu veux bien de moi.

Épilogue

Un an plus tard

Candice gara la voiture dans son allée. Assis sur les marches, Jimmy et Marcus attendaient son retour comme ils le faisaient chaque fois qu'elle ne travaillait pas en binôme avec Jimmy. Depuis leur mariage, elle avait quitté son poste à la tête de Mountain Rescue pour suivre des cours en ligne et, dès cet hiver, ils partiraient pour Edmonton où elle terminerait sa prépa avant d'intégrer l'école de médecine et d'achever ses études. Et si, maintenant, leur programme devait être un peu repoussé, elle était d'accord pour le faire.

— Coucou, Candy ! cria Marcus depuis le porche.

— Coucou ! Ta journée a été bonne ?

Marcus courut vers elle pour lui faire un gros baiser.

— Oui. *Năinai* et moi, on est allés au parc et on a fait ça ! Regarde, c'est nous ! dit-il en brandissant un dessin.

— Sauf que dans ce dessin de notre famille, il y a une personne de plus, intervint Jimmy.

— *Năinai* m'a dit que le nombre était bon !

— C'est un très beau dessin, commenta Candice en l'embrassant.

Marcus lui adressa un superbe sourire puis s'éloigna.

— Tu donnes de drôles de notions d'arithmétique à notre fils, dit Jimmy en l'embrassant avec tendresse. Quant à celle de ma mère, elle est un peu étrange aussi...

— Pas si sûr.

Jimmy arqua un sourcil.

— Que veux-tu dire ?

— J'ai fait ma visite de contrôle chez le Dr Zwart.

— Et... ? dit-il en reculant d'un pas.

— Ta mère est très perspicace. Elle a su avant moi.

— Tu es sérieuse ?

— Oui. J'ai donc reporté d'un an notre programme pour mes études.

— Tu... Tu veux dire que nous allons avoir un bébé !

— Oui.

— *Bébé d'hiver à Jasper...* C'est beau comme un poème.

Elle lui passa les bras autour du cou avec un petit rire.

— Es-tu heureux ?

— Très, répondit-il en lui posant une main sur le ventre.

— Moi aussi, je suis heureuse.

— Alors, allons annoncer à Marcus que sa *năinai* a raison et qu'il va y avoir une personne de plus dans la famille.

— D'accord, mais tu le connais, il ne manifestera aucune surprise et se contentera de poser des questions. Il est exactement comme toi.

Jimmy soupira.

— Je sais et j'espère que notre futur enfant sera exactement comme *toi*.

— Du moment que nous nous entendons tous toujours aussi bien...

Main dans la main, ils se dirigèrent vers Marcus pour lui annoncer qu'il deviendrait bientôt l'aîné d'une petite sœur ou d'un petit frère.

Candice était heureuse. Elle n'était plus seule. Elle avait une famille.

Et, tous ensemble, ils ne faisaient qu'un.